Queen 퀸 2

퀸 2

ⓒ최준서 2017

초판1쇄 인쇄	2017년 8월 3일
초판1쇄 발행	2017년 8월 10일

지은이	최준서

펴낸이	박대일
편집	이문영 · 임유리 · 신지연 · 박현주 · 전보라
교정	김미영
마케팅	송재진 · 임유미
디자인	김은희

펴낸곳	파란미디어
출판등록	2004년 9월 14일 제313-2004-00214호

주소	04072 서울시 마포구 성지1길 32-36 (합정동)
전화	02.3141.5589 영업부 070.4616.2012 편집부
팩스	02.3141.5590
전자우편	paranbook@gmail.com
카페	http://cafe.naver.com/paranmedia
페이스북	http://www.facebook.com/paranbook

ISBN	978-89-6371-453-0(04810)
	978-89-6371-451-6(전2권)

Queen 퀸 2

최준서 장편소설

파란

차 례

Chapter.11

We are all fools in love.

사랑하는 사람은 다 바보야.

_오만과 편견 中

아무것도 달라지지 않은, 하지만 무언가는 달라진 아침이 찾아왔다.

밤새 한숨도 이루지 못하고 아침을 맞은 세아는 2층으로 올라갔다. 탕탕, 사포처럼 거칠어진 지난밤의 심경을 대변하듯 문을 두드리고는 대답을 기다릴 새도 없이 방 안으로 들어갔다. 드넓은 침대를 독차지하고 누워 있던 제레미가 실눈을 뜨고 잠긴 목소리로 물었다.

"뭐야, 무슨 일이야?"

"9시 15분에 출근, 4시 30분에 퇴근이야. 네가 나 바래다주고 데리러 와."

"갑자기 쳐들어와서 무슨 소리야? 지금 몇 시니?"

잔뜩 찌푸린 얼굴로 머리맡에 둔 핸드폰을 든 제레미는 5시

30분밖에 되지 않았다는 걸 확인하고 짜증난 목소리로 소리쳐 물었다.

"미쳤냐? 이 시간에 왜 이러는 거야? 그리고 형이 양조장 가는 길에 데려다주잖아."

"오늘부터는 네가 하겠다고 말해."

"그러니까 왜?"

어젯밤 무슨 일인가 벌어졌어. 아니, 아무 일도 벌어지지 않았던 걸 수도 있지. 그가 내 뺨을 감쌌고, 아주 잠깐 우리 사이에 강한 전류 같은 게 흐른 느낌이었던 건 나 혼자만의 착각일 수도 있으니까.

이제 이틀 남았어. 착각이었든 진짜였든 그동안은 그와 거리를 둬야 해. 그와 가까이 있을수록 무언가가 잘못되어 가고 있는 건 틀림없으니까.

세아는 문득 생각이 난 얼굴로 뒤돌아섰다.

"그 전에, 어제 너 딘의 연구실로 테이스팅 하러 갈 때 나한테 하려던 말이 뭐였어?"

"아……. 그거."

주섬주섬 자리에 일어나 앉은 제레미가 망설이다 입을 열었다.

"리치가 나한테 테이스팅에 재능이 있다고 믿은 이유가 사실 너 때문이거든."

"나?"

"정확히 말하자면 네 시음평 때문이지. 네가 레이너 와인을 마시고 내게 말한 감상을 메일에 적어 보냈어. 리치가 와인 맛이 어떠냐기에 그냥 써서 보냈는데, 리치는 내가 느낀 시음평인 줄 알고 내게 재능이 있다고 믿었나 보더라고. 의도한 바는 아니었는데, 어쩌다 보니 그렇게 됐어."

지친 한숨을 내쉬며 이젠 더 놀랍지도 않다는 표정으로 물었다.

"그래서 의도한 바가 아닌, 또 내게 속이고 있는 게 혹시 더 남아 있니? 있다면 뒤통수 그만 치고 다 말해 줄래?"

제레미가 무죄를 입증하듯 두 손바닥을 펴 보이며 고개를 저었다.

"아니, 이젠 정말 하나도 없어."

"그래. 그러면 왜 네가 조용히 입 다물고 날 출퇴근시켜 줘야 하는지 충분한 이유가 됐겠지?"

아무런 대답도 하지 못하는 제레미를 두고 방을 나섰다.

이제 이틀 동안 적당히 딘을 피해 다니기만 하면 되는 거야. 그가 셀러 도어 출퇴근을 도와주지 않는다면 식사 시간 외에는 더 볼 일이 없게 되니까. 그리 어려운 일도 아니잖아.

하지만 계단을 내려온 세아가 방 문을 열려는 순간 달칵, 하는 문소리가 등 뒤에서 울리자 그녀의 생각이 틀렸음을 깨달았다. 그래, 그의 방과 내 방이 복도를 사이에 두고 마주 보고 있지 않았다면 말이야.

겨우 마음을 가다듬고 뒤돌아서 인사를 건넸다.

"좋은 아침이에요."

미소를 지으려 했지만, 미소가 지어졌는지 확신할 순 없었다. 술에 취해 돌이킬 수 없는 밤을 같이 보내고 아침을 맞은 것처럼 어색하기 그지없는 얼굴이겠지.

암담하게도, 그녀와 달리 딘은 아무 일도 벌어지지 않은 듯 평소와 똑같은 얼굴로 인사를 건넸다.

"당신도 일찍 일어났군요."

"네. 일찍 눈이 떠지더라고요. 그럼 아침 식사 때 봐요."

그녀가 방으로 도망치자 딘은 저택 밖으로 나섰다. 차가운 새벽 공기가 그를 휘감았지만, 용광로처럼 달아오른 몸은 식을 줄을 몰랐다.

고독과 싸우던 수많은 불면의 밤들과 달리 어제는 들끓는 욕망에 괴로워 잠을 이룰 수가 없었다. 마음속으로는 무엇을 상상하고 원하든 그것을 밖으로 꺼내 보이지 않을 이성과 양심이 있다고 믿었다. 그의 안에서는 하루에도 수백 번 다짐하고 무너지고 또 다짐하고 무너지지만, 겉으로는 아무 일도 벌어지지 않은 척 무심할 자신이 있었다.

하지만 욕망에 휩싸인 그 앞에 자신을 맡긴 채 눈을 감은 그녀의 뺨을 감싼 순간, 너무도 손쉽게 무장 해제되어 버렸다. 그리고 그 순간 동생의 여자라는 것은 완전히 까맣게 잊고 세아에게 키스를 할 뻔했다.

혹시 그녀는 알아차렸을까? 우리 둘 사이에 흐르던 강렬한 끌림을.

한참 동안 정원을 서성이다 돌아오니 벌써 아침 식사 시간이었다.

"오늘부터 제가 세아를 데려다주고 데리러 갈게요."

딘이 고개를 들어 맞은편에 앉은 제레미를 보자 녀석이 옆에 앉은 그녀를 다정히 내려다보며 말했다.

"라벨 디자인이다 뭐다 정신이 없어서 그동안 세아에게 신경을 너무 못 쓴 것 같아서요. 출퇴근만이라도 제가 해 주고 싶어요."

"좋은 생각이야. 그렇게라도 짬짬이 데이트를 즐기는 것도 좋지."

제레미에게 테이스팅 재능이 없다는 걸 알게 된 리치는 어두운 표정으로 겨우 맞장구를 쳤고, 세아는 조금 웃어 보일 뿐 아무 반박도 수긍도 하지 않았다.

식사를 끝내고 서재로 왔다. 읽지 않은 메일 목록을 띄워 놓고 창밖으로 지나가는 제레미와 세아가 탄 차를 보았다.

손에 잡히지 않는 블렌딩으로 오전을 허비하고는 코코모에 가서 점심을 사 가지고 오겠다, 자처해 갔다. 음식을 주문하고 나와 셀러 도어 유리창 너머로 검은 머리칼의 여자를 찾았다. 웃으며 잔에 와인을 따르는 그녀를 오랫동안 지켜보고는 포장된 음식을 들고 양조장으로 돌아왔다.

저녁 식사 시간이 지나고 밤이 오자 딘은 고통스러운 가슴을 안고 거실을 서성였다. 하지만 세아는 나오지 않았다.

계획이 틀어진 건 떠나기 전날이었다.

"인대가 끊어졌다고요?"

식탁에 둘러앉은 리치와 딘, 세아와 제레미는 놀란 눈으로 손가락부터 팔까지 깁스를 하고 선 린다를 쳐다보았다. 롭이 의자를 빼내어 그녀를 앉히며 말했다.

"붓기도 하고, 고정시켜 주지 않으면 통증이 심할 거라고 해서 깁스를 하고 오는 길이네."

"어쩐지 아침부터 안 보이시고 전화도 안 받으셔서 두 분이 사랑의 도피라도 하셨나 했잖아요."

"무슨 헛소리를."

리치의 농에 롭이 얼굴을 붉히며 자리에 앉자 세아는 얼른 두 사람의 커피와 접시를 가져왔다. 린다가 창백한 얼굴로 그녀의 팔에 손을 얹으며 물었다.

"고마워요, 세아. 아침 준비는 누가 했죠?"

"다 같이 했으니까 걱정하지 마세요. 그런데 어쩌다가 다치신 거예요?"

"한밤중에 욕실에서 발을 헛디뎌 미끄러졌는데, 손으로 벽을 짚다가 그랬지 뭐야."

세아가 온 얼굴을 찡그리며 깁스한 손을 내려다보았다.

"많이 아프셨겠어요."

"처음에는 놀라서 아픈 줄도 몰랐는데, 점점 붓더니 눈물이 날 정도로 통증이 몰려왔어요."

"깁스만으로도 되는 거래요? 인대 파열이라면 혹시 수술을 받아야 하는 건 아니고요?"

"우선 차도를 봐야 한다고는 하는데, 수술까진 안 해도 된다 더라고요. 새벽에 롭이 고생 많았죠. 너무 아파서 병원을 가야 겠는데, 차마 이 손으로 밤 운전을 할 자신이 없더라고요."

린다의 말에 롭이 단호한 표정으로 고개를 저었다.

"당연하지. 그 손을 하고 어떻게 운전을 한다고. 절대로 그 런 생각은 하지도 말아요. 병원 갈 때마다 데려다줄 테니까."

"그래요. 깁스 풀 때까지 롭이 운전기사 노릇 좀 해 주세요. 식사 준비는 우리가 알아서 할 테니 걱정하지 마시고요. 어쩔 수 없이 레스토랑도 쉬어야겠네요?"

"네. 우선 다른 요리사들한테 말은 해 뒀어요."

롭이 그녀의 접시에 계란과 샐러드를 담아 주자 린다는 포 크질 몇 번에 겨우 한 입 입에 떠 넣었다. 딘이 심각한 표정으 로 말했다.

"다친 손이 오른손이라 아무래도 누군가 옆에서 린다를 도 와줘야겠어요. 간병인을 쓰시죠."

"다들 바쁜데……. 나는 괜찮으니 신경 쓰지 말아요. 영 안 되면 내가 적당한 사람을 물색해 볼 테니까."

"아무리 바빠도 린다의 일이 먼저예요. 당장 먹고, 씻는 일 조차 힘들 거예요. 혹시 외부인이 불편할까 봐 그러시는 거면 안면이 익은 사람으로 구해 볼게요. 농장 매니저 티미의 아내 가 간병인 일을 한다고 들었던 것 같아요."

"좋아요. 알아봐 줘요. 그리고 세아."

린다가 아주 어려운 이야기를 꺼내려는 듯 망설이는 얼굴로 그녀를 불렀다.

"저택 내의 청소나 세탁은 해 주시는 분들이 따로 있지만, 가족들의 식사 준비는 늘 내가 맡아서 했어요. 요리사를 구하려 해도 하필 크리스마스가 껴서 빨리 구할 수 있을 것 같지가 않아요. 물론 롭과 딘이 잘할 테지만, 세아가 조금만 거들어 주겠어요? 알다시피 다들 와이너리 일로 바빠 정신이 없는데다, 겉으로는 잘하는 듯 보이지만, 남자들은 오븐용 접시가 따로 있다는 것도 알지 못하죠."

"걱정하지 마세요. 우리가 알아서 다 한다고요."

"내가 일주일간 저택을 비웠을 때 주방에 무슨 일이 생겼는지 벌써 잊었어요? 내 냉장고에서 정체불명의 음식들이 썩고 있었죠."

날 선 지적에 남자들이 입을 다물자 린다는 다시 친절한 얼굴로 세아를 보았다.

"그리고 따로 또 부탁할 것도 있어요. 낮 동안은 간병인을 쓴대도 씻는 건 모르는 이에게 맡기기가 불편해요. 그러니까 그건 너무…… 창피하죠. 괜찮다면 깁스를 풀 때까지만 날 도와줄 수 있겠어요? 이곳에 여자는 우리 둘뿐이고, 부탁할 사람이 세아밖에 없네요. 손님으로 온 사람한테 이런 부탁을 하게 돼서 정말 미안해요."

달그락 하며 접시 귀퉁이에 포크를 얹는 순간 시드니발 인천행 비행기 티켓이 눈앞에 스쳐 지나갔다.

무슨 핑계를 대서든 거절해야 해. 내일이면 떠나야 하는데,

거짓말로 이 순간을 모면하고 비열하게 꽁무니를 내뺄 순 없어. 죄송하지만 못하겠다고 말해. 도와줄 다른 사람을 찾아보라고.

하지만 어떻게 다친 사람의 부탁을 외면할 수 있어? 여태껏 그녀가 베푼 친절, 호의를 잊은 거야?

안 잊었어! 당연히 그녀에게 미안하고 고마워. 하지만 떠나야 한다고. 그것도 내일 당장.

세아가 망설이는 걸 알아챈 린다가 손사래를 치며 빠르게 말했다.

"미안해요. 내가 다른 사람에게 몸을 내보이는 게 어색한 만큼 세아가 다른 사람 알몸을 보는 것 또한 내키지 않을 거란 걸 생각 못했네요."

"아니에요, 린다. 그런 거 전혀 신경 쓰이지 않아요. 제가…… 도와드릴게요. 식사 준비도요."

"정말 괜찮겠어요?"

"괜찮고말고요."

"고마워요, 세아."

린다가 웃자 딘이 말했다.

"그러면 당분간은 셀러 도어 출퇴근 시간을 앞뒤로 한 시간씩 줄여 조정하도록 해요. 안 그러면 힘들 거예요."

"네. 알았어요."

식사가 끝난 후 방으로 돌아온 세아는 마치 록 가수가 관중석에 몸을 던지듯 침대에 수평 그대로 몸을 던졌다. 그리고 미친 사람처럼 두 손으로 매트리스를 내려치며 베개에 얼굴을 묻고 짐승의 신음 소리같이 울부짖었다.

"웬 난리 블루스냐."

갑작스레 울리는 목소리에 고개를 드니 제레미가 웃으며 서 있었다. 세아가 무시무시한 눈빛으로 쏘아보자 괜히 겁먹은 얼굴을 꾸며 내어 이죽거렸다.

"왜? 내 탓은 아니잖아. 아무도 네 옆구리에 총을 들이밀지 않았어. 네가 하겠다고 한 거지."

"그러면 거기다 '싫어요. 못하겠어요. 왜냐하면 난 내일이면 떠나야 되니까요' 하고 말해?"

"할 수도 있지. 네가 이곳을 떠날 의지가 감사, 친절, 호의, 그런 하찮은 것들을 다 넘어선다면."

"뭐라고? 이게 다 너 때문이잖아! 제레미 레이너, 너 때문에 내가, 내가……."

뒷말을 잇지 못한 그녀의 으르렁거림은 제풀에 못 이겨 힘을 잃고 사그라졌다. 세아는 몸을 뒤집어 슬픈 눈으로 천장을 올려다보았다.

너 때문에, 내가 빠져 버렸단 말이야. 네 형에게.

뒤로 엎어졌는데 코가 깨져도 유분수지, 어떡하면 떠나기 하루 전에 이런 일이 벌어지는 거지?

"이건 하늘의 계시야. 무슨 이유인진 알 수 없어도, 온 우주의 기운이 모여 너를 여기서 못 떠나게 돕고 있는 거라고. 좌우지간 네 계획은 린다가 깁스 풀 때까지 무기한 연기되는 걸로 알게."

세아가 힘없는 목소리로 축객령을 날렸다.

"나가. 꼴도 보기 싫으니까."

"워워. 엄한 데다 화풀이는 하지 맙시다. 그리고 솔직히 며칠 더 머문다고 큰일이 날 것도 없잖아."

이 바보야, 넌 몰라. 이게 얼마나 큰일을 야기할지.

제레미가 나가자 세아는 기진한 몸을 세워 옷을 갈아입기 시작했다. 린다가 얼마나 깁스를 해야 할까? 일주일, 2주일, 아니면 그 이상?

그날 이후 세아는 9시면 무조건 불을 끄고 침대에 누워 잠을 청했다. 딘이 기다리고 있을지도 모른다는 생각이 들었지만, 절대 밖으로 나가지 않았다. 혹시 복도 너머 방의 문소리가 들릴까 봐 베개로 귀를 막고 억지로 잠을 청했다.

그가 비밀 아지트를 보여 준 날은 정말 잠이 안 와서 나와 있던 걸 거야. 날 기다린 게 아니라고. 불면증과 와인, 그와 내가 공유한 것들에 너무 큰 의미를 부여한 나머지 N극과 S극처럼 끌리고 있다고 착각한 거야. 내 뺨을 감쌌을 때도 마찬가지야. 마치 시간이 멈춘 듯한 기분이었지만, 실제 그 시간은 2초도 안 되었을걸.

하지만…… 달라.

화장대에 앉은 세아는 그날 밤의 딘을 떠올렸다.

그 깊고 푸른 눈동자가 날 응시할 때면 난생처음 느껴 보는 기분이 들어. 아주 간절하고 강한 기류에 휩싸이는 듯한. 그래서 주위의 모든 것이 멈춰 버리는 것 같고, 세상에 딱 그와 나만이 존재하는 것 같은 기분 말이야.

알아! 안다고. 하지만 아무것도 아니야. 맥락 없는 끌림과, 이성을 망각하게 하는 강렬한 감정의 유희일 뿐이지. 정신 차리면 모두 사라지는. 잘 생각해 봐. 왜 딘이야? 그는 그리 잘생기지도 않았어. MBA 시절에 잠깐 만났던 애도 그 정도는 생겼었지. 친절한 것도 그래. 지금 내 자리를 꿰차고 앉은 최명훈도 친절했었다고. 대체 왜 그야? 날 동생의 여자라 믿고 있는 남자에게 왜!

밖에서 제레미가 문 두드리는 소리에 시계를 올려다보았다. 제 자신과 무의미한 실랑이를 하느라 출근 준비할 시간을 다 날려 버린 세아는 립글로스만 바르고 서둘러 방을 나섰다.

복도를 지나자 서재에서 나오는 딘과 마주쳤다.

제대로 그를 봐.

아무것도 아니야. 그리 잘생기지도 않았다고.

하지만 다가오는 걸음마다 자신감은 점점 사그라지고, 두방망이질 쳐지는 가슴을 막을 도리가 없었다.

아무것도 아니야, 아무것도.

그가 한 발짝 앞에 멈춰 서자 지그시 내려다보는 눈빛에 어지러워 눈을 감았다.

"톰에게 말해서 당신 출퇴근 시간을 한 시간씩 조정해 놨어요. 조심히 잘 다녀와요."

"네. 당신도 블렌딩이 잘되길 빌게요."

서둘러 뒤돌아선 세아는 제레미를 따라 현관으로 향했다.

인천행 비행기에 올라야 했던 셀러 도어 휴일에 롭과 린다와 함께 애들레이드로 나왔다. 조용한 바로사 밸리와 달리 크리스마스를 일주일 앞둔 애들레이드는 와이너리에 오기 전보다 더 들뜬 분위기를 풍기고 있었다.

롭이 린다의 병원에 같이 가기로 하고, 세아를 우체국 앞에 내려 주었다. 할아버지와 세연의 크리스마스 선물로 보낼 꿀과 양모 이불, 그리고 양털로 안감을 덧댄 어그 부츠를 카드와 함께 택배로 부쳤다. 만약 오늘 비행기를 탔더라면 크리스마스에 직접 선물을 전할 수 있었을 테지만, 우체국 직원의 말대로라면 크리스마스에 맞춰 이 선물이 도착하기를 바라긴 요원했다.

우체국을 나온 세아는 와이너리 식구들의 크리스마스 선물을 사기 위해 런든몰의 백화점으로 갔다. 린다의 선물로 우아한 장미 향의 향수를 고르고, 롭의 선물로 흰색 폴로셔츠를, 리치의 선물로 벨트를 고심해서 골랐다. 제레미는 대충 손에 걸리는 단화를 들었고, 셀러 도어의 직원들 것도 샀다. 이제 남은 건 한 사람뿐이었다.

이미 한 바퀴 돈 매장을 다시 한 번 돌았지만, 빈손으로 시작점에 돌아오고야 말았다. 포기하려는 순간 그녀의 눈에 들어온 매장이 있었다. 린다에게 전화가 온 건 마지막 선물까지 다 산 후였다.

— 세아, 어디예요?

"지금 막 백화점에서 나왔어요. 진료는 다 보셨어요?"

— 응. 그쪽 거리는 차량 진입이 안 돼서. 빅토리아 스퀘어 쪽으로 나와요. 우리가 세아를 찾을게요.

"네."

뜨거운 햇빛을 맞으며 빅토리아 스퀘어 쪽으로 걸었다. 문제의 신문이 눈에 들어온 건 그녀를 발견한 롭의 차가 도로변에 멈춰 설 때였다.

세아는 선글라스를 벗어 머리 위에 걸치고 홀린 듯 가판대에 놓인 신문 1면을 장식한 사진을 보았다. 사진 속에는 그녀가 아주 잘 아는 익숙한 남자가 있었다.

"세아."

창문이 열리고 린다의 얼굴이 보였다. 정신을 차린 세아는 서둘러 가판대에 돈을 지불하고 신문을 쇼핑백 안에 넣었다. 그녀가 뒷좌석에 올라타자 롭이 놀라 물었다.

"백화점을 싹쓸이해 온 거예요?"

"그럴 리가요. 병원에서는 뭐라고 하던가요?"

"괜찮대요. 진료를 받았고, 약도 처방받았죠. 센트럴 마켓에 잠시 들러야 하는데, 괜찮겠어요?"

"네."

5분도 안 돼 도착한 센트럴 마켓 근처에 차를 세워 두고, 셋은 건물 안으로 들어갔다. 그곳은 시장 같은 곳으로, 과일과 야채, 고기와 각종 식료품을 팔고 있었다. 린다는 치즈와 토마토,

레몬 등을 골라 담았고, 롭이 그녀가 산 짐을 들었다.

린다가 다정한 얼굴로 물었다.

"세아, 한국 음식 그립지 않아요?"

"솔직히 너무 그리워요."

구수한 된장찌개에 파 송송 계란말이. 바삭한 김치 부침개에 시원하고 감칠맛 나는 냉면. 언제나 진리인 라면과 매콤한 떡볶이. 상상만으로도 입 안에 침이 가득 고였다.

"저쪽으로 가면 한국 식당이 하나 있어요. 식품점도 건너편 차이나타운에 있었는데, 어디였더라?"

세아는 벌써 린다가 가리킨 쪽으로 뒷걸음을 치며 두 손을 모아 찬사를 건넸다.

"당신은 제 구세주세요, 린다. 장 더 보실 거죠?"

"그래요. 구경 다 하고 전화 줘요."

세아는 식당과 식료품 가게에 들러 라면과 김치, 포장용 떡볶이와 어묵을 사 들고 린다와 합류했다.

주차장에 선 차에 올라타며 분홍색 꽃다발을 린다에게 내밀었다.

"감사해요. 제게 일용할 양식을 주셨어요."

"예뻐라. 뭔가 많이 산 거 같네요."

린다가 웃으며 꽃다발에 코를 묻자 세아는 봉지를 들고 뒷좌석에 올라 벨트를 맸다. 롭이 차를 출발시켰고, 셋은 다시 바로사 밸리로 향했다.

세아가 물었다.

"혹시 두 분은 한국 음식 드셔 보신 것 있으세요?"

"라면?"

린다의 말에 롭이 고개를 내저었다.

"그건 너무 매웠어. 계속 물을 먹느라 괴로웠지. 차라리 김치…… 볶음밥? 그게 더 내 입맛에는 맞았어. 야채랑 밀가루랑 섞어서 팬케이크처럼 부친 것도 맛있었어. 고소한 게 딱 내 스타일이었지."

"부침개요? 생각보다 많이 드셔 보셨네요."

"가끔 딘이 만들어 줘요."

"딘이 그걸 만들 줄 안다고요?"

"그럼. 그의 어머니가 한국인이니까."

맞아. 그의 절반은 한국인이지. 그런데 그는 어떻게 그 음식들을 만들 줄 알게 된 걸까? 어머니가 요리를 한 걸 본 걸까? 어린 그에게 만드는 걸 가르쳐 줬을까? 성인이 된 그는 그 음식을 만들며 무슨 생각이 들었을까?

그러다 문득 아까 산 신문이 생각나 쇼핑백 안에서 꺼냈다. 신문을 펼치자마자 보이는 헤드라인에 눈살이 찌푸려졌다.

재클린 클라우스과 딘 레이너 결혼 임박?

세아는 빠르게 기사를 훑기 시작했다. 거창한 제목과 달리 내용은 별거 없었다. 재클린 쇼의 진행자 재클린 클라우스와 딘 레이너가 애들레이드 근처에서 데이트하는 모습이 포착됐고, 그 인근과 바로사 밸리의 와이너리에서 그들이 함께하는 모습을 종종 보았다더라. 그리고 그들의 관계는 먼 과거로 거슬러 올라가 고등학교 동창이었고, 재클린은 언젠가 TV쇼에서 와인을 만드는 남자가 이상형이라는 말을 했었다라고 쓰여 있었다. 대체 이 기사와 사진 어디에 결혼 임박이라는 제목과 연관 지을 무엇이 있는지 알 수 없었다.

다시 사진을 보았다. 카페 야외 테라스 같은 곳이었고, 금발의 여자와 딘이 테이블을 사이에 두고 마주 앉아 있었다. 사진 속의 여자는 무슨 말인가 하고 있는 중이었고, 딘은 듣는 쪽이었다. 여자의 이야기에 귀 기울이듯 관자놀이에 가볍게 손을 기댄 채 그녀에게 시선을 고정시키고 앉은 딘을 보았다. 그리고 지금 이 순간 세아는 자신이 벼락 맞은 토끼처럼 정신이 번쩍 들었다는 걸 인정할 수밖에 없었다.

바본가 봐. 왜 난 그에게 여자가 있을 수도 있다는 걸…… 간과했을까? 와인에 미쳤다고 여자도 안 만나는 수도승이라고 말한 적은 없는데 말이야. 왜 그의 친절이 호감에서 기인할지도 모른다고 착각한 거지?

저도 모르게 헛웃음이 새어 나왔다.

그 여자도 그렇게 쳐다볼 수 있어. 마치 시공간이 멈추고, 두 사람만 남아 있는 것처럼 그윽하고 강렬하게. 그 기분을 나만 느끼는 게 아닐 수도 있다고.

신문을 접어 쇼핑백에 넣었다. 하지만 뇌를 온통 뒤죽박죽 장악해 버린 생각의 타래까지 접어 넣을 수는 없었다. 결국 궁금증을 참지 못하고 앞좌석에 앉은 두 사람에게 물었다.

"혹시, 재클린이라는 여자를 아세요?"

"재클린 클라우스 말이에요? 딘의 친구죠."

'그냥 친구인가요?'라고 되물으려는 입술을 꼭 깨물어 말렸다.

"그녀를 어떻게 알죠? TV에 나오는 그녀의 쇼를 봤나요?"

"아니요. 신문에서 그녀와 딘이 결혼할 사이라는 기사를 봤어요."

"아."

린다가 알 수 없는 감탄사를 내뱉고는 뜻 모를 미소를 흘리자 운전석에 앉은 롭이 지긋지긋하다는 목소리로 바통을 이어받았다.

"신경 쓰지 말아요. 신문 판매 부수를 늘리려는 수작이니까. 우린 그런 기사를 수도 없이 봤어요. 그리고 웃어넘겨요. 아무도 신경 쓰지 않죠. 물론 예외적으로 리치는 그 둘이 진심으로 잘되길 빌지만."

"세아는 잘 모르겠지만, 그녀는 호주에서 유명한 쇼 진행자인데다 그녀의 아버지는 손꼽히는 광산 재벌이에요. 5년 전에 그녀가 출연했던 영화감독과 결혼했다가 1년도 안 돼 이혼했죠. 지금은 화려한 싱글이에요, 아름답고 돈도 많고 유명한. 그래서 리치는 딘과 재클린이 기사를 현실화하길 바라죠."

롭이 퉁명스레 중얼거렸다.

"그녀는 공주야. 와이너리와 어울리는 여자가 아니지."

"그건 모르는 거예요. 재클린은 방송 때문에 시드니에 머물기 때문에 한 달에 한두 번 정도 애들레이드에 오는데, 그때마다 그런 기사가 나곤 해요. 사실 대중들의 이목을 끌긴 좋겠죠. 재력과 미모를 갖춘 쇼 진행자와 호주 1위 와인 회사 CEO의 조합이니까. 딘은 늘 그녀를 친구라고 하지만, 그녀의 마음도 그런지는 알 수가 없어요. 만약 재클린이 딘을 사랑한다면 이 와이너리도 받아들여야겠죠."

"그녀가 와이너리를 받아들이는 것보다 더 힘든 건 딘의 마음을 여는 일이지. 그는 와인 이외의 것에 열정은커녕 관심조차 둔 적이 없어요. 솔직히 십수 년간 친구로 지내 온 여자에게 사랑을 느낄 가능성도 많아 보이지 않고. 아, 물론 제레미와 세아는 예외예요."

롭의 말에 억지로 미소를 지어 보였다. 린다가 꽃다발의 향기를 음미하며 웃었다.

"하지만 난 기다리는 걸요. 언젠가는 이런 꽃처럼 아름다운 아가씨가 나타나 딘의 심장을 뛰게 할 거란 걸 믿어요. 아직 그 사랑을 만나지 못했을 뿐이죠. 딘은 아주 뜨거운 가슴을 가지고 있고, 마이클을 닮아 한 여자만 사랑할 스타일이에요. 그러고 보니 재클린이 올해 크리스마스 파티 때 올지 모르겠네요. 거의 늘 참석했는데."

그들의 대화가 크리스마스 파티로 흘러가는 걸 들으며 창문 밖으로 시선을 돌렸다. 뜨거운 태양 아래 포도가 무르익어 가는 바로사 밸리가 차창 밖으로 빠르게 지나쳐 갔다.

"세아, 제레미한테서 캠핑 얘기 들었죠?"

린다의 물음에, 멍하니 있던 세아가 정신을 차리고 대답했다.

"아, 네."

크리스마스 연휴가 시작되면 연례행사처럼 가곤 한다는 사막 캠핑 이야기를 귓등으로 흘려들은 걸 떠올렸다. 그동안 수많은 나라로 출장을 다녔지만, 사막을 본 적은 한 번도 없었다. 만약 딘에 대한 감정을 각성하기 전이었다면 엄청 들떠 좋아했겠지만, 하루에도 몇 번씩 마주치는 그를 피해 다니며, 끈질기게 그녀를 쫓는 감정을 외면하는 데만도 급급해 여행에 쏟아부을 에너지는 남아 있지 않았다.

"재밌을 거예요. 원래는 2박 3일로 가는데, 이번에는 나 때문에 아쉽게도 1박 2일로 줄였어요. 같이 가고 싶은데, 팔이 이래서 난 저택에 남아 있어야 할 것 같아 아쉽네요."

"저도 같이 남을게요. 린다 옆에 누군가는 있어야 하잖아요."

"그럴 순 없죠. 이번 캠핑의 주인공은 세안데. 나 때문이라면 걱정 안 해도 돼요. 내일부터 간병인이 오기로 했고, 롭도 같이 있어 주기로 했으니까. 책임자 한 명은 남아서 농장을 지켜야 하거든요. 다녀와요. 아마 기억에 잊히지 않는 추억으로 남게 될 거예요. 기대해요."

정말로 제레미의 말마따나, 온 우주의 기운이 모여 그녀의 의지대로 되는 일이 없게 하는 것만 같아 서글퍼졌다. 세아는 유리창 저편으로 보이는 'Reiner Wine' 간판을 우울한 눈으로 바라보며 대답했다.

"네. 기대되네요."

하얀색 캠핑카가 저택 앞에 섰다. 차에서 내린 딘이 계단에 놓여 있던 짐을 싣기 시작했다. 리치가 가벼운 백팩을 메고 내려왔고, 제레미가 긴 렌즈가 달린 카메라를 들고 나왔고, 마지막으로 세아까지 내려왔다. 그녀가 린다와 포옹하자 딘이 롭에게 말했다.

"무슨 일 생기면 바로 전화 주세요."

"여기 걱정 말고 재밌게 놀다 오게."

롭과 린다의 배웅을 받으며 그들은 캠핑카에 올라탔다. 차에 올라선 세아는 놀라서 고급스러운 내부를 둘러보았다. 오크와 화이트로 인테리어 된 차 안에는 최고급 가죽 소파와 테이블, 냉장고와 와인 셀러가 있는 부엌과 침실, 샤워 부스가 있는 욕실까지 갖춰져 있었다.

"이 차는 얼마일까요?"

"30만 달러."

리치가 선글라스를 쓰며, 입이 쩍 벌어진 그녀를 지나 운전석으로 가서 앉았다.

"딘이 만날 트럭만 끌고 다녀서 그가 호주 1위 와인 회사의 오너라는 걸 잊었군요. 차고 안쪽으로 아직 당신이 보지 못한 차들이 많아요."

운전석 옆자리에 제레미가 앉자 딘과 세아는 테이블을 두고 마주 앉을 수밖에 없었다.

차가 천천히 와이너리 입구를 지나 도로를 달리기 시작하자 세아가 물었다.

"리치, 우리는 어디로 가는 거죠?"

"북쪽으로. 레이크 하트Lake Hart 지나서 사막으로 갈 거예요. 기대해요. 진정한 호주의 아웃백을 볼 수 있을 테니까."

"오래 걸려요?"

"글쎄. 한 600킬로미터 정도?"

600킬로라니? 서울 부산 간 거리가 400킬로인데.

세아가 경악한 표정으로 되물었다.

"오늘 내로 도착은 하는 거죠?"

"걱정하지 말아요. 30만 달러짜리 캠핑카를 산 데는 다 그럴 만한 이유가 있죠."

도로 중간에 멈춰 야영을 하는 건 아닌지 걱정됐으나 더 묻기를 포기했다.

제레미는 창문을 열고 연신 셔터를 눌렀고, 딘은 와인 잡지를 보고 있었다. 세아는 창문 밖으로 지나치는 풍경을 바라보았다. 2차선 도로는 한산하다 못해 다른 차를 발견하기가 어려울 정도였고, 어느 순간부터 포도밭이 사라지고 붉은 황무지가 끝도 없이 펼쳐지기 시작했다. 낮은 수목과 잡풀뿐인 메마른 땅에 드문드문 캥거루나 이름 모를 들짐승들도 보였다. 내셔널 지오그래픽에서나 볼 법한, 야생 그대로 날것의 호주였다.

처음에는 그 낯설고 광활한 풍경을 넋을 잃고 바라보았지만 몇 시간이 지나도록 똑같은 풍경과 도로에 세아는 결국 나가떨어지고 말았다.

딘이 잡지를 내려놓고 테이블 서랍에서 무언가를 꺼내며 물었다.

"카드 할 줄 알아요?"

"포커요?"

그와 거리를 둬야 한다는 걸 알면서도 너무 지루한 나머지 카드를 뒤섞고 있는 딘을 말릴 수가 없었다. 그가 카드 네 장을 건네자 세아는 조심스레 들쳐 보았다. A 원페어. 나쁘지 않은데?

다이아몬드 9를 버리고 스페이드 5를 오픈 하자 그가 물었다.

"포커 잘해요?"

"조금요."

명절이면 할아버지 쌈짓돈까지 싹쓸이한다는 말은 굳이 하지 말자. 게임의 묘미는 이기는 거니까.

딘이 카드 하나를 버리고 클럽 3을 오픈 하자 세아는 그의 손가락 아래 뒤집어져 있는 카드를 내려다보았다. 스트레이트를 노리는 건가? 아니면 A나 2 원페어?

딘이 카드를 한 장씩 더 돌렸다. 그녀는 클럽 3, 그는 스페이드 5.

"베팅은 뭐로 하죠? 돈?"

"우리가 자주 하는 거 있잖아, 형."

보조석에 앉아 있던 제레미가 의자를 돌려 앉으며 말했다.

"우린 돈을 걸지 않아. 진실을 걸지. 뭐든 묻는 질문에 진실로 답하는 거야. 룰은 간단해. 카드는 총 열두 장 돌리고, 한

판에 질문 하나, 기권은 없어. 해 봐. 완전 재밌으니까."

"괜찮겠어요?"

딘의 물음에 세아는 흔쾌히 고개를 끄덕였다. 그때까지도 카드 게임으로는 누구에게도 뒤지지 않을 자신이 있던 그녀는 그것이 불러올 재앙에 대해 깊이 생각지 못했다.

마지막 카드까지 받은 세아는 엎어져 있던 원페어 카드를 다이아몬드 A에 합치며 말했다.

"트리플."

딘이 3, 5, 6 카드에 4, 7 카드를 뒤집어 펼치며 말했다.

"스트레이트."

이럴 수가! 믿을 수 없는 패배에 의자 등받이에 등을 기대며 두 손을 들었다.

"물어보세요."

"요 며칠 밤에 잠을 잘 이루었나요?"

불시에 들어온 질문에 놀란 세아는 흔들리는 눈을 들어 맞은편에 앉은 남자를 보았다. 알 수 없는 표정과 묵직한 시선. 대체 무슨 의중으로 묻는 질문일까?

하지만 그는 그녀의 대답을 기다릴 뿐이었다.

"조금…… 설쳤어요."

대답을 들은 딘은 다시 카드를 섞어 네 장을 주었다. 들춰 보니 꽝. 세아는 포기하고 아무 카드나 뒤집었다. 하지만 새로 들어온 카드가 연달아 J 카드.

"원페어."

딘은 엎어져 있던 카드를 뒤집으며 고개를 저었다. 노페어였다. 세아가 그의 질문을 되돌려 물었다.

"그러는 당신은 잠을 잘 이뤘나요?"

"아니요."

그의 단답형 대답에 그녀는 혼란의 소용돌이에 빠졌다. 저 말은 혹시 나를 기다렸단 뜻일까?

딘은 다시 카드를 섞어 돌렸다. 그녀가 받은 카드는 5, 7, 8, Q. 세아는 Q를 버렸고, 딘은 스페이드 10을 버렸다. 카드가 더 돌고, 세아는 4, 5, 6, 7, 8 카드를 나란히 펼쳤다.

"스트레이트."

"내 것이 더 높을걸요."

딘이 A, 2, 3, 4, 5 카드를 펼치자 세아는 소리쳤다.

"말도 안 돼! 혹시 타짜예요?"

"타짜가 뭐예요?"

딘의 물음에 제레미가 앞자리에서 웃음기 어린 목소리로 답했다.

"프로 겜블러를 말하는 거야. 형 카드 잘해. 바짝 긴장해야 할걸."

그런 얘긴 베팅 조건이 진실이란 얘기 하기 전에 말해 주면 안 되는 거니? 넌 내 편이니, 네 형 편이니?

몰래 이를 으득 갈며 카드를 가운데 몰아 놓고 침통한 표정으로 말했다.

"물어보세요."

"만약 당신 앞에 현실과 사랑이 놓여 있고, 둘 중에 하나만 골라야 한다면 무얼 선택하겠어요?"

"현실이란, 예를 들면요?"

"당신의 꿈, 목표, 명성, 당신이 이뤄 놓은 것들이겠죠. 사랑을 위해…… 그것들을 포기할 수 있겠어요?"

세아는 망설임 없이 고개를 저었다.

"아니요. 포기 못할 것 같아요. 가슴 아프겠지만, 전 현실을 택하겠어요."

딘이 카드를 다시 섞어 내주었다. 세아는 10 카드 세 장을 내밀었고, 그는 원페어였다. 세아가 물었다.

"당신은 어때요? 와인과 가족, 사랑과 신뢰의 가치 중에 무엇이 가장 중요하죠? 순서대로요."

"와인과 가족. 그 두 가지 중 무엇이 더 먼저라고 할 순 없어요."

"나머지는요?"

그가 대답 없이 그녀를 보자 갑작스레 머리를 내려치는 깨달음에 멍한 표정으로 중얼거렸다.

"당신에겐…… 그러니까 감정은 중요치 않군요."

그들 사이에 감도는 이상한 긴장감에 제레미는 의자를 돌려 앉았고, 리치는 백미러로 흘끔흘끔 그들을 쳐다보았다.

딘이 다시 카드를 섞어 내밀었고, 세아가 받은 카드는 2, 4, 7, J. 그리고 모두 하트였다. 세아는 J를 버렸고, 7을 오픈 했다. 연이어 하트 카드를 받은 세아는 빨간 카드 다섯 장을 내밀었다. 캠핑카가 멈춘 것은 그 순간이었다.

"플러시."

"레이크 하트에 도착했어요."

리치가 말하자 세아는 카드를 놓고 그를 보았다.

물어볼까? 재클린이라는 여자에 대해 어떻게 생각하느냐고. 내게 친절을 베푼 이유가 동생의 애인이라서 그런 것뿐이냐고. 그렇다면 비밀 아지트에서 날 보았던 당신의 눈빛은 뭘 뜻하는 거냐고.

수많은 질문들이 머릿속을 떠돌았지만 세아는 포기했다.

어차피 그에게 '누구'는 무의미할지 몰라. 세상 모든 여자가 다 똑같을 테니까. 그에게 사랑은 없어. 어째서 난 이런 남자를 좋아하게 된 걸까.

"제가 이겼죠? 질문은 없어요."

그녀가 모자와 선글라스를 찾아 내리자 제레미가 리치에게 속삭였다.

"지금 저 둘이 뭘 한 거예요?"

"보시다시피 게임을 한 거지."

리치가 알 수 없는 표정으로 중얼거렸다.

리치와 제레미까지 차에서 내리자 혼자 남은 딘은 오픈 된 카드 옆에 스페이드, 클럽, 다이아몬드 A를 뒤집어 놓았다. 그러자 오픈 되어 있던 하트 A와 합쳐져 포카드가 되었다.

고개를 돌린 그는 유리창 너머로 서 있는 여자를 한없이 괴로운 눈으로 내려다보았다. 질문은 그녀의 몫이 아닌 그의 것이었다.

"당신은 여전히 조금의 흔들림도 없이 제레미를 사랑하나요?"

그녀에게 그 질문을 건넬 자신이 있냐고 물어본다면, 아니었다.

Chapter. 12

When you wish upon a star,
Makes no difference who you are.
Anything your heart desires will come to you.

당신이 별에게 소원을 빌 때,
당신이 누구인지는 상관이 없어요.
당신이 원하는 건 무엇이든지 이루어질 거예요.

_When you wish upon a star 中

태양이 이글이글 타오르고 있었다. 겨우 적도를 향해 300킬로 남짓 달렸을 뿐인데, 애들레이드와 달리 이곳의 태양은 그야말로 작열했다. 단단히 모자를 눌러쓴 세아는 붉은 황무지를 둘러보았다. 호주의 흙은 유난히 붉다. 언젠가 롭에게 그 얘기를 하니, 흙에 철분이 많이 함유되어 있어 붉은색을 띤다고 했다.

차에서 내리자마자 어딘가에서 나타난 파리 떼들이 아귀처럼 달려들었다. 끈질기게 달라붙는 파리를 쫓으려 손을 휘저으며 걸음을 옮기자 지평선을 횡단하는 긴 철로가 나타났다.

"정말로 기차가 다니는 철로는 아니겠죠?"

"다녀요. 다윈과 애들레이드 사이를 오가는 기차가 이 철로를 지나죠."

마치 그 말을 기다리기라도 한 듯 우르르쾅쾅 하는 굉음과 함께 기차가 달려왔다. 세아는 귀를 막고 긴 기차가 지나갈 때까지 기다렸다가 조심스럽게 철로를 건넜다. 그들 앞에 갑작스레 하얀 사막이 나타난 것은 그때였다.

세아는 무언가에 홀린 듯 그 안으로 발을 들였다. 사방이 반짝반짝 빛나는 흰색의 딱딱한 모래로 뒤덮여, 마치 땅과 하늘이 지평선에 맞닿아 있는 듯한 착각이 들었다. 왜 이곳만 이렇게 하얗지?

그때 리치가 바싹 마른 모래알을 주워 내밀며 말했다.

"한번 맛볼래요?"

"모래를 먹으라고요?"

"날 믿고 혀에 대 봐요."

리치의 호언장담에 그의 손바닥에 놓인 모래알을 조금 집어 혀끝에 댔다. 그리고 눈이 휘둥그레져 쳐다보았다.

"소금이군요."

"맞아요. 여긴 소금 호수예요. 여름이라 호수 물이 다 말라서 소금만 깔려 있는 거예요."

"TV 다큐멘터리에서 소금 사막을 본 적이 있어요. 이런 느낌이군요, 소금 사막은."

반짝이는 소금에 반사된 햇빛이 너무나 강해 눈을 가늘게 뜨고 주위를 둘러보았다. 보이는 거라곤 하얀 소금과 푸른 하늘, 그리고 네 사람뿐이었다.

수만 년 전에 이곳은 바다였겠지. 깊은 바다 속이었던 곳이 이제는 사막 한가운데에 갇힌 호수가 되었다. 아주 오래전 기억 속의 그 푸르고 시원했던 바다를 그리워하다 지쳐 하얗게, 하얗게 메말라 갔을까?

수만 년 전 살던 물고기처럼 세아는 빙글 돌았다.

세상은 넓고, 이런 데가 수천, 수만 곳이 있을 거야. 세상에 멋진 남자가 수천, 수만 명이 있는 것처럼.

하얀 사막 한가운데 우뚝 선 딘을 보았다.

나는 그중에 한 곳을, 한 남자를 서른에야 처음으로 맞닥뜨린 거야. 하지만 절대 마지막은 아니야. 나는 이 소금 호수처럼 희망 없는 기대에 목매진 않을 거니까. 난 떠날 거고, 그를 잊을 거야.

"우리 다 같이 사진 한 장 찍어요."

제레미의 말에 각자 풍경을 즐기던 이들이 삼각대 앞으로 모였다. 카메라 타이머를 맞추는 사이 리치가 물었다.

"배고프지 않아요? 출발하기 전에 점심 먹읍시다."

린다가 싸 준 샌드위치로 간단히 점심을 때우고 다시 출발했다. 제레미와 리치는 카드를 치기 시작했고, 세아는 그 옆의 소파에 앉아 가져온 책을 마음 편히 읽기 시작했다. 딘이 운전석에 앉았기 때문이었다. 그러지 않으려고 해도 그가 가까이 있으면 무언가에 집중하기가 힘들었다.

잠깐씩 창밖을 내다보았지만, 30분 전, 한 시간 전과 다름없는 풍경만이 펼쳐졌다. 차가 멈춘 건 해가 지기 직전이었다. 세아는 차에서 내렸고, 그 순간 보았다. 광막한 붉은 사막 끝으로 태양이 사그라지는 것을. 손톱만 한 둥근 태양이 서서히 반원을 그리다 사막을 온통 붉은색으로 물들이고는 사라져 버렸다. 사방이 고요했고 아무 생각도 들지 않았다. 머릿속이 하얗게 지워진 것처럼 텅 비어 심장만이 격렬하게 뛸 뿐이었다.

해가 사라지자 지평선은 서서히 보라색, 그 위로 옅은 자주색, 그리고 핑크와 짙은 주홍색 하늘로 차례대로 이어졌다. 세아는 완벽한 그러데이션을 선보이고 있는 환상적인 자연의 화폭을 넋을 잃고 바라보았다.

"비너스의 벨트예요."

고개를 돌리자 옆에 서 있던 딘이 손가락을 들어 가리켰다.

"저 핑크색 띠를, 미의 여신 비너스가 하고 다니는 띠처럼 아름답다고 해서 그렇게 부르죠."

"잘 어울리는 이름이네요. 아름다워요."

"기다려요. 곧 더 아름다워질 테니까."

캠핑카에 기댄 딘이 팔짱을 끼고 하늘을 올려다보자 세아도 덩달아 기대어 하늘을 올려다보았다. 황홀한 밤의 시작을 알린 건 해가 지난 자리를 차지한 하얀 달이었다. 하지만 주인공은 따로 있었다.

점점이 제 모습을 드러내던 별들은 곧 검은 천을 온통 수놓기 시작했다. 말 그대로 별 밭이었다. 이런 하늘이라니! 이런 별이라니! 세아는 탄식처럼 속삭였다.

"쏟아질 것 같아요."

비현실적으로 많은 별들의 향연에 현기증이 일어 눈을 감았다. 어둠 속에 섬광 같은 빛이 번쩍거리고, 뺨을 지나는 건조한 바람과 옆에 선 그가 느껴졌다.

다시 볼 수 있을까? 이렇게 보석처럼 빛나는 별과 그와 하늘을 같이 바라보던 이 순간이…… 다시 돌아올 수 있을까?

주책맞게도 눈물이 쏟아져 나올 것만 같았다.

제발 이러지 마. 이런 감상주의는 싫어. 왜 이러는 거야? 그만 하기로 했잖아.

한참 동안 마음을 다스린 후 눈을 뜨자 캠핑카 옆으로 불을 피우는 리치와 제레미가 눈에 들어왔다. 차에서 내린 이후 한 시간 동안 하늘만 보고 있었다는 걸 깨닫고 서둘러 다가갔다.

"미안해요. 나도 모르게 일몰에 정신이 팔려 있었어요."

"알아요. 우린 자주 보니까. 하지만 사막은 해가 지면 온도가 급감하기 때문에 불을 피워야 하죠."

"저녁 준비는 제가 할게요. 메뉴는 뭐로 할까요?"

"당연히 스테이크죠. 당신은 앉아서 먹기만 해요."

리치는 고기 구울 준비를 했고, 그 옆으로 제레미가 간이 테이블과 의자를 펼쳤으며, 딘은 텐트를 설치하기 시작했다. 익숙하게 각자의 일을 찾아 하는 그들 사이에 멀뚱히 서 있던 그녀는 캠핑카 안으로 들어가 접시와 식기를 찾아 나오며 물었다.

"스파게티 어때요?"

"좋죠."

캠핑카 주방에서 통조림 소스를 이용해 스파게티를 만들어

나오자 밖은 이미 고기 익는 냄새가 자욱했고, 와인까지 세팅되어 있었다. 그들은 간이 테이블에 앉아 늦은 저녁 식사를 시작했다.

"린다와 롭도 같이 왔으면 좋았을 텐데, 아쉬워요."

"글쎄요. 린다는 몰라도 롭은 아쉬워하는 것 같지 않았어요."

리치가 스파게티를 먹으며 웃자 세아는 접시에 남은 마지막 고기를 입에 넣으려다 말고 물었다.

"왜요?"

리치가 모호한 표정으로 어깨를 으쓱해 보이자 세아는 딘과 제레미를 쳐다보았다. 그들은 아무 말도 하지 않았지만, 되레 더 확실해지는 기분이었다.

"혹……시?"

"당신이 생각하는 그게 맞을 거예요."

딘의 대답에 세아는 경악한 얼굴로 되물었다.

"왜, 저만 몰랐던 거죠?"

"롭이 워낙 표현을 안 하니까. 아주 오랫동안 지켜본 사람들만 눈치챌 수 있죠."

딘이 새로 구워진 고기를 들며 눈짓을 주자 세아는 얼른 빈 접시를 내밀며 중얼거렸다.

"난 그런 줄도 모르고, 캠핑 동안 제가 린다와 저택에 남겠다고 했어요."

"그랬다면 롭이 아주 실망했을 거예요. 둘이 저택에 단둘이 남은 적은 처음이거든요."

"롭은 결혼하신 적이 없나요?"

"없어요. 린다는 사별한 지 10년 되었고요. 우린 100달러 내기를 했어요. 롭이 린다에게 고백한다에 딘이, 못한다에 제레미와 내가요. 당신도 걸겠어요?"

세아는 지갑에서 초록색 지폐를 꺼내 테이블에 놓으며 말했다.

"고백한다에 걸게요."

"당신이 이곳에 얼마나 오래 머무를지도 모르는데?"

리치가 경솔한 결정이라며 다시 한 번 숙고해 보라고 했지만, 세아는 자신만만한 표정으로 반박했다.

"지금 저택엔 둘뿐이에요. 게다가 린다가 깁스를 하고 있어서 롭이 계속 옆에 붙어서 그녀를 도와야 하고요. 제가 없으면 씻는 걸 누가 도와 주냐고 물었더니, 롭이 머리 감는 것 정도는 도울 수 있다고 했어요."

"롭이 머릴 감겨 주다니."

"바보처럼 하늘이 내린 기회를 놓치면 안 될 텐데."

"구경 가야 하는 거 아니에요? 오늘 거기 완전 흥미진진하겠는데?"

넷이 키득거리며 웃고 떠들고 먹는 사이 음식과 와인은 거의 바닥을 드러냈다. 리치가 물었다.

"한국에선 여행을 자주 다녔나요?"

"아니요."

"여행을 별로 즐기지 않았나 보네요."

세아는 씁쓸한 얼굴로 고개를 저었다.

"아니요. 어린 시절에는 아빠가 너무 바쁘셨고, 어른이 돼서는 제가 너무 바빴어요."

"사막 캠핑의 소감은 어때요?"

딘이 그녀의 잔에 와인을 따르며 묻자 세아는 완벽하게 어둠에 휩싸인 사막과 별천지인 하늘, 그리고 타닥거리며 타는 모닥불을 차례로 바라보았다.

"아주 신비한 경험일 거라 생각했어요. 누구나 쉽게 할 수 있는 경험은 아니잖아요. 하지만 이런 곳을 몇 박 며칠 동안 여행한다든지, 사막 횡단을 하는 사람들을 이해할 순 없었죠. 대체 뭘 보러 오는 걸까? 아무것도 없잖아요. 무無의 공간이죠."

"그런데?"

"그래서 오는 거였어요. 아무것도 없어서."

세아는 그녀를 둘러싼 광활한 자연의 위용에 압도된 표정으로 말을 이었다.

"아무리 둘러보아도 사막과 하늘과 나뿐이에요. 아무것도 없어요. 그래서 완벽하게 집중하게 되는 것 같아요."

"무엇에?"

"나라는 인간에 대해."

"깊은 고찰의 결론은?"

세아가 쓴웃음을 흘리며 자조적으로 중얼거렸다.

"형편없는 인간이었어요. 아등바등 기를 쓰고, 이기려고 옆도 뒤도 아무도 안 보고, 아마 되게 무서운 여자였을 것 같다는 생각이 드네요."

아니라고 말했지만, 약혼식을 일주일 앞두고 깨 버렸을 때 최명훈에게 한 방 먹이려는 마음이 손톱만큼도 없었을까. 할아버지께 보란 듯 칼을 겨룬 오만함이 없었을까. 결국은 이렇게 될 줄 모르고 자신감에 심취해서…….

결국 내가 후계자가 되지 못한 건, 불면증 때문이 아니라 내 그릇이 이것밖에 되지 않아서야. 실패의 길로 이끈 건 최명훈도, 할아버지도 아닌 내 자신이라고.

뒤늦은 후회가 뼈아프게 몰려왔다.

"사막은 묘한 마력을 지닌 곳이죠. 사람을 미치게 하면서도 더할 수 없이 자유롭게 만드는. 하지만 자괴감은 그만둬요. 당신은 정말 멋지고 아름다운 여자예요. 솔직히 왜 당신 같은 여자가 제레미에게 빠진 건지 이해가 안 가요. 당신이 아깝다고요."

제레미가 말도 안 된다며 소리쳤고, 딘은 모닥불 위에 장작을 더 얹었고, 세아는 웃으며 와인 잔을 비웠다. 하지만 리치는 포기하지 않고 말을 이었다.

"정말이에요. 어떤 스타일의 남자를 좋아해요? 제레미가 이 상형은 아닐 것 같은데."

"슬프지만, 누구나 이상형을 만나는 행운을 누리진 않잖아요."

제레미가 황당하단 눈으로 쏘아보자 세아와 리치는 키득거리며 웃었다.

"그럼 어떤 남자 스타일을 좋아해요?"

"레트 버틀러요."

그녀의 대답에 제레미가 또 시작이냐는 표정으로 고개를 내저었더니, 화장실에 다녀온다며 캠핑카 안으로 들어갔다. 리치가 의외라는 표정으로 되물었다.

"바람과 함께 사라지다? 당신이 그런 마초 기질 강한 스타일을 좋아할 줄 몰랐는데."

"그냥 마초가 아니라 순정 마초죠. 그의 강함, 남자다움, 카리스마가 좋아요. 하지만 무엇보다 좋은 건 그의 강인함에 내제되어 있는 부드러움과 인간다움이에요. 허세와 오만함에 젖은 남부를 비판하지만, 정작 남부가 퇴각하게 되자 자진 입대를 하죠. 닳고 닳은 마초처럼 굴지만, 스칼렛을 만난 이후로는 그녀만 사랑해요. 끈질기게 인내심을 가지고 기다리죠. 그녀가 다른 남자를 잊지 못한다는 걸 알면서도요."

"확실히 제레미 쪽은 아니군요."

리치가 그녀의 와인 잔을 채워 주며 의미심장한 얼굴로 말을 이었다.

"오히려 딘 쪽이면 모를까. 당신이 말한 레트는요."

갑작스러운 말에 놀란 얼굴이 돌처럼 굳어 버렸다. 리치는 알 수 없는 눈으로 그런 그녀를 뚫어져라 보았다.

"강하면서 부드럽고 인내심도 많고, 바람과 함께 사라지다 속 레트 버틀러처럼 현실을 꿰뚫어 볼 줄 아는 남자죠."

"그런가요?"

당황스러운 미소를 흘리며 얼버무렸다. 그만 다른 이야기를 하길 바랐지만, 리치가 집요하게 또 물었다.

"만약에 말이에요, 당신 앞에 제레미 말고 당신 이상형에 아주 근접하게 부합되는 남자가 나타난다면 어떻겠어요? 예컨대 딘 같은 남자가 말이죠."

불규칙한 호흡을 내쉬며 갈 곳 잃은 시선을 하늘 위로 올렸다.

"글쎄요. 아마 좋겠죠? 잘생긴 데다 남자답고, 제가 좋아하는 와인을 최고로 잘 만드는 메이커시니까요. 하지만 전 당장은 아니어도 내 곁에서 미래를 같이 이야기할 수 있는 남자를 원해요."

최대한 농담처럼 말했음에도 불구하고 잠깐 동안 흐르는 어색한 침묵을 막을 도리가 없었다. 리치가 쾌활한 목소리로 사과를 건넸다.

"그렇군요. 미안해요. 내가 너무 지나쳤나요? 그냥 별 의도 없이 한 농담인데, 괜히 분위기만 망쳤네요."

딘이 자리를 떨치고 일어나며 중얼거렸다.

"맞아. 너무 지나쳤어."

그가 빈 접시와 식기를 들고 캠핑카로 들어가 버리자 분위기는 더할 수 없이 가라앉고 말았다.

갑작스러운 파장을 맞은 저녁 이후 세아와 제레미는 캠핑카의 침대와 소파에, 딘과 리치는 텐트로 각자 잠자리를 찾아 들어갔다.

하지만 밤이 깊도록 그녀는 뒤척이며 잠을 이루지 못했다. 캠핑카의 침대라고는 믿기지 않을 정도로 안락하고 편했지만,

평안을 찾지 못한 마음은 무겁고 혼란스럽기만 했다.

아까 리치는 뭘 알고 의도한 말일까? 혹시 내가 딘을 좋아하는 걸 눈치챈 걸까? 아까 딘이 화를 낸 건 리치의 농담에 불쾌했기 때문일까, 내 대답이 기분 나빴던 걸까? 나는 100점짜리 모범 답안을 말해 놓고 왜 잠 못 이루며 괴로워하는 걸까?

핸드폰을 들어 시간을 보자 벌써 자정이 넘어 있었다. 다시 반대쪽으로 돌아누워 커튼이 쳐진 창을 보았다. 별빛이 얼마나 밝은지 커튼 밖이 환하게 느껴질 정도였다.

결국 자리에서 일어난 세아는 커튼을 살짝 젖혀 모닥불과 텐트를 살폈다. 아무도 없는 걸 확인하고 겉옷을 챙겨 밖으로 나오자 확실히 사막이라 저녁때보다 기온이 뚝 떨어져 있었다.

조용한 텐트를 흘끔 쳐다보고는 아직도 불길이 남아 있는 모닥불 쪽으로 갔다. 딘이나 리치가 앉아 있었는지 모닥불 앞에 간이 의자가 놓여 있었다. 점퍼를 걸치고 의자에 앉아 하늘을 올려다보았다. 360도 뚫린 지평선 덕에 사방 어디를 둘러보아도 별이 보여 눈앞에서 우주 쇼가 벌어지고 있는 기분이었다. 이런 하늘을 두고 잠이 안 오는 건 당연한 거지.

생각보다 더 추웠지만, 들어가고 싶진 않았다. 몸을 웅송그려 앉고는 귀에 익은 팝송을 조용히 되뇌었다.

"Starry, starry night. Paint your palette blue and gray. Look out on a summer's day. With eyes that know the darkness in my soul."

반 고흐, 당신도 이 하늘을 봤어야 했는데. 그랬다면 세기에 남을 또 하나의 명작이 하나 더 나왔을 텐데 말이죠.

한참을 넋을 놓고 하늘을 보고 있는데, 어둠 저편에서 무언가 다가오는 것이 느껴졌다. 뭐지? 야생 동물인가?

생명이라곤 하나도 없을 것 같은 이곳에도 야생 개의 일종인 딩고나 캥거루가 산다고 들은 터였다. 세아는 바짝 긴장해서 미세한 움직임에 집중했다. 하지만 점점 가까워지는 인영이 딘이라는 걸 알아차린 순간 허둥지둥 자리에서 일어날 수밖에 없었다.

지금이라도 못 본 척 캠핑카로 들어갈까? 아냐. 이미 날 봤을 텐데, 그럼 꼴이 너무 우스워지잖아. 처음부터 모닥불이 켜져 있는 게 이상하다는 걸 알아차렸어야 했는데.

어느새 다가온 딘이 모닥불 앞에 멈춰 서자 둘은 말없이 서로를 보았다. 걷다 왔는지 남자의 거친 숨과 땀에서 사막의 냄새가 났다. 메마르고 고독한 내음이.

"당신이 있었는지 몰랐어요."

말하자마자 혀를 깨물며 후회했다. 당신이 있었다면 나오지 않았을 거예요라는 반어 아닌가. 세아는 얼른 덧붙여 말했다.

"방해할 생각은 없었어요."

"내가 당신을 방해한 건 아니고?"

"아니요."

얼른 고개를 젓자 딘이 테이블 위에 있던 주전자를 코펠에 올리며 눈짓으로 의자를 가리켰다.

"그럼 앉아요."

도망갈 기회를 놓친 세아는 어쩔 수 없이 의자에 다시 앉았다.

아니, 이런 별이 쏟아지는 하늘을 두고 거짓말은 하지 말자. 나는 그를 피하고 싶지 않았어. 그와 함께 있고 싶었지.

금세 그에게 끌려 결심을 잊고 마는 자신이 원망스러울 뿐이었다.

"조심해요."

딘이 김이 모락모락 올라오는 스테인리스 컵을 주자 세아는 추위에 언 코를 대어 향기를 맡았다. 얼 그레이였다.

그가 옆으로 앉았고, 둘은 하늘을 보며 차를 마셨다. 뜨거운 게 들어가니 등골에 스미던 한기가 조금씩 사라지는 걸 느꼈다. 세아가 물었다.

"예전에 당신 연구실에서 제레미와 내가 와인 테이스팅 한 결과 물어봐도 돼요?"

"물어봐요."

"첫 번째 마셨던 벽돌색 와인이 무슨 와인이었죠?"

"이름은 벨라 스텔라Bella Stella로, 아름다운 별이라는 뜻이죠. 아버지가 어머니에게 만들어 준 와인이에요. 정식으로 출시되진 않았죠."

"아름다운 별이라, 로맨틱하네요."

세아는 중후한 색과 달리 신선한 꽃향기를 뿜내던 와인을 떠올렸다. 그들의 사랑은 시들어 버리고 말았지만, 그때의 마음을 담아 만든 와인이 오랜 시간이 지나도록 여전하다는 게 놀라웠다.

"30년 동안 카브에 숨겨져 있던 와인인데, 얼마 전에 발견했어요."

"30년이 지났는데도 그렇게 신선한 풍미를 지니고 있다니, 훌륭한 와인이네요. 두 번째 마셨던 미디엄 바디 와인은요?"

"카베르네 프랑이에요. 태즈메이니아산이죠."

세아가 웃으며 말했다.

"다행히 피노 누아가 아니었네요. 그럼 세 번째 와인은요?"

"바로사 밸리산 쉬라즈예요. 나이가 100년에 가까운 올드 바인이죠. 아주 오래된 고목에는 고도로 농축된 맛의 포도가 열려요. 그래서 당신이 진하고 강하다고 느낀 거예요."

"그렇군요. 제레미나 저나 모두 맞히지 못했네요."

"정확하진 않아도 세 문제 다 근접한 답을 말했으니, 당신이 제레미보단 잘한 거예요."

아마 두 사람은 와인을 같이 마시며 이야기를 나누었겠지. 당신이 와인을 마시고 말한 테이스팅 소감을 제레미가 메일로 써서 보낸 거고. 리치는 당연히 제레미가 느낀 감상인 줄 알고 테이스팅에 재능이 있다고 믿게 된 거리라.

걱정스러운 얼굴로 그녀가 물었다.

"제레미에게 테이스팅 재능이 없어 실망했나요?"

"아니요. 녀석에게 재능이 없다는 건 이미 알고 있었어요."

제레미를 와이너리에 끌어들이는 데 혈안이 되었던 리치만 헛물을 켜고 기대를 했었지만, 그는 차라리 이렇게 되길 빌었다. 이제 제레미에게 아무런 재능이 없다는 걸 확인했으니 와이 너리에 붙잡아 둘 이유는 사라졌다. 제레미는 라벨 디자인이 끝나는 대로 떠날 테고, 그녀도 같이 한국으로 돌아가겠지. 이제 그들에게 남은 시간은 많지 않았다. 나는 그녀를 잊을 수 있을까?

"혹시 별자리 볼 줄 알아요?"

"아니요."

세아가 고개를 젓자 딘이 손가락을 들어 하늘 중앙을 가르는 검고 뿌연, 물결 모양의 띠를 가리켰다.

"저기 은하수에……."

"저게 은하수라고요?"

세아가 놀라 몸을 곧추세우며 그가 가리킨 곳을 바라보았다.

"눈뜬장님인가 봐요. 전 구름이 껴 있다고 생각했어요."

"서울에서는 제대로 본 적이 없었을 테니까. 은하수 중간에 검은 구멍처럼 보이는 게 석탄 성운이에요. 그 석탄 성운 바로 옆쪽으로 아주 밝게 빛나는 십자가 모양의 별자리가 있어요. 약간 누운 모양으로."

고개를 기운 세아는 이름처럼 검은 공동처럼 보이는 성운 옆으로 아주 밝게 빛나는 별 무리를 발견하고는 소리쳤다.

"찾았어요!"

"그게 남십자성이에요. 남반구에서 제일 유명한 별이죠. 호주 국기에도 저 별이 있어요. 옛날 뱃사람들이 항해 중에 저 별을 보고 남쪽 방향을 찾을 수 있었다고 해요."

"북극성처럼요?"

"맞아요. 하지만 여기서는 북극성이 안 보이죠."

"그렇군요. 남반구라 북극성이 안 보이겠군요. 그러고 보면 우린 같은 하늘을 올려다보는 게 아니었네요. 내가 보는 하늘과 당신이 보는 하늘은 애초에 전혀 다른 것이었어요."

우연찮게도 같은 하늘, 같은 별을 보고 있지만, 이제 곧 다른 하늘 아래에서 살아야 할 사람들이지. 그리고 헤어짐의 시간은 그리 멀지도 않아. 내가 떠나면 그는 조금이라도 날 그리워할까?

동상이몽에 빠진 남녀 앞으로 한 줄기 빛이 빠르게 하늘을 가르고 지나쳤다. 직접 눈으로 보고도 믿을 수가 없어 세아는 얼떨떨한 표정으로 물었다.

"지금 봤어요?"

"유성?"

딘이 마치 길거리에 지나치는 캥거루라도 본 듯 평이하게 되묻자 세아는 흥분에 휩싸인 표정으로 소리쳤다.

"진짜 별똥별이었어요!"

"기다려 봐요. 운 좋으면 무더기로 떨어지기도 하니까."

"정말요? 이번엔 놓치지 말고 소원을 빌어야겠어요."

세아가 컵을 바닥에 내려놓고 두 손을 모으자 딘이 물었다.

"그 소원이 뭔지 물어도 돼요?"

"이제 정해야죠."

옆에서 울리는 낮은 웃음소리에 가슴이 뛰었다.

당신은 모르겠죠. 아주 가끔, 지금처럼 진심으로 웃을 때 그 미소가 얼마나 매력적인지. 비단 그런 여자가 나뿐만은 아니겠지만.

뻐근하게 아린 가슴을 숨기며 아무렇지 않은 목소리로 말을 이었다.

"소원이야 많죠. 가족, 친구들 모두 건강하게 해 주세요. 회사가 지금만큼만 잘 굴러가게 해 주세요. 그리고……."

무언가를 망설이듯 말끝을 놓자 딘이 이어 대답했다.

"여왕이 되게 해 주세요?"

눈을 돌려 그를 보자 사막 어디에선가부터 바람이 불어왔다. 그 바람이 차가운 뺨을 스치고 가는 순간 온몸이 전율한 건 추위 때문인지, 사그라지는 모닥불처럼 일렁이는 남자의 눈빛 때문인지 알 수 없었다.

"맞아요."

그녀가 떠는 걸 알아챈 딘이 일어나 후드 재킷을 벗어 그녀 위로 덮어 주었다. 바람이 들지 않게 목까지 단단히 여며 주는 손길에 그만 눈을 감았다. 메마른 사막 내음이 코끝에 스미자 심장이 절망스럽게 고동쳤다.

제발.

그의 온기가 스민 재킷 아래 떨리는 두 손을 맞잡고 빌었다.

소원이에요. 더 아프지 않게, 이 남자에게 더 빠져들지 않게 해 주세요.

"고마워요. 그럼 당신 소원은요?"

"난 안 빌어요."

딘이 그녀와 자신의 스테인리스 컵을 테이블에 가져다 놓으며 말했다. 그리고 꺼져 가는 모닥불에 장작을 더 넣자 마른 나무에 금세 불꽃이 피어올랐고, 추위가 조금씩 물러갔다.

"왜요? 별에 소원을 빌어 본 적 없어요?"

"있었죠. 아주 어렸을 적에 한 번."

"어떤 소원이었는지 물어도 돼요?"

"누군가 간절히 돌아오게 해 달라고 빌었죠. 밤새 떨어지는 유성에 똑같은 소원을 수십 번 빌었어요. 하지만 이뤄지지 않았어요."

세아는 남자의 넓은 등을 바라보았다. 어린 소년이 밤새 빌며 간절히 돌아오길 바란 이는 아마도 그의 어머니였겠지.

딘이 다시 의자에 돌아와 앉자 세아는 부러 밝은 목소리로 말했다.

"만약 유성이 떨어지면, 당신 소원도 빌어 줄게요. 제 자랑 같지만, 다들 망할 거라고 두 손 두 발 들고 말린 프로젝트도 제가 건드리면 대성공이고, 한번 사 볼까 싶어서 자동으로 긁은 로또가 3등이었죠."

"미다스의 손이다?"

딘이 맞잡은 손을 쳐다보자 세아는 자신만만한 표정으로 동의했다.

"맞아요. 제가 빌면 이뤄질 거예요. 그러니 골라 봐요. 레이너 와인이 세계 최고 와인 회사가 되게 해 주세요? 당신과 와이너리 가족들 모두 아프지 않고 건강하게 해 주세요? 아니면……."

"완벽한 와인을 만들게 해 주세요."

그의 대답에 세아는 고개를 끄덕이고는 하늘을 올려다보았다. 그리고 얼마 뒤 딘의 말대로 유성이 떨어질 때 눈을 감고 소원을 빌었다. 그리고 속삭였다.

"이번 소원은 이뤄질 거예요."

한여름 밤의 꿈처럼 달콤 씁쓸한 시간이 그들 사이로 빠르게 지나가고 있었다.

Chapter.13

To me, you are perfect.
And my wasted heart will love you.

당신은 내게 완벽해요.
그리고 헛된 마음으로 당신을 사랑할 거예요.

_Love actually 中

"메리 크리스마스."

"메리 크리스마스."

쨍, 하고 와인 잔을 부딪치며 서로에게 크리스마스 인사를 건넸다. 식탁에는 새우와 랍스터, 샐러드, 종류별 와인들이 놓여 있었고, 깁스를 한 린다 대신 롭이 칠면조를 잘라 각자의 접시에 덜어 주었다. 창가에 놓인 작은 트리와 와인 바 위에 차곡차곡 쌓여 있는, 예쁘게 포장된 크리스마스 선물들. 조용하지만 조금은 들뜬 크리스마스이브의 레이너가 모습이었다.

롭이 자리에 앉으며 말했다.

"올해 크리스마스는 여느 해보다 더 풍족한 기분이 드는군."

"왜 그런 줄 아세요?"

"어떤 아리따운 천사 때문이지."

롭의 대답에 린다가 미소를 띠었다.

"우리 마음이 통했네요. 맞아요. 세아와 함께해서 올해 크리스마스는 더 특별해졌어요. 손님이 아니라 가족이 한 명 는 것 같아요."

린다가 딸에게 하듯 등을 도닥이자 세아가 몸을 기울여 그녀의 어깨에 머릴 기댔다. 마치 모녀처럼 정다워 보이는 그 모습을 다들 흐뭇하게 바라보았다.

"저야말로 감사하죠. 여기 머물지 않았다면 늘 그랬듯 우울한 크리스마스를 보내고 있었을 텐데."

"한국에 있을 때 크리스마스에 뭘 했죠?"

크리스마스에 뭐 했더라? 야근, 혹은 주말 당직. 아무도 없는 사무실에 앉아 고군분투했던 날들이 떠올랐다 지워졌다. 좌천되지 않았다면 올해도 똑같은 크리스마스를 보냈겠지.

최 본부장은 카페테리아 프로젝트를 어느 정도 진행시켰을까? 내년 1월까지 가시화되어야 하는데. 그렇지 않으면 크루아상을 뒤따라 잡기 힘들어질 텐데.

그만둬. 어차피 내 손을 떠난 프로젝트야. 난 아무것도 할 수 없어.

세아는 칠면조를 한 점 입에 넣으며 씁쓸하게 대답했다.

"일했죠."

"만찬이나 파티는요?"

"만찬 대신 컵라면으로 때우고, 파티 대신 야근을 했죠."

그녀의 이야기에 모두가 안쓰러운 표정을 지어 보이자 머쓱

62

한 얼굴로 대답했다.

"그래도 올해는 재미있게 보낼 수 있잖아요."

"저녁에 파티를 기대해요. 춤과 와인, 음악이 넘쳐나고, 정말 재밌거든."

레이너 와이너리는 12월 23일부터 1월 3일까지 긴 휴가에 돌입했다. 휴일이 크리스마스 하루인 한국과 달리 이곳의 크리스마스는 한국의 추석에 버금가는 중요한 명절이어서 와이너리뿐만 아니라 대부분의 곳들이 긴 휴가를 가졌다. 그리고 와이너리에서는 이브 저녁에 직원들과 그들의 가족, 애인이 동석하는 제법 큰 규모의 크리스마스 파티가 열린다고 했다.

유학 시절에 그녀도 크리스마스 파티를 경험한 적이 있었다. 하지만 그것은 친구 몇 명끼리 모인 작은 파티였을 뿐이었다.

"참고로, 슈트와 드레스만 참석 가능해요."

리치는 세아를 보며 말했지만, 불만의 목소리는 오히려 다른 곳에서 터져 나왔다.

"슈트라니! 21세기에 너무 구시대적이고 고리타분해요."

"그래, 그것 좀 안 하면 안 되나? 너무 불편하다고."

제레미의 말에 이어 롭까지 덧붙여 불평을 늘어놓자 리치가 단호하게 말했다.

"여자들은 군소리 없이 드레스를 입어요. 다들 아름답죠. 롭, 그런 여자와 춤을 추려면 당연히 슈트를 입어야 해요. 1년 내내 흙 묻은 바지 차림이면서, 특별한 날 한 번 입는 게 그렇게 귀찮으세요? 린다, 말해 주세요. 하얀 셔츠에 멋들어진 슈트 차림의 남자와 다 해진 청바지에 티셔츠 차림의 남자가 춤을 추자고 청한다면 누구랑 추시겠어요?"

"당연히 하얀 셔츠에 슈트 차림의 남자겠죠."

리치가 거보라는 듯 고갯짓으로 린다를 가리키자 롭은 조용히 입을 다물었다.

식사 후에 크리스마스 선물 개봉이 시작되었다. 누군가는 기대에 찬 얼굴로 선물 포장을 풀었고, 누군가는 기대 반 걱정 반을 안고 그 모습을 지켜보았다. 그중 단연 압권은 롭이 린다에게 준 선물을 풀 때였다. 팔이 불편한 린다는 제레미의 도움을 받아 조그만 상자의 포장을 뜯기 시작했고, 롭은 바싹 긴장해서 그 모습을 지켜보고 있었다. 리치는 흥미진진한 표정으로 속삭였다.

"재작년엔 모자였고, 작년에는 스카프였죠. 올해는 또 무슨 쓸데없는 선물을 했을까요?"

세아는 매의 눈으로 상자의 사이즈와 모양을 살폈다.

"작아요. 주얼리예요."

"그럴 리가."

리치는 고개를 내저었지만, 린다의 손에 들려 나온 귀걸이에 입이 딱 벌어질 수밖에 없었다. 그녀가 믿을 수 없다는 눈빛으로, 애처로울 정도로 굳어 있는 롭을 보았다.

"롭, 언제 이런 걸!"

"그러니까…… 어울릴 것 같아서 샀는데, 당신 마음에 들었으면 좋겠어요."

"마음에 들어요. 제가 이파리 모양을 좋아하는지 어떻게 알았죠?"

"당신 브로치 중에 이파리 모양이 있었던 것 같아서 사 봤어요."

린다가 감동한 얼굴로 가슴에 손을 얹자 롭의 얼굴이 새빨갛게 달아올랐다. 옆에서 제레미가 롭이 귀금속을 고르는 안목이 있으신 줄 몰랐다며 거들었다.

"너무 예뻐요, 롭. 고마워요."

"롭이 머리만 감겨 준 건 아닌가 보군."

허탈하게 중얼거리는 리치에게 세아가 속삭여 물었다.

"내기는 딘과 내가 이긴 거 맞죠?"

"아직 속단하긴 일러요. 분위기는 좋지만, 확실하게 고백을 하진 않았잖아요."

"저 귀걸이가 고백이 아니라고요? 지금 뭔가 변명처럼 느껴지는 건 착각이죠? 상대가 이기는 카드를 쥐고 있을 때, 패자들은 게임이 공정하지 않다고 불평하잖아요."

"두 사람 쪽으로 추가 기운 건 인정해요. 하지만 아직 끝은 아니에요."

"기다려요. 오늘 밤 파티에서 무슨 일이 벌어지나 보자고요."

딘은 그의 앞에서 리치와 설전을 벌이는 여자를 보았다. 틀어 올린 머리칼 아래 하얀 얼굴과 빨간 레이스 원피스 어깨 단 밖으로 드러난 긴 팔은 처음 와이너리에 왔을 때보다 살도 붙고 혈색도 좋아져 한층 건강해 보이는 모습이었다. 당당하고 아름다워, 마치 그녀가 간절히 바라고 기도했던, 닿을 수 없는 높은 곳에 있는 여왕처럼 보여 눈을 뗄 수가 없었다.

자리로 돌아와 앉은 제레미가 세아의 귀에 무슨 말인가 속삭이자 미소를 띠며 고개를 끄덕였다. 얼음처럼 차가운 손이 불쑥 들어와 그의 심장을 움켜쥐는 것처럼 격통이 몰려왔다. 불시에 찾아오는 그 고통은 요즘 들어 더 빈번하게 딘을 괴롭히고 있었다.

식사 시간 이외에 그녀와 마주치는 일은 드물었다. 출퇴근은 제레미가 도와주었고, 일이 끝나면 호숫가 별장으로 가서 그림을 그리는 듯했다. 불면증이 나았는지 사막에서의 밤 이후 만난 적도 없었고, 다 같이 있는 자리에서는 곧잘 즐겁게 대화를 나누었지만 개인적으로 이야기를 하진 않았다. 확실히 그녀는 교묘하게 그와 거리를 두고 있었다. 아무 일도 벌어지지 않은 것처럼. 그러니 딘 역시 아무 일도 벌어지지 않았던 것처럼 태연한 얼굴로 연기를 하면 된다. 아무도, 아무것도 바뀌지 않은 것처럼.

"자, 이제 딘 차례예요."

딘은 자리에서 일어나 와인 바로 갔다. 그리고 쌓여 있는 선물들 중에 그의 이름이 적힌 것들을 하나씩 풀기 시작했다. 티셔츠와 선글라스가 나왔고, 운동화와 지갑이 나왔다. 선물을 준 이에게 감사의 인사를 한 마디씩 건네고 마지막 남은 상자를 들었다. 손바닥만 한 상자였지만 꽤나 묵직한 그것의 포장을 뜯고 뚜껑을 열자 맨 위에 카드가 있었다. 딘이 오랫동안 그것을 펼쳐 보고만 있자 리치가 궁금증을 못 이기고 물었다.

"무슨 선물이야?"

카드를 접어 주머니에 넣고는 상자 안에서 메탈 시계를 들어 보이며 세아를 보았다. 그녀가 불안한 표정으로 물었다.

"마음에 안 드세요?"

"들어요. 고마워요."

그의 대답에 안도한 세아가 미소를 깨물자 리치가 물었다.

"왜 시곈지 물어도 돼요? 뭔가 특별한 이유라도?"

"아니요. 딘은 늘 빠듯한 시간을 쪼개어 일하니까 시계를 자주 볼 테고, 실용적인 선물이 될 것 같아서 골랐어요."

"그렇군요."

피날레는 그녀였다. 세아는 바 위에 놓인 것들을 하나씩 뜯기 시작했다. 롭이 선물한 운동화가 나왔고, 린다가 선물한 팔찌도 나왔다. 리치는 고가의 만년필을 선물했고, 제레미가 끈이라고 할 수밖에 없는 야한 속옷 세트를 선물해서 좋던 기분이 짜증스러워진 건 비밀이었다.

마지막으로 제일 밑바닥에 깔린 커다랗고 네모난 선물을 들어 보았다. 구석에 간결한 글씨체로 'Dean'이라고 쓰여 있는 포장지를 해체한 세아는 그것을 내려다보았다. 나뭇결이 그대로 살아 광택이 흐르는 검은 가방에는 갈색 가죽 손잡이가 달려 있고, 귀퉁이에는 'Sea'라고 새겨져 있었다. 제레미가 놀라 소리쳤다.

"화구 가방이잖아!"

딘이 물었다.

"마음에 안 들어요?"

"들어요. 아주 마음에 들어요."

세아는 형용할 수 없는 기분에 휩싸여 반복해서 말했다. 그리고 아주 오랫동안 매끈하게 빠진 나무 가방을 바라보며 딘에게 물었다.

"바쁘셨을 텐데 언제 이걸 만들었죠?"

"틈틈이."

눈썹을 간질이는 입바람과 뺨을 감싼 거친 손바닥, 그리고 혼란과 분노로 얼룩진 눈빛이 떠올라 가슴이 울렁울렁 요동치는 그녀와 달리 딘은 무심한 얼굴로 말했다.

"그림을 그리게 된다면 써요."

"고마워요. 잘 쓸게요."

곧 레나트와 젬마, 아이 셋의 대가족이 들이닥쳤고, 손님맞이를 하느라 주방은 시끌벅적해졌다. 세아는 그들과 간단히 인사를 나누고는 선물을 들고 방으로 들어왔다. 그녀를 뒤따라 들어온 제레미가 그녀를 불렀다.

"장세아."

무언가에 정신이 팔려 있던 세아는 깜짝 놀라 뒤돌아섰다. 등 뒤로 방 문을 닫은 제레미가 여느 때와는 사뭇 다른 진지한 표정으로 물었다.

"뭔가 이상하지 않아?"

"뭐가?"

"혹시 너랑 형이랑 무슨 일 있었어? 저번 캠핑 때도 느꼈는데, 왜 자꾸 둘 사이에 무언가가 있다는 기분이 들지? 둘 사이에 나만 모르는 무언의 눈빛과 대화가 오가는 것 같은 기분 말이야."

"무슨 소리야?"

혹여나 속마음을 들킬까 시선을 피하며 부러 퉁명스레 대답했다. 제레미가 턱을 긁적이며 되물었다.

"넌 못 느꼈어? 분명히 이상한 기류가 흐르는 것 같은데, 내 착각인 거야? 혹시 우리 사이에 대해 말실수라도 한 건 아니지?"

"그런 일 없어."

제레미가 여전히 의구심이 걷히지 않은 얼굴로 침대에 놓인 검은 나무 가방을 가리켰다.

"그런데 갑자기 웬 화구 가방? 넌 이제 그림도 안 그리는데."

"언젠가 딘이 만들어 선물했다는 네 화구 가방을 보고 멋지다고 칭찬했는데, 그 말을 마음에 뒀었나 봐."

"그래? 형이 손재주가 좋아서 곧잘 뚝딱뚝딱 만들어 내지만, 자주 선물하진 않거든. 아주 친한 사이거나 특별한 경우에만 하지."

친하거나 특별하거나. 나는 둘 중에 전자일까, 후자일까?

자꾸만 기대감에 부풀어 오르는 가슴을 애써 꾹꾹 눌러 밟았다. 방 문을 열기 전 제레미가 말했다.

"알았으니까 조금만 조심해 줘. 왠지 형이 널 의심스럽게 쳐다보는 것 같으니까."

"너야말로 이 쓰레기 같은 거 도로 가져가!"

그녀가 속옷 상자를 집어 던지자 제레미가 한 손으로 받아 들어 마치 공을 패스하듯 세아에게 다시 던졌다.

"넣어 둬. 나중에 요긴하게 쓸 날이 올지도 모르잖아."

"미친 거 아냐? 이런 걸 왜 선물한 거야?"

"우리 둘이 뜨거운 연인처럼 보여야 하니까."

그러니까 나는 그게 싫단 말이야. 너랑 뜨거워 보이는 게. 그가 날…… 네 여자로 보는 게.

제레미가 나가자 침대에 앉은 세아는 화구 가방의 잠금장치를 풀었다. 안은 적절히 칸이 나뉘어 있어 물감과 붓 같은 도구를 넣기 편리하게 되어 있는데다 모서리를 모두 둥글게 갈아 놓아서 다치지 않게 만들어 놓았다.

톱질을 하고, 사포질을 하고, 내 이름을 새겨 넣는 동안 그는 무슨 생각을 했을까. 대체 무슨 마음으로 이걸 만들었을까.

'정말 인내심이 필요한 건 다른 데죠.'

그 순간 난 그가…… 키스할지 모른다고 생각했어.

벌떡 자리에서 일어났다.

아니야! 아니라고! 그 남잔 또 날 헷갈리게 하고 있어. 그게 아니면 또 온갖 상상의 나래를 펼치며 나 혼자 김칫국을 원샷 하고 있던가. 그만. 나 이제 정말 그만 할 거야. 매일 밤 잠 못 이루는 것도 지겹고, 이 지긋지긋한 짝사랑에 완전히 지쳤다고. 그러니 그만 날 들었다 놨다 하란 말이야.

하지만 무언가에 이끌리듯 매끈한 자태를 뽐내고 있는 화구 가방을 다시 내려다보고 있었다.

"세아, 잠깐만 나와 볼래요."

문 밖에서 울리는 린다의 목소리에 화구 가방을 화장대 위에 고이 모셔 두고 방을 나섰다.

넓은 거실과 식당은 가족들과 손님들로 북적였다. 테이블은 게임이 진행 중이었고, 레나트가 연거푸 주의를 주었지만 아이들은 복도와 방을 뛰어다녔다.

딘은 벽난로 옆에 서서 식당 입구에 있는 세아를 보고 있었다. 그녀는 레나트의 부인인 젬마와 이야기 중이었다. 젬마가 크리스마스 푸딩을 먹으며 한껏 부푼 배를 가리키는 걸 보니 대화의 주제는 뱃속의 아이인 듯했다. 젬마가 세아의 손을 끌어 배 위에 올려놓자 그녀의 눈동자가 휘둥그레졌다. 태동을 느낀 듯 놀란 토끼 눈을 하고 있는 모습에 젬마가 웃었다.

'당장은 아니어도 내 곁에서 미래를 같이 이야기할 수 있는 남자를 원해요.'

바람대로 언젠가는 누군가의 아내가 되고 아이를 품은 엄마가 되겠지. 그 아이가 제레미의 아이일 수도, 다른 남자의 아이일 수도 있다. 분명한 건 그녀의 미래에 그가 포함될 일은 없다는 것이었다.

가슴 안에 피어오르는 질투의 불씨처럼 붉은 와인을 한입에 털어 잔을 비웠다.

이건 정말 바보 같은 짓이야. 제레미에게서 그녀를 뺏을 수도, 내 마음을 알게 할 수도 없어. 할 수 있는 유일한 일이라곤 이렇게 몰래 지켜보는 것 외에는 없으면서, 알 수 없는 그녀의 미래까지 질투하는 건 너무나 우스운 일이다. 동생의 여자를 가슴에 품고서 결혼과 아이를 꿈꾸는 것만큼 정신 나간 짓이 분명하지.

그럼에도 불구하고 본능적으로 위기를 느끼고 있었다. 꾹꾹 눌러 숨기고 있지만 점점 이성의 통제력은 녹슬어 무뎌져 가고, 가슴 깊은 곳에 숨겨 놓았던 욕망이라는 괴물은 열기를 더하여 부글부글 끓어올랐다. 만약 어떠한 계기로 인해 그의 이성이 한계에 달하고, 결국 참지 못한 욕망이 분출구를 찾아 터져 나온다면, 절대 하지 않으리라 다짐했던 일들을 저지를 것만 같았다.

"무슨 생각 해?"

어디선가 나타난 리치가 와인 병을 기울여 그의 손에 들린 빈 잔을 채우자 딘은 루비빛 와인을 내려다보며 대답했다.

"아무것도."

리치가 와인 병을 창틀 위에 놓고 옆으로 나란히 서자 무의식적으로 다시 세아를 보았다. 그녀들의 대화는 크리스마스 음식으로 옮겨 간 듯 접시에 놓인 푸딩을 보며 열띤 토론을 나누고 있었다. 리치가 물었다.

"내가 첫 번째 결혼을 할 때 넌 내게 물었지. 후회하지 않겠느냐고. 그때 내가 뭐라고 대답했는지 기억나?"

"결혼을 해도 후회할 거고, 하지 않아도 후회할 거라고."

"맞아. 넌 온 마음을 다해 내게 축하한다고 했고, 1년 6개월 뒤에 나는 이혼 서류에 사인을 했어."

딘은 리치를 쳐다보았다. 그가 지금 무슨 이야기를 하려는 건지 종잡을 수가 없었다.

평소와는 다르게 리치가 어두운 표정으로 말했다.

"그러지 마, 딘. 넌 후회하게 될 거야."

"무슨 소리야?"

"네가 누굴 보고 있는지 알아. 캠핑 때도 그랬고, 어제도 그제도 그랬고, 지금 이 순간도 넌 그녀를 보고 있어."

석상처럼 굳어 버린 딘이 말을 잃고 그를 보자 리치는 자연스레 대화를 나누는 척 다른 이들의 시선을 피해 바싹 마주 서서 말을 이었다.

"봐. 시작은 나였어. 다음은 린다와 롭일 거고, 계속 그렇게 쳐다본다면 머저리 장님이 아닌 이상 제레미도 곧 알아차리겠지. 멈추지 않으면 모두가 네 감정을 알아차리는 건 시간문제일 거라는 말이야."

리치는 어떻게 알아차렸을까? 아무에게도 마음을 들키지 않으리라 다짐했는데, 자신의 부주의함을 믿을 수가 없었다. 동요하는 그의 눈빛에 리치가 그 이유를 대신 말해 주었다.

"지금 네 모든 정신은 그녀에게 쏠려 있어. 그래서 다른 건 아무것도 안 보이고 안 들리지. 심지어는 내가 널 지켜보는 것도 몰라. 넌 불길 속에서 온몸이 타는 것처럼 고통스러워 보여. 그녀를 원하는 마음이 네게 그대로 고통이 되는 거야. 그럼에도 불구하고 눈을 떼진 못해. 계속 원하며 괴로워하고 있어. 제레미와 그녀가 다정한 모습을 보일라치면 더욱더 그렇지. 지금은 그럴듯한 도덕관념과 이성으로 막고 있지만, 언제까지 버틸 수 있을까?"

힘겹게 목울대가 올라갔다 내려오더니 거친 목소리로 말했다.

"그렇게까진 아니야."

"아니라고?"

언제나 그에게 100퍼센트의 신뢰를 보여 줬던 리치가 지금은 전혀 믿지 못하고 있음을 알아차렸다. 사망 선고를 내리는 의사처럼, 리치는 괴로운 얼굴을 내저었다.

"딘, 넌 벌써 제어 불능이야. 그녀에게 완전히 빠져 있어."

그의 얼굴에 대고 아니라고, 당당히 설득할 수 없음이 슬펐다. 이제는 정말 그도 스스로를 믿을 수가 없었으므로.

거실을 빠져나와 현관으로 향했다. 리치가 따라오는 것이 느껴졌지만 뒤돌아보지 않고 걸었다. 그녀에게서, 리치에게서, 모든 것에서 도망치고 싶을 뿐이었다. 문 밖을 나서자 지옥의 불처럼 뜨거운 태양이 그들 위로 작열했다.

"왜 하필 그녀야? 세상에 여자는 많아. 너에게 환장하는 여자도, 널 기쁘게 해 줄 여자도 많다고. 세상에 네가 선택할 수 있는 수많은 여자가 있어. 장세아 빼고 말이야. 왜야? 왜 하필 동생의 여자냐고?"

왜냐하면 세상 수많은 여자 중에 그녀만이 마음을 빼앗고, 그녀만이 공허한 내 삶을 알아차렸고, 그녀를 만난 이후에야 내 인생에서 무엇을 잃고 있는지를 깨달았으니까.

그조차도 이해할 수 없는 건 왜 하필 그녀가 동생의 여자인 지였다.

"내 눈으로 보지 않았다면 믿지도 않았을 거야. 내가 지금 어떤 줄 알아? 내 뺨을 아주 세게 때려 주고 싶어. 재능도 없는 제레미를 와이너리에 끌어들이자고, 너에게 그녀를 설득하라 고 했던 날 때려 주고 싶다고. 완벽하진 않지만 이 계획이 최선 이라고 생각했어. 그런데 내가 널 함정에 빠트리고 있었다니!"

그를 따라오는 죄책감 어린 목소리를 외면하려 커다란 보폭 으로 걸음을 옮겼다. 리치가 소리쳤다.

"그만둬! 레이너 와인과 너와 제레미와 그녀, 모두를 망칠 거야! 모두 엉망이 될 거라고!"

리치가 달려와 그의 팔을 잡아 세웠다.

"대체 언제부터였던 거야?"

딘이 침잠한 얼굴로 침묵을 지키자 리치가 미친 사람처럼 헛웃음을 터트렸다.

"처음부터였어? 돌아 버리겠군. 그것도 모르고 난 너더러 그 녀를 설득하라며 그녀의 방을 네 방 앞으로 옮겨 놓고……. 빌 어먹을, 왜 내게 말을 하지 않은 거야! 설마 잊은 건 아니지? 네 어머니가 떠난 후에 네 삶이 어떻게 되어 버렸는지."

가장 날카롭게 날이 선 칼을 들어 심장을 찌르자 치솟는 고 통에 얼굴이 일그러졌다. 그런 딘을 보며 리치가 슬픈 목소리 로 말했다.

"과거를 되풀이할 순 없어. 그녀를 보내야 해."

"리치."

"잊지 마. 제레미는 네 동생이고, 넌 딘 레이너야."

리치가 빠르게 그의 입을 봉하는 순간 포도밭 사잇길로 은색 차 한 대가 달려오는 것이 보였다. 차가 그들 앞쪽에서 멈춰서자 리치가 무거운 얼굴로 말했다.

"구원 투수를 불렀어."

차의 문이 열리더니 은색 드레스 자락을 끌고 여자가 내렸다. 재클린이었다.

"만나서 반가워요. 재클린 클라우스예요."

앞에 선, 은색 스팽글 드레스에 완벽한 금발과 파란 눈동자를 가진 여자가 손을 내밀자 세아는 그 손을 가볍게 맞잡으며 인사를 건넸다.

"반갑습니다. 장세아예요."

"저만큼 반가울까요?"

"네?"

"3주 전쯤 와이너리에 왔다는 이야길 딘을 통해 들었는데, 스케줄 때문에 바로 오기가 여의치 않았어요."

"재클린은 당신과 제레미를 많이 보고 싶어 했어요."

옆에 선 리치가 덧붙여 말하자 세아는 당황한 얼굴에 겨우 미소를 띠며 답했다.

"그렇군요. 저도 만나 뵙고 싶었어요."

거짓말. 난 그녀를 보고 싶지 않았어. 딘과 오랫동안 친구이
자 결혼설이 나도는, 와인을 만드는 남자가 이상형이라던 여
자. 두 사람은 무슨 관계일까? 친구? 한쪽의 일방적인 짝사랑?
혹은 썸? 그들의 진짜 관계가 궁금해지면서 괴로워질 테지. 이
래서 만나고 싶지 않았던 거야.

게다가 직접 만난 그녀는 삼류 일간지에 실린 사진에서 보
았던 것보다 훨씬 더 관능적이고 아름다워서 슬펐다.

재클린이 거실을 둘러보며 물었다.

"그런데 딘의 동생은 어디 있죠?"

옆에 서 있던 리치가 손목시계를 확인하며 대답했다.

"제레미는 준비할 게 있어서 먼저 셀러 도어로 갔어요. 딘도
그렇고요. 두 분은 제가 에스코트해서 두 남자에게 데려다줄
테니, 이따 파티장에서 만나도록 해요. 이제 파티도 한 시간밖
에 남지 않았군요. 잠시만 두 분이서 이야기 나누고 있어요."

리치가 사라지자 세아가 물었다.

"기다리는 동안 와인 한잔 드시겠어요?"

"좋죠."

둘은 같이 주방으로 들어갔다. 파티에 쓰일 음식을 막 가져
갔는지 난장판이 펼쳐져 있었다. 재클린이 콧등을 찌푸리며 구
석 의자를 빼 앉자 세아는 열려 있던 오븐 문을 닫고 그녀 앞에
놓인 빈 접시들을 치우며 물었다.

"어떤 와인 좋아하세요?"

"데스페라도 한 잔 부탁해도 될까요?"

세아는 바 위에 놓인 와인 병과 빈 잔을 들고 왔다. 재클린이 물었다.

"당신은 어떤 와인을 좋아하나요?"

"전 다 좋아하는 편이에요. 한국에선 노스텔지아를 많이 마셨죠."

"딘 아버지가 만든 쉬라즈 와인 말이죠?"

"네."

재클린이 와인 잔을 들어 가볍게 돌리자 자줏빛 액체가 둥근 벽을 타고 휘돌았다.

"딘과 마이클은 참 사이가 좋은 부자였어요. 둘 다 말이 많은 편은 아니었는데, 굳이 말을 하지 않아도 통하는 그런 사이였죠. 딘은 아버지를 많이 존경했어요. 돌아가시고 나서 많이 힘들어했죠."

"그랬군요."

"하지만 노스텔지아는 좋아하지 않았어요."

한 번도 들은 적 없던 이야기에 식기를 치우던 손이 멈춰졌다.

"왜 그랬을까요?"

"언젠가 그가 말하길, 슬픈 와인이라 싫다고 했어요. 감정이 개입되면 와인 맛을 망친다고요. 딘은 테루아를 품은 와인 맛 그대로를 살려야 좋은 와인이 된다고 믿거든요."

"그렇지만 와인 메이커가 사람인 이상 와인에 손톱만큼의 감정도 안 깃들 수 있을까요?"

세아의 대답에 재클린이 재밌다는 표정으로 그녀를 보았다.

"와인에 대해선 세아와 딘은 잘 맞지 않군요."

"그런가요?"

스산한 속을 숨기고 되묻자 재클린의 눈꼬리가 부드럽게 휘어지며 볼우물이 폭 패었다. 그 미소가 너무 매력적이어서 눈가에 진 잔주름이나 슈가 파우더를 뿌린 듯한 주근깨마저도 사랑스럽게 느껴졌다.

"나쁜 의미로 한 말은 아니니 오해하지 말아요. 보기에 당신은 그리 감성적인 스타일 같지 않거든요. 결단력도 있고, 추진력도 있을 것 같아 보여요. 남의 말에 좀처럼 흔들리지 않고 자기 갈 길을 알고 있는, 현실에 단단하게 발을 내딛고 있는 사람 말이에요."

애벌로 씻은 식기를 모두 세척기에 넣고 버튼을 눌렀다. 위잉, 하는 진동을 느끼며 싱크대에 기대선 세아는 반들반들한 바닥을 보며 웃었다. 그녀도 자신이 그런 사람이라 믿고 살았던 적이 있었다. 최고의 자리를 위해 앞도 뒤도 보지 않고 달리던 예전에 말이다.

하지만 지금은? 모르겠다. 날 동생의 여자라 믿고 있는 남자 때문에 하루에도 열두 번씩 절망과 희망 사이를 롤러코스터 타고 있는 지금으로서는.

예전처럼 돌아갈 수 있을까? 그를 만난 이전으로.

그럴 수 없을 것만 같아 더럭 겁이 몰려왔다.

"제레미는 어떤 스타일인가요?"

"그는 보기에도 속으로도 완벽하게 감성적인 스타일이죠."

"그렇군요. 예상대로예요."

세아가 무슨 뜻이냐는 듯 쳐다보자 재클린이 말했다.

"두 형제가 전혀 다른 성향을 가지고 있지 않을까 생각했거든요."

"딘은 어떤 스타일인데요?"

"냉정하고 이성적이죠. 딘은 모든 걸 다 가질 수 없다는 걸 알아요. 그래서 자신이 해야 할 일과 가장 잘하는 일에만 모든 에너지를 쏟죠. 그것에 방해가 될 만한 것들과 그의 것이 될 수 없는 것들은 완벽하게 그의 세계에서 외면당하고 말아요."

"그가 집중하는 일이 뭔데요?"

재클린이 잔을 들어 한 모금 들이켜며 말했다.

"와인을 만드는 일과 가족들과 자기 사람들을 돌보는 거죠."

"외면당하는 것은요?"

"글쎄요……. 그 외의 모든 것?"

재클린은 농담처럼 대답했지만, 그 미소 끄트머리에 머문 쓸쓸함까지는 감추지 못했다. 그 순간 기시감처럼 캠핑카에서 딘과 나누었던 대화가 떠올랐다.

'당신에게 와인과 가족, 사랑과 믿음의 가치 중에 무엇이 가장 중요하죠?'

'와인과 가족.'

'당신에겐 감정은 중요치 않군요.'

재클린은 딘에게 빠져 있어. 그리고 '그의 세계에서 외면당한 것'에 자신이 포함되어 있다는 것도 알고 있고. 그는 그녀의 마음을 알고 있을까?

암담한 눈을 돌려 창밖을 바라보았다. 악몽 같은 크리스마스 오후의 뜨거운 햇볕이 포도밭으로 내리쬐고 있었다.

"당신과 제레미는 어때요?"

"네?"

생각에 빠져 있다 질문을 놓친 세아가 당황해서 되묻자 재클린이 친절하게 덧붙였다.

"당신과 제레미가 아주 오랜 친구 사이를 끝내고 연인 사이가 된 지 오래되지 않았다고 들었어요. 이번 여행으로 두 사람 사이에 확신이 들었나요?"

"글쎄요."

"여기들 있었군요."

그 순간 주방 입구로 회색 슈트 차림의 리치가 나타나자 자리에서 일어난 재클린이 칭찬을 건넸다.

"멋져요, 리치. 당신의 슈트 차림은 언제나 완벽했죠. 올해 크리스마스 파티에서도 제일 섹시한 남자는 당신이겠군요."

"딘보다도 더?"

"그건 딘이 슈트를 입은 걸 보지 못해서, 직접 봐야 우열을 가릴 수 있겠네요."

그녀가 재치 있게 대답을 넘기자 리치가 웃으며 싱크대에 기대어 선 세아에게 말했다.

"당신도 준비하고 나와요. 기다리고 있을 테니까."

세아는 방으로 들어와 샤워를 하고 화장대 앞에 앉았다.

가고 싶지 않아.

젖은 머리칼을 수건으로 털며 속으로 중얼거렸다.

오늘 저녁에 무슨 일이 벌어질지 뻔히 보이잖아. 나와 제레미는 또 다정한 척 연인 연기를 할 거고, 딘과 재클린은 춤을 추겠지. 그의 마음을 가질 순 없어도 춤은 출 수 있으니까. 나는 그걸 괴롭게 바라만 봐야 하고. 최악의 크리스마스 파티가 될 거야. 야근과 컵라면이 천국처럼 느껴질 정도로.

자꾸만 더뎌지는 손을 재촉할 어떤 이유도 생각나지 않았다. 그때 똑똑, 방 문을 두드리는 노크 소리에 문을 열자 재클린이 서 있었다.

"미안해요. 내가 방해한 건가요?"

"아니요."

"모든 방이 손님들로 다 차 있어서 옷 갈아입을 데가 없어서요. 잠시 들어가서 옷 좀 갈아입어도 될까요?"

"되고말고요. 들어오세요."

침대 위에 드레스를 놓은 재클린은 스팽글 드레스를 벗고 속옷 차림이 되었다. 그녀가 크리스마스 파티 룩으로 고른 옷은 속옷이 비치는 시스루 재질의 진주색 머메이드라인 드레스였다. 사각거리는 드레스를 걸치자 검은 속옷이 은은히 비쳤고, 잘록한 허리와 풍만한 엉덩이를 타고 내려온 드레스 자락이 물고기 꼬리처럼 퍼져 인어처럼 보였다.

드라이어로 머리를 말리는 척하며 거울 속에 비친 그녀의 모습을 보았다. 오늘 밤 딘은 그녀에게서 눈도 못 뗄 거야. 왜 아니겠어? 여자인 내가 봐도 저렇게 아름답고 섹시한데.

옷매무새를 확인하느라 거울을 보던 재클린이 무언가에 사로잡힌 듯 화장대에 앉은 세아에게로 다가왔다.

"이건."

등 뒤에 선 재클린의 시선이 화장대 구석에 놓인 화구 가방에 머문 걸 알고는 세아가 답했다.

"아, 크리스마스 선물로 받았어요."

"딘에게요?"

그녀는 어떻게 알았을까? 그녀도 이런 선물을 받아 봤나 보지.

"화구 가방인가요? 회사를 다닌다고 들었는데, 그림도 그리나 봐요?"

"예전에 그렸죠. 지금은 취미로만 조금씩 그려요."

"그렇군요. 나가서 기다릴게요. 준비하고 나와요."

재클린이 나가고 화장을 시작했다. 부러 세월아 네월아 하다 보니 시간은 금세 5시 10분 전이 되었다.

농장 직원들에 가족, 연인들까지 오는 대규모 파티랬으니 나 하나 늦는다고 티도 안 날 거야.

방을 나서자 거실에서 리치와 재클린이 기다리고 있었다.

"너무 늦어서 죄송해요. 파티 시작 10분 전인데, 두 분 먼저 출발하세요."

세아의 말에 리치가 고개를 저었다.

"조금 늦는 건 상관없어요. 기다릴게요. 같이 갑시다."

"사실은 아까부터 두통이 좀 있어서 전 천천히 움직였으면
해서요. 두 분 먼저 가세요."

"심한 거예요? 두통약 줄까요?"

"걱정할 정도로 심하진 않아요. 약은 저도 있고요."

잠시 고민하던 리치는 자신의 방에서 차 키를 가져와 건네
며 말했다.

"차고 안쪽에 하얀 스포츠카가 있을 거예요. 그 차를 몰고
와요. 내가 특별히 아끼는 아이니 조심해서."

"알았어요."

"그럼 두통이 좀 나아지는 대로 바로 와요."

두 사람이 저택을 나서자 세아는 방으로 돌아왔다. 화장을
마무리하고 머리를 매만지고, 와이너리에 오기 전 애들레이드
백화점에서 폭풍 쇼핑을 할 때 충동적으로 샀던 검은색 칵테일
드레스를 입고 거울을 보았다.

사실 그때는 좌천도 당하고, 프로젝트도 뺏기고, 제정신이
아니긴 했지. 그렇지 않고서야 이렇게 노출이 심한 옷을 내 돈
주고 샀을 리가 없으니.

앞쪽은 문제가 없었다. 어깨를 훤히 드러낸 것도 아니고, 가
슴골이 보일 정도로 파이지도 않았다. 무릎 위까지 내려오는
길이에 오른쪽 어깨에 커다란 리본 장식 말고는 아주 단순한
디자인이었다. 하지만 뒤돌아보면 달라진다.

몸을 반쯤 틀어 V 라인으로 깊게 파여 등이 훤히 보이는 뒤
태를 보았다.

"시원은 하겠네. 바람이 숭숭."

방을 정리하고, 어질러진 거실 청소까지 마치고는 저택을 나섰다. 리치가 준 차 키를 백에 넣고 셀러 도어로 향하는 길로 들어섰다. 이 10센티미터 힐을 신고 걸어가려면 한 시간은 걸리리라. 발은 좀 아프겠지만, 그때면 두 사람이 춤을 다 추고 난 뒤이길.

어둠이 내리기 시작한 길 위로 세아는 천천히 걸음을 옮겼다.

최고의, 완벽한 와인을 만들 거나 난 의심치 않아요.
당신이 베푼 호의에 늘 감사하며, 메리 크리스마스, 딘.
—세아

"여기서 뭐 하나?"

갑작스러운 목소리에 카드를 접어 주머니에 넣자 남색 슈트에 주름 한 점 없는 줄무늬 셔츠를 입은 롭이 옆으로 와 섰다. 아침내 투덜거린 게 무색할 정도로 정리를 한 턱수염은 깔끔했고, 낯선 향수 내음이 은은하게 풍겼다.

딘은 파티장을 둘러보았다. 얼핏 훑어봐도 셀러 도어 안엔 칠팔십여 명의 사람들이 있었는데, 그중 대부분은 눈에 익은 이들이었고, 그들이 데려온 동반인들도 적지 않았다. 그들은 다과와 와인을 즐기거나, 대화를 나누거나, 춤을 추며 파티를 즐기고 있었다. 유리창 너머로는 드넓은 포도밭이 그림처럼 펼쳐져 있고, 열린 문 사이로 들어오는 시원한 바람이 파티의 열기를 식혀 주었다. 준비한 음식도, 와인도, 음악조차도 완벽했다. 모두 즐거워 보였으므로, 그 즐거움에 끼지 못한 건 이 파티의 호스트인 그밖에 없는 듯했다.

문 사이로 검은 머리칼의 여자가 들어오자 무의식적으로 눈이 돌아갔다. 하지만 그가 기다리는 여자는 아니었다. 롭이 재차 물었다.

"왜 춤을 추지 않고?"

"월플라워Wallflower*니까요."

"자네가?"

롭은 그의 주변을 기웃거리며 추파를 던지는 젊은 여자들을 보며 비웃었다. 하지만 이내 그와 같이 벽에 기대섰다.

"롭은 왜 여기 서 계세요?"

"그야 뭐, 나도 월플라워니까."

롭의 시선을 따라 눈을 돌리자 와인 랙 쪽에 서 있는 린다가 보였다. 그녀는 나비 날개처럼 하늘거리는 민트색 드레스 차림으로 코코모의 요리사들과 이야기를 나누고 있었다.

"언제까지 쳐다만 보실 거예요?"

"무슨 말인가?"

롭이 슬그머니 시선을 돌려 딴청을 피우자 딘은 저편에서 와인 라벨 디자이너인 자니와 대화 중인 제레미를 보며 무심히 중얼거렸다.

---

* 파트너가 없어 춤을 못 추는 사람.

"귀걸이를 하고 있어요."

황급히 고개를 돌린 롭의 시선이 이파리 모양의 귀걸이가 매달린 린다의 귀에 닿았다. 리치와 재클린이 춤을 추고 돌아오자, 롭은 슈트를 매만지고는 린다 쪽으로 갔다. 리치가 물었다.

"롭이 어디로 가는 거지?"

딘은 대답 없이 소매를 올려 시계를 보았다. 벌써 7시. 파티는 절정에 이르렀는데 아직도 그녀는 오지 않았다. 리치의 말에 의하면 가벼운 두통이라고 했는데, 많이 심한 걸까?

딘은 바에서 또 새 와인 잔을 가지고 가는 제레미를 보았다.

"자, 딘. 이제 그만 나와 춤추지 않겠어요?"

눈을 돌려 재클린을 보자 그녀는 웃으며 손을 내밀었다. 롭과 제레미, 리치와 연이어 춤을 추었음에도 불구하고 지친 기색이란 전혀 느껴지지 않았다.

허리를 가볍게 감싸고 플로어로 나서자 재클린이 그의 어깨를 둘러 당겨 안았다. 급작스러운 밀착에 의아한 눈으로 내려다보자 그녀가 미소 띤 얼굴로 속삭였다.

"메리 크리스마스, 딘."

"당신도 메리 크리스마스."

딘은 플로어를 돌며 옆으로 지나쳐 가는 제레미를 보았다. 무슨 대화인지 열변을 토하고 있는 그의 뺨과 목덜미가 취기로 울긋불긋했다. 그의 기억에 의하면 제레미가 들고 있는 저 와인은 여덟 잔째였다.

"올해는 정말 아슬아슬했어요. 변동된 스케줄과 동이 난 비행기 표. 하마터면 시드니에서 여기까지 하루 종일 차로 달려 올 뻔했다니까요."

"하늘이 도왔군. 당신이 온 덕분에 이곳 남자들이 모두 행복해하고 있으니까."

재클린은 플로어 언저리에 서서 그들이 춤추는 모습을 지켜보는 이들을 보았다. 여자들의 눈동자에는 질투가, 남자들의 눈동자에는 욕망이 어른거렸다.

하지만 내게 다른 남자는 필요 없어.

고개를 올려 딘을 보았다.

당신만 있으면.

"우리가 같이 크리스마스를 지낸 게 몇 년인 줄 알아요?"

재클린의 질문에 답을 찾으려 애썼지만, 지금 제레미가 너무 파티를 즐기고 있는 나머지 과음을 하고 있다는 사실과, 애인의 행방에 대해 무관심하다는 것만이 머릿속에 가득할 뿐이었다. 녀석을 말려야 할지 말아야 할지 고민하느라 건성으로 "글쎄……."라고 대답했다.

그의 대답에 재클린은 크게 실망한 듯했으나 금세 미소를 머금고 대답했다.

"7년째예요. 그중에 단 한 번 빼고는 늘 당신과 보냈죠."

기억이 났다. 그중 단 한 번은 재클린이 결혼한 해였다. 그녀의 결혼은 급작스러웠지만 그는 진심으로 축하해 주었다. 그녀의 이혼도 역시 급작스럽게 이뤄졌지만, 그는 아무것도 묻지 않았다. 그들은 친구였지만 그것은 지극히 사적인 그녀만의 영역이었다.

"계속 이렇게 당신과 크리스마스를 같이 보내고 싶어요."

목소리가 떨리는 것 같아 그녀를 내려다보려는 순간 쨍그랑, 유리 깨지는 소리가 울렸다. 불길한 예감에 고개를 돌려 소리의 진원지를 보았다. 제레미였다.

"미안. 춤은 다음에 춰야겠군."

재클린을 놓고 다가가자 셀러 도어 매니저인 톰이 어디선가 쓰레받기와 빗자루를 들고 나타나 깨진 와인 잔을 치우기 시작했다. 물러선 제레미가 당황한 얼굴로 말했다.

"미안합니다. 미안해, 형. 잔이 손에서 미끄러졌어."

"아니면 취했든지. 고마워요, 톰."

"난 괜찮아."

"다른 사람들은 안 괜찮을 수도 있지. 잠깐 바람 좀 쐬러 나가자."

반항기 가득한 얼굴로 항변하려다 톰과 다른 직원이 바닥의 와인을 닦아 내는 모습에 제레미는 하는 수 없이 밖으로 나왔다.

셀러 도어 밖은 소음과 열기를 피해 나온 사람들이 드문드문 보였다. 계단을 내려오자 제레미가 등 뒤에서 물었다.

"가끔 말이야, 형이 독선적이라는 생각 들 때 없어?"

"아니."

"당연하지. 나한테 말고는 그렇게 굴지 않으니까. 왜 그런 줄 알아? 형은 날 안 좋아하거든."

상처받은 듯한 제레미의 표정에 딘은 고개를 저었다. 하지만 제레미는 멈추지 않았다.

"아니라고 하지 마. 형은 늘 엄마와 날 원망하고 있잖아. 오히려 롭과 린다와 리치를 더 가족이라고 여기지. 아니라고 부인하지 못할걸."

사람들이 수군거리는 소리가 들렸지만 제레미는 멈추지 않았다.

"솔직히 말할까? 나는 형을 이해 못하겠어. 아픈 상처를 빨리 떨쳐 낸 게 죽을죄는 아니잖아? 형이 그러지 못했다고 해서 우릴 원망하는 걸 감내해야 할 이유는 없다고. 게다가 돈으로 내 인생을 형 뜻대로 조정하려고 하지. 그건 너무 치사한 짓이야. 아버지도 그렇게까진 하지 않으셨다고! 난 호주에 머물지 않을 거야. 형이 뭐래도 내 마음은 바뀌지 않을 거라고."

솔직히 지금으로선 네가 마음을 바꾸든 안 바꾸든 나 역시도 상관없다고 대꾸하려다 말고 주차장으로 향했다. 그러고는 비틀거리며 선 제레미를 향해 차 문을 열었다.

"다 했으면 차에 타라."

저벅저벅 걸어온 제레미가 그의 코앞에 멈춰 서자 녀석의 입에서 뿜어져 나오는 숨에 술 내음이 확 끼쳤다. 알코올에 이성이 마비된 녀석은 용기백배해져서 그가 잡고 있는 문을 쾅 소리가 나게 닫고 그동안 한 번도 털어놓지 않았던 속마음을 토로했다.

"제발 좀! 차라리 대놓고 화를 내란 말이야. 그편이 차라리

숨이 덜 막힐 테니까. 형과 있으면 난 어떻게 해야 할지 모르겠
어. 내가 형이 불편한 만큼, 형 역시 나와 같이 있길 바란다고
믿지 않아. 그저 내가 레이너기 때문이지. 다른 수가 있었다면
형이 날 선택했을까?"

"세상 누구도 마음대로 선택할 수 없는 게 있어. 가족처럼."

"선택할 수 있다면?"

내가 어머니와 같이 갔겠지. 그녈 빼앗았겠지. 한 치의 망설
임도 없이 단번에.

가슴 위로 울컥울컥 치밀어 오는 무언가를 떨쳐 내듯 다시
차 문을 열어, 바싹 굳은 턱으로 안을 가리켰다. 술 취한 사람
과 의미 없는 말싸움으로 에너지 낭비를 할 필요는 없다. 어차
피 내일이 되면 제레미는 기억도 못할 테니. 하지만 녀석의 생
각은 달랐다.

"나 안 취했어. 정말로 잔이 미끄러진 것뿐이라니까. 잠깐
바람 쐬면 괜찮아진다고. 즐거웠어. 형이 끼어들기 전까진 정
말 즐거웠다고."

"그럼 세아는? 너무 즐거운 나머지 애인 따윈 까맣게 잊고
혼자 파티를 즐기고 있는 거야?"

그 물음에 그제야 번쩍 생각난 얼굴로 제레미가 중얼거렸다.

"아, 세아. 몇 시지? 어, 벌써 시간이 이렇게 됐네."

시계를 확인하는 녀석의 모습에 하마터면 내지를 뻔한 주먹
을 차 지붕에 얹었다. 저런 녀석 때문에 그녀를 포기해야만 한
다는 게 견딜 수 없었다. 머리가 핑 돌 정도로 치밀어 오른 분

노를 누르고 나직이 물었다.

"넌 정말…… 그녀를 사랑하긴 하니?"

"사랑? 아, 사랑하지. 내가 장세아를 얼마나 사랑하는데. 세상에서 내가 제일 사랑하는 여잔데."

"그런데 아프다는 사람 걱정도 안 돼?"

"당연히 걱정되지. 그러니까…… 자니와의 대화에 너무 열중한 나머지 잠깐 잊은 것뿐이야."

잊을 수 있구나. 그게 가능하다니 부러워. 그런데 왜 나는 한시도 그럴 수가 없을까. 왜?

딘은 폭발 직전의 인내심을 모두 긁어모아, 제레미의 멱살을 잡아 던지기 전에 서둘러 차에 올랐다.

"타. 걱정이 되면 지금 당장 달려가 봐야지."

"좋아."

아까와는 달리 제레미가 순순히 뒷좌석에 오르는 순간 셀러도어에서 나온 리치가 주차장을 둘러보더니 그의 차를 발견하고 달려왔다. 그리고 이미 반쯤 눈이 풀려 앉아 있는 제레미를 보고 3초만에 상황 판단을 끝냈다.

"신나게 마시더라니. 아마 라벨 디자인 시안이 꽤 괜찮게 나와서 들떴을 거야. 자니가 천재라고 치켜세우는 걸 들었어. 그나저나 손님들 때문에 저택의 방이 모자라. 잠을 좀 설쳐도 오늘 밤은 제레미를 세아의 방으로 보내."

딱딱하게 굳은 얼굴로 아무런 대답도 하지 않자 허리를 굽히고 선 리치가 뒷좌석의 눈치를 살피고는 말했다.

"전화를 안 받는 거 보니 세아는 아무래도 파티에 오지 않을 건가 봐. 두통이 심해졌나 가서 봐 줘. 아니야. 안 되겠어. 아무래도 내가 가는 게 낫겠어."

"안 돼. 술 취한 남자 둘이 내 차를 포도나무에 들이받는 꼴을 볼 순 없어."

리치가 짜증스러운 얼굴로 관자놀이를 긁적이더니 벙어리에게 말을 가르치듯 아주 천천히 말했다.

"좋아. 딘, 잘 들어. 제레미를 방에 눕히고 넌 바로 파티장으로 돌아와야 해. 내 말 무슨 뜻인 줄 알지? 넌 이 파티의 호스트야. 꼭 돌아와야 한다고."

술을 한 방울도 마시지 않은 자신이 말귀를 못 알아들을 거라고 생각하는 걸까, 아니면 이제 한계에 다다른 그가 앞뒤 안 가리고 막 나가기라도 할 거라 생각하는 걸까. 하지만 지금 제 자신이 시한폭탄 같다는 걸 딘도 알고 있었다. 통제력을 잃은 감정이 언제 어떻게 터질지 예고 없이 째깍거리는 소리가 들렸다.

리치의 불안해하는 시선을 뒤로하고 차를 출발시켰다. 저택으로 향하는 길로 들어서며 백미러를 보자 뒷좌석에 대자로 드러누운 제레미가 보였다. 사나운 소용돌이에 휩쓸린 듯 가슴이 뛰고, 머리가 둥둥 울렸다.

녀석은 그녀를 사랑하는 게 아니야. 우정의 연장선상이거나 이기적인 집착일 뿐이지. 사랑한다는 말뿐, 행동으로 보여 주진 않아. 그건 연인이 아니야. 그녀는 그보다 더 좋은 대접을 받을 가치가 있는 여자야. 더 이상 모든 핑계를 동원해 그녀를 밀어내는 것도, 내 안에서 아무 일도 벌어지지 않은 듯 무심한 표정을 짓고 싶지도 않아. 난 그녀를 원해. 제레미보다 백만 배는 더 간절히.

그 순간 어둑한 길 너머로 하얀 헤드라이트 불빛에 비친 인영이 눈에 들어왔다. 천천히 속도를 늦춰 차를 세우고 믿을 수 없는 눈으로 앞에 선 여자를 보았다. 검은 미니 드레스에 은색 클러치를 든 여자는 바람에 흩날리는 검은 머리칼을 귀 뒤로 넘기며 차 전조등 때문에 보이지 않을 그를 찡그린 눈으로 보고 있었다.

그녀가 왜 여기에?

고동치는 가슴을 안고 차 문을 열고 나가자 세아의 눈동자가 커졌다. 딘이 물었다.

"여기서 뭐 해요?"

"걸어가고 있었어요."

그녀가 저만치 불빛으로 보이는 셀러 도어를 가리키자 그의 시선이 짧은 칵테일 드레스 아래 가느다란 다리를 타고 10센티미터 힐로 빠르게 내려왔다. 그 차림으로 여기까지 걸어왔다는 걸 믿을 수가 없다는 표정이었다.

"리치가 차를 안 줬나요?"

"줬어요. 제가 조금 걷고 싶었을 뿐이에요."

"타요."

보조석에 앉던 세아가 뒷좌석에 누워 있는 제레미를 발견하고 화들짝 놀라 소리쳤다.

"제레미? 쟤가 왜 저러고 있죠?"

"취했어요."

차를 출발시키며 딘이 대답했다. 겨우 파티 몇 시간 만에 술에 떡이 된 상황을 이해할 수 없다는 표정으로 돌아앉자 그가 말을 이었다.

"디자인 시안 반응이 좋아서 과음을 한 모양이에요. 당신 두통은 어때요?"

걱정스러운 시선이 뺨에 와 닿자 세아는 황급히 대답했다.

"괜찮아졌어요."

저택 앞에 차를 세운 딘은 제레미를 깨웠지만, 이미 인사불성이 되어 누운 녀석은 일어나지 못했다. 하는 수 없이 그를 들쳐 업고 집 안으로 들어갔다. 계단을 지나쳐 그와 그녀의 방 앞에 멈춰 선 딘이 그의 방으로 향하자 세아는 엉겁결에 그의 방문을 열어젖혔다.

딘이 제레미를 침대에 눕히자 세아가 물었다.

"왜 이 방에?"

"손님들 때문에 오늘 밤 방이 모자라요. 우린 파티장으로 돌아갑시다."

저택을 나와 차에 오른 그들은 다시 셀러 도어로 향했다. 완전히 어둠이 내린 길은 한 치 앞도 보이지 않았고, 차 안에는 침묵이 흘렀다. 세아는 어둠을 틈타 그의 모습을 훔쳐보았다. 넥타이를 매지 않은 하얀 셔츠의 앞섶은 주름 없이 팽팽히 당겨져 있고, 클래식한 검은 슈트는 맞춤옷인 듯 그에게 딱 맞았다. 오늘 밤 그가 심장이 터질 정도로 멋있을 거라는 건 충분히 예상했던 바였다.

하지만 뭔가…… 달라.

청바지에 티셔츠의 편안한 옷차림의 그는 포유류의 최상위 권이지만 공격 본능이 느껴지지 않은 수사자 같은 느낌을 풍겼다. 하지만 지금 그는 가장 신사적인 슈트 차림임에도 불구하고 당장에 날아올라 매서운 발톱으로 찍어 누를 것 같은 거친 맹금류의 분위기를 물씬 풍겼다. 마치 폭풍 전야처럼 고요하지만 곧 모든 걸 뒤집어 삼킬 거센 바람이 몰아닥칠 것만 같은 느낌이랄까.

뭐지? 파티장에서 무슨 일이 있었던 걸까?

의문을 해결하기도 전에 차가 셀러 도어 앞에 멈춰 섰다. 파티장은 불야성처럼 환히 불이 밝혀져 있었고, 열린 문 사이로 사람들의 웃음소리와 음악이 끊임없이 흘러나왔다.

차에서 내려 계단을 오르자 그가 그녀의 팔을 잡아 주며 에스코트했다. 그들이 들어서자 호기심 어린 시선이 여기저기에서 우르르 쏟아졌다. 생각보다 많은 사람들에 놀라 선 세아에게 딘이 물었다.

"춤출 줄 알아요?"

"아니요. 전혀 못 춰요."

1초의 망설임도 없이 바로 대답하자 그의 단단한 입술에 희미한 웃음이 어렸다. 왠지 거짓말을 간파당한 것 같아 불안한 순간 음악이 바뀌었고, 그가 손을 내밀었다.

"나와 같이 춤추겠어요?"

"하지만 전 정말 춤을 못…….'

"가르쳐 줄게요. 날 따라 천천히 스텝을 밟으면 그리 어렵진 않을 거예요."

그 순간 하얀 셔츠 소매 아래로 까끗한 손목에 채워진 시계가 눈에 들어왔다. 그녀가 준 크리스마스 선물이었다.

"날 믿어 봐요."

무엇에 홀린 듯 그가 내민 손을 잡고 플로어로 나선 세아는 어색한 얼굴로 그의 어깨에 손을 얹었다. 등허리를 감싼 그가 부드럽게 당겨 안자 놀란 눈을 동그랗게 뜨고 딘을 올려다보았다.

너무 가까워.

가슴이 닿기 직전이었다. 그 순간, 예고 없이 춤이 시작됐다. 본능적으로 발이 스텝에 맞춰 따라가자 딘의 단단한 어깨가 들썩였다. 입술을 깨무는 그녀의 귓가에 웃음기 어린 목소리가 들렸다.

"못 추는 것치곤 꽤 잘하는군요."

"비웃지 마세요."

너무 빨리 들켜 버린 거짓말에 창피해 시선을 그의 가슴으로 내렸다. 가슴 깊숙이에서 울리는 웃음소리와 굵은 목덜미에서 풍기는 은은한 애프터쉐이브 향, 맨 등에 닿은 뜨거운 손에 심장이 터져 나갈 것만 같았다. 그의 남성성에 완전히 압도당하는 기분이었다.

이 남자는 정말 악몽 같아. 너무 달콤한 나머지 금단의 열매처럼 위험이 도사리고 있다는 걸 잊어버리고 마는 교묘한 악몽. 벗어나려 하면 할수록 더욱 빠져 버리지. 정신 차려! 이 꿈에서 깨야만 해.

고개를 들어 넓은 어깨 너머로 시선을 돌리자 매니저인 톰과 그의 부인인 듯한 여인이 보였고, 젬마와 레나트도 보였다.

수많은 이들이 우릴 보고 있어. 여기서 들키면 완전히 끝이야.

흐물거리는 몸을 곧게 펴고 표정을 가다듬었다. 하지만 그 순간 그들 옆으로 스쳐 지나가는 커플에 놀라서 고개를 돌리느라 하마터면 그의 발을 밟을 뻔했다.

"롭과 린다가 춤을 추고 있어요!"

"알아요."

"둘이 저런 게 언제부터였죠?"

"한 시간 전부터."

"두 분이 너무 잘 어울려요."

신이 나 어쩔 줄 몰라 하는 여자를 내려다보았다. 얼굴을 가리는 머리칼을 넘겨 주고 싶어 손이 근질거렸다. 하얀 뺨을 다시 만져 볼 수 있다면. 어깨에 코를 묻고 향기에 취할 수 있다면. 밤새도록 이렇게 당신과 춤을 출 수 있다면.

안 된다는 걸 알면서도 더 참을 수가 없어. 내가 당신을 놓을 수 있을까?

그의 속마음을 알 리 없는 세아는 붉은 립스틱을 바른 입술에 승자의 미소를 띠우며 물었다.

"우리가 이긴 거죠?"

"그런 것 같네요."

"리치가 꼭 이걸 보고 있어야 할 텐데."

아마도 리치는 린다와 롭이 아닌 우리를 심각한 얼굴로 보고 있을 거란 말을 하지 않았다. 지금 그들이 외줄을 타는 광대처럼 아슬아슬하단 걸 알고 있었다. 지금 물러선다면 리치 말고는 아무도 모를 것이다. 그리고 어제와 똑같은 오늘과 내일의 공허하고 막막한 일상을 지켜 낼 수 있겠지. 하지만 더 이상은 자신이 없었다. 이 상황을 견뎌 낼 이성의 힘도, 감정의 통제력도 완전히 사라져 버렸다.

딘은 나지막한 목소리로 속삭였다.

"당신이 많이 아픈 줄 알고 걱정했어요."

그의 짙고 묵직한 시선에, 갸웃거리는 그녀의 입술에서 미소가 서서히 사라졌다.

"당신을 기다렸어요."

음악이 멈추자 그들도 멈췄다. 세아가 혼란스러운 얼굴로 그를 올려다보았다. 째깍째깍, 규칙적으로 울리던 시한폭탄 소리가 뚝 멈춘 건 그때였다. 멀어지는 그녀의 손을 잡아 다시 플로어로 끄는 순간 그의 안에서 거대하고 조용한 폭발이 일었다. 새로운 음악에 맞춰 다시 춤을 추기 시작하자 그녀는 마치 줄에 매달린 인형처럼 매끄럽게 스텝을 밟으면서도 경악한 얼굴로 속삭였다.

"딘, 무슨 짓이에요?"

그들을 향해 쏟아지는 시선들을 느끼며 세아는 표정을 읽을 수 없는 그에게 말했다.

"이러면 안 돼요. 당신은 이 파티의 주인공이고, 이게 어떤 문제를 일으키는 줄 알잖아요. 우린 파트너도 아니에요. 이러면 다들 이상하게 생각할 거라고요."

"맞아요. 당신 파트너는 술에 취해 잠들었죠. 당신이 원하는 파트너란 그런 파트넌가요? 여자 친구에게 무관심한 애인? 말해 봐요."

전에 본 적 없는 시니컬한 반응에 놀라 헐떡이며 대답했다.

"지금 내 생각이 중요한 게 아니에요. 사람들이 쳐다본다고요. 계속 추면 우리 평판은 바닥에 떨어져요."

"용기만 있으면 그런 건 상관없어요."

확고한 대답에 세아는 믿을 수 없다는 눈빛으로 그를 올려다보았다. 언젠가 포도밭에서 그의 눈동자를 보았을 때, 너무 파랗고 맑고 잔잔해서 누군가 돌을 던져도 미동조차 없을 것 같은 호수라고 생각한 적이 있었다. 하지만 지금 자신을 내려다보고 있는 그의 눈동자는 사납게 날뛰는 파도였다.

"날 위해 한 번만 뻔뻔스러워져 봐요."

심장이 쿵쿵쿵 뛰었다. 그 소리가 그녀의 것인지, 그의 것인지, 혹은 둘 다의 것인지 분간할 수가 없었다. 지금, 우리에게 무슨 일이 벌어지고 있는 걸까.

무언가 아주 큰일이 벌어지고 있다는 걸 느꼈지만, 머릿속이 텅 빈 것처럼 아무 생각도 할 수가 없었다. 딘이 멈추자 그제야 노래가 끝났다는 걸 알아차릴 정도였다.

"딘."

어디선가 튀어나온 리치가 딱딱하게 굳은 얼굴로 둘 사이를 갈라놓고는 세아 쪽으로 고개를 돌렸다.

"세아, 많이 걱정했어요. 머리 아픈 건 좀 어때요?"

"미안해요. 두통은 나았어요."

"괜찮다면 다음 춤은 나와 춰요. 그리고 딘."

그리고는 몇 시간 사이 폭삭 늙은 얼굴로 두서없이 말을 이었다.

"재클린이 속이 좋지 않대. 무리해서 달려오느라 피곤해서인 것 같기도 하고. 저택에 빈방이 없으니 오늘 밤 그녀는 애들레이드에 있는 그녀의 친구 집에 묵어야 할 것 같아. 네가 재클린을 바래다줘."

세아는 리치 뒤편에 선 재클린을 보았다. 마치 장막을 친 듯 그녀의 눈빛을 읽을 수 없었지만, 몇 시간 전 저택에서 나눈 따스한 교감은 찾을 수 없었다.

클라이맥스에 이른 파티에 누군가 "메리 크리스마스!" 하고 잔을 들자 사람들이 모두 행복한 표정으로 와인 잔을 들며 건배를 올렸다. 하지만 그들 네 사람 중 웃는 이는 아무도 없었다.

레이너 와이너리가 있는 바로사 밸리에서 애들레이드까지는 약 70킬로미터. 도로는 불빛 하나 없이 어두웠고, 차 안은 조용했다. 괴물의 입 속처럼 깜깜한 길을 뚫고 달리는 동안 점차 머릿속은 차가워지고, 가슴은 뜨거워졌다. 무너진 이성과 감정 속에서 혼란스러웠지만, 그녀에 대한 갈구만은 더욱 분명해졌다.

오늘 저녁에 벌어진 일이 어떤 결과를 초래할지 알지만, 후회하지 않았다. 모든 것을 놓아 버린 지금 오히려 마음은 편안했다. 문제는 그녀였다. 기다렸단 말에 파르르 떨던 검은 눈동자와 그의 품 안에서 터질 듯이 뛰던 심장 박동이 떠올라, 겨우 가라앉혔던 가슴이 마구 뒤엉켜 올랐다.

그녀의 마음에 내가 닿았을까?

애들레이드로 향하는 차와 달리 그의 마음은 바로사 밸리의 와이너리로 향하고 있었다.

"딘."

정적을 깨는 재클린의 목소리에 고개를 돌렸다. 그를 보는 그녀의 하늘색 눈동자에는 불안과 의구심이 짙게 깔려 있었다.

"물어볼 게 있어요. 당신이 예전에 린다에게 만들어 준 의자 생각나요? 팔걸이가 있고, 등받이가 물결 모양으로 된, 생일 선물로 만들어 줬던 의자 말이에요."

"기억나요."

"너무 예뻐서 나도 하나 만들어 달라고 했더니 당신은 웃기만 했죠. 왜 내겐 만들어 주지 않은 거죠?"

"당신에겐 그거보다 더 예쁘고 좋은 의자가 많을 테니까."

"내가 원한 건 예쁘고 좋은 의자가 아니라 당신이 날 위해 만들어 준 의자였어요."

바로 옆에 앉아 있지만 까마득하게 멀게만 느껴지는 남자를 절망스러운 눈으로 바라보았다.

당신은 늘 그래. 어떠한 가능성도, 기대도 품지 못하게 그 싹조차 말살해 버리지. 나는 내가 다른 여자들과 다르다고 믿었어. 당신이 변하지 않을 거란 걸 알았으니까. 그런 헛된 기대를 품는 대신 당신을 있는 그대로 받아들일 수 있는 세상의 유일한 여자라 믿었는데……

"그런데 왜 그녀에겐 화구 가방을 만들어 줬죠?"

"……"

"나는 안 되는데, 그녀가 되는 이유가 있나요? 우린 십수 년간 친구였어요. 만난 지 한 달도 안 된 그녀가 나보다 더 가까운 사이는 아니잖아요. 대체 왜 그녀와 계속 춤을 췄죠? 왜 그녀의 손을 놓지 않은 거죠? 왜 그녀를 그런 눈으로 바라본 거……"

흥분한 목소리가 점차 빨라지자 딘은 낮은 목소리로 그녀를 제지했다.

"재클린."

"아니요, 아직 안 끝났어요. 내가 5년 전 결혼하겠다고 말했을 때, 난 당신이 잡아 주길 바랐어요. 우습죠? 당신은 내 첫사랑이었어요."

그녀는 그날을 분명히 기억했다. 그들은 10학년이었고, 브리즈번에서 이사 온 그녀가 학교에 처음 간 날이었다. 재클린은 벤치에 앉아, 운동장에서 럭비를 하고 있는 남자애들 중 하나를 가리켰다.

'쟤는 누구니?'

'누구?'

'10번 단 애 말이야. 덩치 크고 검은 머리칼인.'

'아, 딘 레이너야. 레이너 와인 회사 아들이지. 왜? 관심 있니?'

재클린은 이미 첫눈에 그에게 반했지만 시큰둥한 얼굴로 말했다.

'글쎄, 별로.'

'잘 생각했어. 널 위해 충고하자면, 걘 마음에 두지 않는 게 좋을 거야.'

'왜?'

'딘은 여자한테 전혀 관심 없거든.'

그때 난, 얼굴도 기억나지 않는 그 애의 충고를 들었어야 했는데.

"난 늘 당신을 꿈꿨어요. 수많은 남자를 만났지만 당신을 놓을 수가 없었죠. 하지만 당신은 내게 축하한다고 말하며…… 하객으로 참석하겠다고 했어요. 난 그리스까지 가서 비밀 결혼식을 올렸어요. 당신이 내 결혼식의 하객으로 오는 건 견딜 수 없었으니까."

결혼은 비극적인 연극처럼 빠르게 끝났고, 그녀는 다시 돌아왔다. 모든 걸 내려놓은 재클린은 다짐했다. 그가 자신에게 올 때까지 영원히 기다리겠노라고. 만약 오늘 일을 그녀 눈으로 직접 보지 못했다면 상상조차 못했을 것이다. 현실을 부정하고 싶었다.

"도저히 믿을 수가 없어요."

난 당신이 바싹 마른 땅이어서 그곳엔 아무것도 자라지 못할 거라 믿었는데…… 메마른 사막 같은 가슴에 누군가가 자라다니…….

감춰지지 않는 충격을 담아 물었다.

"동생의 여자잖아요?"

재클린의 물음에 굳건한 턱 선이 꿈틀거렸다. 노스 애들레이드를 지나 토렌스 강을 건너자 저만치에 익숙한 건물이 눈에 들어왔다. 사우스오스트레일리아 박물관이었다. 그곳의 수많은 전시물 중에 유명한 이집트 미라가 떠올랐다.

죽음이 끝이 아니라 삶의 시작이라 생각했던 고대 이집트인들은 죽은 이의 심장을 천칭에 달아, 그 양심의 무게가 깃털보다 가벼우면 사자의 신의 왕국에서 영원히 살 수 있으나 깃털보다 무거우면 괴물에게 심장이 먹혀 소멸하게 된다고 믿었다고 한다. 그렇다면 지금 그의 심장은 거대한 돌덩이보다 더 무거우리라.

모든 자존심을 내려놓은 재클린이 애원했다.

"제발, 딘. 나는 당신에게 모든 걸 줄 수 있어요. 돈과 명성과 안정과 아이까지 모두 당신한테 줄 수 있다고요. 당신을 원해요. 아주 오랫동안 간절히 원했죠. 늦지 않았어요, 제발 돌아와요."

"알아요. 당신이 모든 걸 줄 수 있다는 걸. 그렇대도 당신에 대한 내 마음이 변하진 않아요."

"괜찮아요. 기다릴게요."

차가 멈춰 서고, 고개를 돌린 딘이 눈물로 얼룩진 그녀에게 미안한 표정으로 말했다.

"기다리지 말아요. 난 돌아가지 않아요."

크리스마스 장식이 화려하게 불을 밝힌 고풍스러운 저택 앞에 내린 그녀는 창문 너머 딘을 보았다. 제발.

간절한 바람과 달리 차가 천천히 그녀에게서 멀어지자 눈물 젖은 뺨 위로 뜨거운 눈물이 또 흘러내렸다. 곧 검은 차는 사라졌고, 거리에 남은 건 재클린뿐이었다.

파티가 끝나자 셀러 도어와 주차장을 가득 메우고 있던 수많은 인파와 차들이 순식간에 빠져나갔다. 저택에서 하룻밤 묵을 지인들이 차를 타고 올라갔고, 와인을 마시지 않은 세아는 리치의 차를 몰았다.

"피곤하지 않으면 잠깐 나와 이야기 좀 나누지 않겠어요?"

린다와 롭이 방에 들어가는 걸 확인한 리치가 그녀를 주방으로 이끌었다. 복도에 아무도 없는 것을 다시 확인하고 그녀 앞에 서자 세아는 어두운 표정으로 리치를 보았다. 그의 입에서 나올 이야기가 너무도 예상 가능해서 듣기가 두려웠다.

"당신은 똑똑한 여자니까 오늘 저녁에 벌어진 일이 뭘 의미하는지 구구절절 설명하지 않겠어요."

"리치."

리치가 고개를 저으며 손가락으로 입술을 가리켰다.

"내 얘기를 들어 줘요. 돌려 말하지 않을게요. 당신은 지금

두 형제 사이에 있어요. 딘이 당신에게 남다른 감정을 느끼고 있다는 걸 눈치채지 못했다고 생각지 않아요."

그가 대답을 기다리듯 쳐다보자 세아는 마지못해 고개를 끄덕였다.

"솔직히 세아, 당신의 마음이 궁금하지만, 동시에 당신의 마음을 알고 싶지 않아요."

내가 어떤 마음이든 이 상황에서 중요치 않다는 말인가, 그녀의 마음까지 헤아릴 정신이 없다는 말인가.

그녀의 속마음을 읽은 듯 리치가 말했다.

"맞아요. 지금은 어느 쪽이든 상관없어요. 내가 어떻게 해 줄 수가 없는 일이죠. 지난 며칠간 당신을 지켜보면서 난 혼란스러웠어요. 당신의 태도는 너무나 모호했죠. 제레미를 대하는 당신을 보면 친구 이상의 감정은 손톱만큼도 보이지 않아요. 제레미 역시 당신을 뜨겁게 바라보진 않죠. 가끔 보이는 애정 행각도 애들 소꿉장난하는 수준이에요. 두 사람은 친구에서 한 발짝도 더 나아가지 않았어요. 오히려 당신은 딘과 더 잘 통하는 것처럼 보여요. 둘은 확실히 서로에게 호감을 가지고 있죠. 하지만 딱 애인의 형으로의 간격을 유지하고 있어요. 가까워지지도 멀어지지도 않죠. 내가 왜 시계를 선물했냐고 물은 이유는 그 때문이에요."

"왜……요?"

"여자가 남자에게 시계를 선물할 땐 '당신과 모든 시간을 함께하고 싶어요'라는 의미를 담죠. 혹시 당신이 그걸 염두에 두었는지 궁금했어요."

떨리는 눈을 들어 그를 보았다. 리치의 말을 들은 순간 실은 유성에 빌고 싶었던 소원이 '그와 함께 있고 싶어요'였음을 깨달았기 때문이었다.

"오늘 저녁 일로 아마 눈치 빠른 사람들은 레이너가에 무슨 일이 벌어지고 있음을 느꼈을 테죠. 이런 식의 스캔들은 누구에게도 이롭지 않아요. 게다가 둘은 보통의 형제들보다 사이가 좋다고 할 수도 없어요. 당신 잘못이 아니란 걸 누구보다 잘 알아요. 하지만 이 상황을 정리할 가장 좋은 해결책은 단 하나예요."

"제가 가야 하나요?"

그녀가 묻자 리치가 고개를 끄덕였다. 이 여자가 있는 한 딘은 멈추지 않을 거고, 안 그래도 불편한 형제 사이는 극으로 치닫겠지. 더불어 레이너 와인은 추문으로 얼룩질 것이다.

리치는 조급하고 불안했다. 애초의 계획은 제레미와 딘이 함께 와이너리 일을 하게 하는 것이었는데, 이제는 두 형제의 싸움을 말리기에도 급급할 지경이었다.

"미안해요. 세아를 정말 좋아해요. 우리 모두 그렇죠. 그래서 이런 부탁을 하는 내 마음도 편치 않아요. 하지만 지금으로서는…… 당신뿐이에요."

"어차피 난 떠날 사람이니까?"

그녀가 슬프게 웃으며 되묻자 마치 날카로운 독설에 찔린 것처럼 리치의 얼굴에 곤란함이 어렸다.

"미안해요. 그런 의도는 아니지만, 결국 그것이 가장 큰 이유기도 해요. 말해 봐요. 정말 만약에 제레미가 순순히 물러서 준다면, 당신은 딘의 곁에 남아 이곳에 머물 수 있겠어요?"

세아는 까마득하게 어두운 얼굴로 고개를 내저었다.

"그렇다면 결론은 하나뿐이네요. 지금 당장은 모두 힘들겠지만, 이게 끝이라고 생각진 않아요. 시간이 지나면 다 같이 둘러앉아 지금의 일을 웃으며 이야기 나누는 날이 올 거라 난 믿어요."

그녀가 고개를 끄덕이자 리치가 못내 걸리는 얼굴로 바라보다 방으로 사라졌다.

방으로 돌아온 세아는 핸드폰을 꺼내 들었다. 예상대로 크리스마스 당일인 내일은 어디에서도 비행기 표를 구할 수가 없었다.

옷장에서 트렁크 가방을 꺼내 옷가지를 넣기 시작했다.

밤새 달려 멜번으로 가자. 공항에서 취소된 표를 기다리는 거야. 쫓겨났다고 생각할 필요 없어. 어차피 떠나려고 했잖아. 이곳에서 난 이방인이라는 것도, 내가 떠나는 게 가장 좋은 방법이라는 것도 맞는 말이니까.

다 쓸어 담고 나니 남은 건 단 하나, 화장대 위에 놓인 화구 가방이었다. 손가락 끝으로 까맣게 새긴 'Sea'라는 글자를 더듬었다.

당신도 나처럼 이렇게 속이 까맣게 타 들어갔을까. 이건 너무 웃긴 일이야! 사실 그래야만 할 이유는 전혀 없는데. 지금이라도 리치한테 가서 말해. 나는 제레미의 애인이 아니라 친구라고. 그러니 딘이 괴로워하며 지옥에 빠져 있을 이유도, 내가 귀양살이 떠나듯 이렇게 가야 할 이유도 없노라고. 어서 가서 말해. 그를 구해 주라고!

하지만 이내 곧 고개를 저었다.

중요한 건 내가 제레미의 애인이냐 친구냐가 아니라 내가 이곳에 머물 사람이 아니고, 그와 함께할 수 없다는 거야. 문제는 그거라고. 지금 떠나지 않으면 결국 상처만 주겠지. 밤새 떨어지는 유성에 대고 엄마와 동생이 돌아오길 빌었던 남자에게 또…… 그럴 수 있겠니?

벌떡 자리를 박차고 일어나 벽시계를 올려다보았다.

서둘러! 그가 돌아오기 전에.

화구 가방과 트렁크를 들고 방을 나섰다. 혹시 바퀴 소리에 누군가 깨어 나올까 봐 끙끙대며 그것들을 들고 어두컴컴한 복도를 지나 저택을 나섰다. 현관 계단에 트렁크와 화구 가방을 놓고 차고로 가 리치가 준 차 키의 버튼을 누르자 안쪽에서 하얀 스포츠카가 반짝였다. 먼지 한 올 없이 야성적인 곡선을 뽐내는 차의 모습에 감탄과 한탄이 동시에 나왔다.

"페라리라니."

최대한 빠르게 도망치기에는 더할 나위 없이 적격이나 그녀는 스포츠카를 몰아 본 적이 한 번도 없었다.

고급스러운 가죽 시트에 앉아 시동을 걸자 당장이라도 뛰어나갈 준비를 하는 야생마처럼 거친 엔진 음을 부릉댔다.

이걸 몰고 멜번까지 갈 수 있을까? 안 되면 애들레이드 호텔까지만이라도 가자.

트렁크와 화구 가방을 옆 좌석에 싣고 출발했다.

안녕. 레이너가여.

백미러로 멀어지는 저택을 보며 어두운 길을 천천히 내려갔다. 정원을 지나 포도밭을 달리자 저 멀리에 셀러 도어 지붕이 보였다. 그 순간 포도밭 사이로 빠르게 다가오는 작은 불빛이 보였다.

뭐지? 이 시간에 와이너리로 들어올 차는 없는데.

싸늘한 예감에 차가 점점 가까워질수록 심장이 뛰었다.

그야! 도로 한가운데 있을 줄 알았는데, 왜 이렇게 빨리 돌아온 거지?

고민하는 사이 검은 차가 육안에 들어왔다.

어떻게 하지? 모르는 척 달려 나갈까?

그녀의 차를 발견한 차가 속도를 늦추더니 길의 중간에 딱 멈췄다. 도망치려면 그의 차를 긁고 가야 할 지경이었다. 그러면 이 페라리를 아끼는 주인이 매우 슬퍼하겠지.

어쩔 수 없이 차를 세우고는 핸들에 머리를 기댔다.

어쩌지? 뭐라고 하지?

고개를 올리자 차에서 내리는 딘이 보였다. 그의 표정을 보니 그녀를 알아본 모양이었다. 심호흡을 몰아쉰 세아는 차를 나서며 소리쳤다.

"할 말이 있어요! 딘. 다가오지 말고 그 자리에 멈춰서 내 말을 들어 줘요!"

당신이 가까이 있으면 난 이성적인 생각을 못하겠으니까.

세아의 말에 딘은 그 자리에서 멈춰 섰다. 둘 사이의 거리는 20여 미터였지만 그의 따가운 눈빛이 그녀가 있는 곳까지 느껴졌다. 헤드라이트 불빛 앞에 선 그가 물었다.

"지금 어디로 가는 길이에요?"

"멜번으로요."

"왜요? 혹시 리치가 그래 달라 부탁했나요?"

"그래요."

찌르는 듯한 푸른 눈동자에 떠오르는 불꽃에 빠르게 말을 이었다.

"하지만 내 의지로 결정한 일이에요. 사실 린다가 팔을 다치기 전에도 비행기 표를 끊었었어요. 린다가 나으면 가려고 했지만, 더 미룰 수 없다는 걸 깨달았어요."

"오늘 저녁의 내 행동이 결심의 불을 댕겼나요?"

"그렇기도 하고 아니기도 해요. 어차피 난 이곳을 떠날 계획이었어요. 그게 어제건 오늘이건 중요치 않죠. 제발 흥분을 가라앉히고 생각해 봐요."

말이 두서없이 튀어나왔다. 그에게 흥분을 가라앉히라고 주문했지만, 정작 흥분이 가라앉혀지지 않는 건 그녀 쪽이었다. 크게 심호흡을 하고는 차분한 목소리를 꾸미며 딘을 설득하기 시작했다.

"이런 불장난을 하기에는 우린 어리지 않잖아요. 난 두 형제 사이를 왔다 갔다 하며 저울질하는 나쁜 여자가 되고 싶지 않고, 당신은 동생을 저버릴 나쁜 남자가 아니에요. 당신은 절대 그런 짓을 할 사람이 아니죠."

그는 아무 말 없이 그녀가 되뇌는 말을 듣고만 있었다.

"사실 그것보다 더 중요한 문제가 있어요. 난 내가 가야 할 곳을 알고 있고, 당신은 이곳에서 해야 할 일이 있다는 거예요. 우린 같은 세계에 있는 사람들이 아니에요. 서로 다른 별을 올려다보고 있죠. 우린 어차피…… 안 돼요."

세아는 애써 담담한 목소리로 말했다.

"날 보내 줘요."

딘이 한 걸음 떼자 놀라 소리쳤다.

"다가오지 말아요!"

하지만 그의 걸음은 단호했다.

"당신이 생각하는 딘 레이너란 남자는 어떤 사람이죠? 이성적이고 책임감이 강해 동생의 여자에게 흔들리는 일 따위는 절대 없는 사람인가요?"

"제발, 딘."

"데스페라도처럼 감정 따위 깃들지 않는 로봇 같은 사람인가요?"

성큼성큼 걸어오는 그에게 거의 애원하다시피 속삭였다.

"제발, 제발 그만 멈추라고요."

"아니면 당신이 말한 수많은 이유에 그저 고개 숙여 인사하며 당신을 보내는 그런 쿨 한 남자인가?"

그가 앞에 서자 거대한 폭풍에 휩싸인 것처럼 정신이 아득해졌다.

"그렇다면 당신이 잘못 봤어. 나는 완벽한 사람도, 이성적인 사람도, 쿨 한 남자도 아니야."

커다란 손이 뺨을 감싸 올리자 검은 눈동자와 파란 눈동자가 마주쳤다. 숨이 멈추는 것 같아 눈을 감았다.

"나를 봐요."

낮고 거친 음성에 떨며 고개를 저었다.

보면 안 돼. 그를 보지 마.

하지만 외면하려는 그녀를 간절히 붙잡고 애원했다.

"제발, 당신을 원해요. 난 당신을 원하는 남자일 뿐이에요."

두 손으로 뺨을 감싼 딘은 고개를 내려 작은 입술을 덮었다. 놀란 숨을 빨아들이자 그녀를 가두었던 높고 단단한 감옥이 우르르 무너져 내리는 것을 느꼈다. 도망치려는 그녀를 품 안에 가두고 달콤한 입 안 깊숙이 파고들었다. 그를 밀어내던 손이 서서히 힘을 잃더니 목덜미를 휘감아 안기자 뜨거운 전율에 휩싸여 키스를 퍼부었다.

이 여자를 원해. 내 심장을 담은 천칭이 바닥에 닿을 정도로 무거워, 결국 통째로 괴물에게 잡아먹혀 영원히 사라진대도.

Chapter. 14

The mouth of Truth.
The legend is that if you're given to lying.
You put your hand in there, it'll be bitten off.

진실의 입이에요. 거짓말을 하면 물어 버린대요.

_로마의 휴일 中

"다들 좋은 점심이에요. 난 아니지만."

세아의 옆자리에 앉은 제레미가 식탁 위에 액정이 부서진 핸드폰을 놓았다. 부스스한 머리를 움켜쥐며 핸드폰을 망연자실 내려다보는 그에게 리치가 물었다.

"자고 있는 줄 알았는데, 어딜 갔다 온 거니?"

"핸드폰이 없어져서 찾으러 다녔어요. 그런데 딘, 왜 내가 형 방에서 자게 된 거지?"

"딘 방에서 잤다고?"

리치가 옆얼굴을 쳐다보는 걸 무시하고 딘이 되물었다.

"손님방이 모자라 어쩔 수 없었어. 어제 너무 취해서 내가 차에 태워 왔던 거 기억 안 나?"

"아. 그래서 핸드폰이 셀러 도어 주차장에 떨어져 있었던 거군. 오늘 애들레이드의 핸드폰 가게가 문을 열었을까?"

"오늘은 크리스마스야, 제레미."

한숨을 푹 내쉬는 제레미에게서 고개를 돌리다 맞은편에 앉은 딘과 눈이 마주쳤다. 내내 그녀를 지켜보고 있었던 시선에 붉어진 얼굴을 우유 잔으로 가리자 그 옆으로 리치가 알 수 없는 눈빛으로 그녀를 바라보았다. 삼각지대에 놓여 한 입만 더 먹어도 얹힐 것 같아 서둘러 식사를 끝낼 수밖에 없었다.

주방을 정리하고 2층으로 올라가자 제레미는 유선 전화기로 누군가와 통화 중이었다. 소파에 앉아 기다리자 전화를 끊은 제레미가 침대에 걸터앉으며 심각한 얼굴로 말했다.

"승우가 전활 안 받아."

"바쁜가 보지. 술 취해 잠들었거나. 크리스마스이브였잖아."

"실은 어제 디자인 시안이 생각보다 반응이 좋아서 기분이 업 되어 있었어. 승우는 아니었고. 갑작스러운 호주행에다 크리스마스까지 같이 보내지 못하고, 결국 사소한 일로 말다툼을 벌였어. 나는 화가 나서 차라리 이럴 거면 헤어지자고 말했지."

"헤어지자고 했다면서 전화는 왜 하는 건데?"

제레미가 답답한 표정으로 그녀를 보았다.

"넌 제대로 된 연애를 안 해 봐서 몰라. 그건 진심이 아니었어. 너무 화가 나서 그랬던 거지. 승우도 알고 있어. 그저 화가 나서 전화를 안 받는 거라고. 하필 이런 때에 핸드폰까지 고장 나다니. 아무래도 시내에 나가 봐야겠어. 혹시 열었을지 모르잖아."

제레미가 부서진 핸드폰과 차 키를 들고 일어나자 따라서 일어난 세아가 앞을 가로막았다.

"제레미. 나 할 말이 있어."

"무슨 할 말? 급한 일 아니면 다녀와서 하면 안 돼?"

"급한 일이야. 그러니까…… 나 더 이상 너랑 연인인 척 연기하는 거 못할 것 같아."

"뭐? 왜?"

"그럴 일이 생겼어. 그러니까 네가 애초에 우리가 연인이 아닌 친구 사이였다는 걸 말할 수 없다면, 마음이 멀어져 친구 사이로 돌아갔다고라도 말해 줘."

그녀의 말에 제레미는 숙취가 이는 듯 오만상을 찌푸리며 머리를 움켜쥐었다.

"내가 납득할 수 있게 설명을 좀 해 줄래? 넌 곧 떠날 거고, 그 이후에 우리가 헤어졌다는 걸 밝히기로 한 거에 동의한 거 아니야? 왜 우리가 지금 헤어졌다는 말을 해야 하지? 제발 이해하기 쉽게 말해 줘. 안 그래도 내 머리가 깨질 것 같으니까."

"한 번도 딘과 싸운 적이 없다고 했지?"

"그랬지."

"지금 그 말을 하지 않으면, 최악의 경우 형제간에 싸움이 날 것 같거든."

웃긴 건, 딘은 진지한데, 너는 전혀 그런 의도도 생각도 마음도 없다는 거야. 그는 실체도 없는 죄책감과 싸우고 있어. 이건 비극 같은 희극이지. 이 사기극을 끝내야 해. 가능한 한 빨리.

어젯밤 일로 꽁지에 불이 붙은 듯 다급해진 세아는 황당해하는 제레미를 재촉하듯 올려다봤다.

"딘? 내가 형과 무슨 이유로 싸우는데?"

그녀가 대답 대신 가슴 앞에 팔짱을 낀 채 곤혹스러운 얼굴로 그를 보고만 있자, 어리둥절해하던 제레미의 갈색 눈동자가 점점 커졌다.

"설……마? 아니겠지. 정말? 진짜라고? 형이…… 널? 말도 안 돼."

뒷걸음질 치던 제레미가 침대에 걸터앉자 계속 "말도 안 돼."라고 되뇌자 그에게 다가가 속사포처럼 쏟아 냈다.

"말도 안 되는 일이 네가 애인이랑 헤어지네 마네 싸우는 동안에 벌어지고 있어. 그러니 진실을 말할 용기가 없다면 다시 친구 사이로 돌아갔다는 말이라도 해. 안 그러면 진짜로 말 안 되는 일이 더 벌어질 것 같으니까."

"와, 이런! 설마 했는데, 내 느낌이 틀린 게 아니었다니! 다른 사람도 아닌 형이랑 너라니!"

"그만 정신 차리고, 너와 내가 애인이 아니라는 말을 해야 한다니까!"

그녀가 어깨를 치자 제레미는 그제야 무언가를 깨달은 얼굴로 말했다.

"하지만 그렇게 되면 문제는 원점으로 돌아오게 돼. 리치가 득달같이 덤벼들어 날 압박할 거라고."

이 상황에서도 제 안위만 챙기는 행태에 세아의 얼굴이 싸늘하게 굳었다.

"제레미 레이너. 내가 지금 정중하게 부탁한다고 생각한다면 틀렸어. 난 네 무리한 부탁을 들어줬고, 결국엔 이 사달이 났지. 너 하나 때문에 수많은 사람들이 불필요한 오해에 피해를 보고 있는 상황에 그런 말을 할 자격이 있다고 생각하니?"

"그건 그렇지만……."

"네가 말 못하면 내가 해. 그리고 난 절대 에둘러서 말하지 않아. 애초에 네가 호주에 오기 싫어, 날 이용해 가족들을 상대로 사기를 쳤다는 진실을 말할 거야."

그녀가 일어나자 제레미가 재빨리 그녀의 어깨를 잡아 앉히며 항복을 선언했다.

"진정해. 알았으니까. 내가 할게."

"정확히 말해. 두루뭉술 넘겨 말하지 말고. 너와 네가 이젠 친구라고, 정확히."

"알았어. 그런데 넌 어때? 너도 형과 같은 마음이야?"

세아가 쉽사리 대답하지 못하자 제레미가 거듭 물었다.

"정말로 진심이야? 하지만 넌 곧 돌아……."

자리에서 벌떡 일어난 세아가 그의 말허리를 끊어 냈다.

"내 일은, 내 감정은 내가 알아서 할게. 너는 네 일이나 해결해. 언제 말할 거야?"

"시내 다녀와서 오늘 저녁에."

"좋아. 나중에 딴소리하지 말고 꼭 해."

그녀가 방 문을 열고 나서자 제레미가 말했다.

"장세아. 나 왠지 좀 불안하다."

"뭐가?"

"왜 불안한진 네가 더 잘 알 것 아니야."

끌림만큼 불안한 시작. 후회하지만 밀어낼 수 없는 마음. 나는 지금, 우리는 어디로 가는 걸까. 이 끝에는 뭐가 있을까.

세아가 슬픈 표정으로 물었다.

"어느 쪽을 걱정하는 건데?"

"둘 다."

그녀가 문을 닫고 나가자 제레미가 수심 어린 표정으로 한숨을 내쉬었다.

"특히 너 말이야."

"뭐라고?"

확 뒤돈 리치가 미친 사람 보듯 딘을 쳐다보았다. 그러고는 천천히 그가 한 말을 되뇌었다.

"그러니까 야반도주를 하려던 걸 못 가게 막았다고?"

하루빨리 그녀를 한국으로 보내야겠다 생각했지만, 크리스마스 시즌이 겹쳐 악마에게 영혼을 판대도 비행기 표를 구할 수 없는 상황이었다. 제일 빠른 27일 표를 끊어 놓았는데, 그녀는 이야기를 들은 직후 바로 움직인 모양이었다. 그건 뭘 뜻하는 걸까? 걱정할 정도로 딘에게 깊이 빠지지 않았거나, 정반대로 생각보다 딘을 많이 좋아하거나.

왠지 후자일 것 같은 불안한 예감에, 그녀에게 떠나도록 부탁했던 리치의 양심이 따끔거렸다.

"네가 그러도록 부탁한 거 알아. 리치, 또 그러면 나는 참을 수 없을 거야."

그의 경고에 리치는 산뜻한 표정으로 고개를 끄덕였다.

"좋아. 세아도 떠나지 못한 걸 보니 네게 감정이 없진 않았나 보군. 기어이 일을 벌였어. 그럼 이제 어쩔 거지, 불쌍한 제레미는?"

"오늘 저녁에 말할 거야."

서재의 널따란 책상에 엉덩이를 걸친 리치가 손뼉을 짝, 소리 나게 쳤다.

"오, 이럴 수가. 왜 내가 머저리처럼 그 생각을 못했을까? 그렇게 쉬운 일을 말이야. 물론 제레미가 자신을 장렬히 희생해 둘을 축복해 준다면 다행이겠지만 말이야. 만약 최악의 경우 자기도 세아를 포기하지 못하겠다고 하면 어쩌지? 울며 매달리며 그녀에게 돌아오라고 애원한다면? 상심한 녀석이 배신감을 견디지 못해 튕겨져 나간다면, 이제 너희 두 형제는 어떻게 되는 거지?"

끝도 없이 이어지는 질문에 제동을 걸었다.

"리치."

"기다려. 아직 더 남았으니까. 세아는 어때? 넌 네 감정에 충실하게 그녀를 잡았지만, 세아는 내 부탁에 한 치의 망설임도 없이 떠나려고 했어. 내가 비행기 표를 건네기도 전에 야반도주를 하려고 했다고. 그녀는 강한 여자야. 하지만 지극히 평범한

가정에서 자란 이성적이고 신중한 여자지. 과연 그녀가 동생을 버리고 형을 선택한 나쁜 여자의 오명을 감당할 수 있을까? 오랜 친구였던 제레미에게 배신을 안기고 결국 널 선택할까?"

변호사다운 핵심을 찌르는 변론에 딘은 무거운 얼굴로 리치의 말을 듣고만 있었다.

"제일 큰 문제는 뭔 줄 알아? 바로 너야. 운이 좋아 제레미의 문제가 잘 해결된다고 쳐. 그 다음은? 그녀는 언제고 떠날 사람이야. 영원히 여기에 머물 수 없다고. 네 어머니처럼 말이지. 왜, 딘, 이런 거지 같은 상황을 자초하는 거야?"

"네가 말했잖아. 결혼을 해도 후회하고, 하지 않아도 후회할 거라고."

리치가 참을 수 없다는 표정으로 책상을 쾅, 때리며 소리쳤다.

"넌 나랑 달라! 나는 그 뒤에 또 재혼을 했어! 난 널 알아, 딘. 네 마음은 너무나 무거워서 쉽게 주지도 거두지도 못해. 모르겠어? 이 게임에서 가장 상처받을 사람은 너라고."

리치는 침묵하는 딘에게 나직하게 말했다.

"난 네가 무너질까 봐 두려워. 네가 무너지면 레이너 와인도 무너져."

"내가 무너져도 레이너는 무너지지 않을 거야. 맹세해."

그의 알쏭달쏭한 대답에 리치가 무슨 말이냐고 물으려는 찰나, 밖에서 들리는 소음에 둘의 시선이 동시에 창밖으로 향했다. 차고를 나온 검은 차가 저택 앞을 빠르게 지나 달려 나갔다. 제레미였다.

리치가 물었다.

"마지막으로 부탁할게. 재고해 볼 여지는?"

"없어."

책상에서 엉덩이를 떼며 리치가 못내 내키지 않는 표정으로 고개를 저었다.

"좋아. 무슨 말을 해도 지금 네 귀에는 안 들어오겠지? 오늘 밤이 기대되는군. 내 인생 최고의 크리스마스가 될 거야."

그리고 특유의 시니컬한 얼굴로 말했다.

"그 전에 집 안의 총이란 총은 모두 감춰야겠지? 제레미가 널 쏘지 않게 하려면."

점심 식사 후, 세아는 자전거를 끌고 저택을 나섰다. 제레미는 시내로 나갔고, 딘과 리치는 서재에 틀어박혀 있는지 보이지 않았다. 린다는 낮잠을 잔다고 방으로 들어갔고, 롭은 텔레비전에서 나오는 크리스마스 영화를 보며 졸고 있었다. 크리스마스 파티의 후유증을 각자 나름의 방식으로 풀고 있었다.

뜨거운 햇빛을 가르며 20여 분을 달리자 곧 호숫가 별장이 나왔다. 그리다 만 그림을 테라스로 가지고 나온 뒤 딘이 선물해 준 화구 가방을 펼쳤다. 시작은 호숫가의 풍경을 그림으로 남겨 한국에 가져가기 위한 것이었지만, 그림을 그리면 그릴수록 시끄러운 속마음과 복잡한 머리를 식혀 줘 웬만하면 하루도 빼먹지 않고 야금야금 그린 게 완성을 목전에 두고 있었다.

딘의 차가 호숫가에 나타난 건 얼추 덧그리기를 끝내고 한

숨 돌리려 하는 찰나였다. 붓을 든 채 파란 트럭에서 내리는 남자를 보았다. 그가 가까이 다가올수록 심장이 쿵쿵 날뛰었다.

삐걱거리는 계단을 오르며 딘이 물었다.

"잘돼 가요?"

고개를 끄덕이자 그가 그녀의 뒤로 와 그림을 보았다. 등 뒤에서 느껴지는 묵직한 시선에 어젯밤 나누었던 뜨거운 키스가 생각나 목덜미의 털이 바싹 곤두섰다.

"계속해요. 나 신경 쓰지 말고."

하지만 딘이 그대로 별장 안으로 들어가자 세아는 머쓱한 얼굴로 빈 곳을 색으로 메우기 시작했다. 붓 아래로 바람이 지나는 수풀과 파란 하늘과 하늘이 비치는 호수가 만들어졌다. 얼마나 그러고 있었을까, 낯익은 냄새가 코끝을 스쳤다. 오두막 문을 열자 매콤 달달한 내음이 확 끼쳐 왔다. 문간에 기댄 세아는 렌지 앞에 선 딘에게 물었다.

"그게 뭐예요?"

"떡볶이."

"혹시 그거 내가 냉장고에 넣어 놓은 거 아니에요?"

세아가 눈을 가늘게 뜨고 프라이팬을 보자 딘이 웃으며 고개를 끄덕였다.

"맞아요. 하지만 유통 기한이 내일까지예요."

"냉동실에 어묵도 넣어 놨는데."

"그것도 넣었어요."

"어떻게 그걸 봤죠? 주방에 CCTV라도 달려 있나요?"

"그럴 리가. 다 됐으니 붓 놓고 와서 이리로 앉아요."

손을 닦고 온 세아가 낡은 머그잔에 물을 따르며 마지막으로 떡볶이를 먹었던 게 언제였던지 기억을 더듬자 약혼을 파기하고 제레미의 작업실에 찾아갔던 날 해물 떡볶이를 먹었던 게 떠올랐다. 그때는 이렇게 호주에 오게 될 줄, 크리스마스이브에 그의 형과 키스를 나누게 될 줄 누가 상상이나 했을까.

딘이 프라이팬을 테이블 위에 놓자 세아는 창피함도 잊고 환호를 올렸다. 딘이 웃으며 포크를 내밀었다.

"먹어 봐요."

"같이요. 아, 떡볶이 먹을 줄 알아요?"

"당연히."

딘이 포크로 발간 떡을 찍어 맛있게 먹자 세아도 포크를 들어 어묵과 떡을 같이 공략했다.

"아주머니가 어렸을 때 해 주셨나요?"

"엄마가 좋아해서 자주 먹었죠. 나랑 엄마는 잘 먹었는데, 아버지는 한 입도 입에 못 댔고, 제레미는 어려서 물에 씻어 줘야 했어요."

마치 그 광경에 눈에 그려지듯 선해 웃다가 문득 가슴을 지나는 선득한 바람에 입술을 말아 모았다.

지금 이렇게 떡볶이를 먹고 있는 우리의 모습도 아련한 추억으로 남을 수 있어. 날카로운 파편에 찔리듯 아픈 추억으로. 그럴 가능성이…… 아주 높지.

"그러지 말아요."

"뭐가요?"

앞에서 울리는 나직한 목소리에 세아는 얼른 아무렇지 않은 표정을 꾸며 물었다.

"겨우 머리를 식혀 놓고 다시 채우고 있잖아요. 닥치지 않은 미래로 지금 순간을 망치는 건 바보 같은 짓이에요."

그가 단번에 자신의 속내를 꿰뚫어 보았다는 게, 그리고 더 심란하고 복잡할 그가 그녀보다 태연할 수 있다는 것이 놀라웠다. 세아가 물었다.

"당신은 그게 돼요? 이 상황에서 걱정과 불안을 미뤄 둘 수가 있냐고요."

"오늘 저녁 제레미에게 말할 거예요."

"아."

변수가 없다면 오늘 저녁에 제레미도 그들의 관계가 끝났다는 말을 할 것이다. 그동안 머리를 쥐어뜯으며 괴로워했던 것 치곤 이 모든 상황이 풍선에 바람 빠지듯 시시하게 해결이 날 수도 있겠지. 하지만 이 상황이 너무 우스워, 언젠가 본 영화 같다는 걸 부인할 수 없었다.

여자가 전 남자 친구에게 말했다. "I'm so sorry for breaking your heart. But I love him" 네 마음을 아프게 해서 미안하지만 난 그를 사랑한다고. 그리고 남자의 절친한 친구에게 갔다. 나쁜 년이라고 욕을 엄청 하며 영화를 봤던 기억이 떠올랐다.

하지만 난 나쁜 년이 아니야. 다른 의미의 나쁜 년이지.

딘이 물었다.

"걱정돼요?"

"네. 하지만 내가 정말로 걱정하는 건 그게 아니에요."

세아는 포크를 놓고 조심스레 말을 이었다.

"만약에 말이에요. 내가 당신 친구라면 이렇게 말할 거예요. 딘, 나는 네가 여기서 그만두는 게 옳다고 생각해."

"왜?"

"언젠가 말했었지. 네게 중요한 건 와인과 가족뿐이라고. 그리고 그녀는 말했어. 현실을 위해 사랑 따윈 포기할 수 있다고. 이 두 사람이 연인이 될 수 있다고 믿지 마. 혹 네 마음이 바뀌어…… 와인과 가족만큼 그녀가 중요해졌다는 말도 하지 말고. 네가 모든 걸 버리고 마음을 바칠 때, 그녀는 트렁크 가방을 싸고 있을지…… 모르잖아. 그건 너무 슬픈 일이야."

"지금 트렁크 가방을 쌌나요?"

세아는 한없이 흔들리는 눈으로 담담한 얼굴의 남자를 보았다. 그리고 괴로운 얼굴을 천천히 내저었다.

"아니요."

"싸게 되면 말해요. 내가 바라는 건 그것뿐이니까. 어서 먹어요. 당신이 리치 눈치를 보느라 점심을 부실하게 먹은 걸 알고 있어요."

그가 포크를 쥐어 주었지만, 가슴을 타고 올라와 목구멍을 꽉 틀어막고 있는 무언가 때문에 한 입도 더 먹을 수 없었다.

나 정말 나쁜 년 맞나 봐. 얼마나 그가 아플지 알면서도 이 남자 손을 놓을 수가 없어. 후회한대도 지금 이 순간은 그와 함께 있고 싶어.

결국 더 먹지 못하고 둘은 호숫가로 나섰다. 딘이 말했다.

"당신에 대해 얘기해 줘요. 우선 가족부터."

"일곱 살 어린 여동생과 할아버지가 계세요. 부모님이 돌아가신 후 우리 자매는 할아버지 집에서 함께 살았죠. 직장에 들어간 후 전 회사 근처에 오피스텔을 구해 나왔고, 동생은 작년부터 학교 앞 원룸을 구해 살고 있어요."

세아는 주머니에 넣어 둔 핸드폰을 꺼내 세연과 같이 찍은 사진을 보여 주었다.

"눈이랑 이마가 당신과 닮았네요. 이름이 뭐예요?"

"장세연이요. 대학에서 연극과를 다니고, 꿈은 뮤지컬 배우예요. 노래도 잘 부르고 붙임성이 좋은데다 얼굴도 예뻐서 어렸을 때부터 남자들에게 인기가 많았죠."

"당신은, 당신도 인기가 많았나요?"

세아가 우스꽝스러운 질문을 받은 표정으로 고개를 내저었다.

"그렇진 않았을걸요. 어렸을 때는 지금보다 통통했고, 성인이 된 이후부터는 공부다 회사다 악바리처럼 굴어서 절대 남자들이 좋아할 만한 스타일이 아니었어요."

"다행이군요."

"다행이라고요?"

세아가 황당한 웃음을 흘리며 되묻는 순간 울퉁불퉁한 돌을 보지 못하고 걸려 비틀대자 그가 얼른 팔꿈치를 붙잡았다. 가느다란 팔을 타고 내려온 손이 그녀의 손을 단단히 잡으며 말했다.

"나는 그런 당신이 좋으니까. 가능하면 당신의 그런 면이 얼마나 매혹적인지 나만 알았으면 좋겠어요."

호숫가에 있는 오리의 요란한 날갯짓에 후드득 튀어 오르는 물방울처럼 가슴이 뛰었다. 이 남자를 어떻게 하면 좋지? 입술 사이로 비집고 나오는 미소를 깨물며 물었다.

"그러는 당신이야말로 인기가 많았겠죠? 여자들이 당신 번호를 따내려고 무진 애를 썼을 것 같네요."

"생각보다 그렇진 않아요."

"거짓말."

"정말이에요. 나처럼 무뚝뚝하고 무언가에 꽂혀 미쳐 있는 남자는 너무나 많은 인내심이 요구되기 때문에 인기가 없어요."

그가 말한 이유에 웃음이 터진 세아는 눈물이 찔끔 날 정도로 정신없이 웃고는 말했다.

"좋네요. 그 이유 둘 다 마음에 들어요."

둘은 웃으며 천천히 호수를 따라 돌았다. 딘이 물었다.

"할아버지는 어떤 분이시죠?"

"할아버지는 여든이 넘으셨는데, 제가 아는 누구보다 정력적이시고, 회사에 대해 자부심이 강하시고, 워커홀릭이시죠. 당신을 처음 보았을 때 할아버지를 떠올렸어요."

딘이 쳐다보자 세아는 그녀의 손을 단단히 얽고 있는 그의 손을 들어 보였다.

"당신 손을 잡았을 때 너무 거칠었거든요. 그때까진 세계적인 와인 회사의 오너니까 농장 일을 안 할 거라 생각했나 봐요. 그런데 할아버지 손도 그렇게 거치시거든요. 회사를 일으켜 세우느라 젊었을 때부터 안 해 본 일이 없으셨대요. 그래서 이제라도 여생을 편히 즐기셨으면 좋겠는데, 할아버지는 아니라고 고집을 피우시죠."

그녀의 목소리에서 걱정과 존경심이 가득 느껴져 둘의 관계가 여느 부모 자식 간 못지않음을 알아차렸다.

"할아버지 뒤를 이어받아 회사를 꾸려 갈 사람이 없나요?"

"네. 아버지가 돌아가신 후 계속 공석이에요. 전 제가 그 사람일 줄 알았는데 아니었어요. 할아버지는 제가 아빠의 전철을 밟을까 봐 능력 있는 남자를 약혼자로 삼아 회사를 물려주려 하셨죠."

"약혼을 했었군요."

아무 생각 없이 토로한 진실에 뒤늦게 난감한 표정으로 고개를 저었다.

"아니요. 약혼식 며칠 전에 엎어 버렸어요. 그에게 다른 여자가 있었거든요. 그런데 그 사실을 진작 알고 있었으면서도 약혼식 직전에야 터트린 괘씸죄로 할아버지는 절 좌천시키셨어요. 그래서 이곳에 올 수 있었죠."

"할아버님이 제레미에 대해서 모르고 계셨나요?"

"아, 할아버지는 모르고 계셨어요. 제레미와의 관계를 알리지 않았어요."

세아는 이마에 손을 짚고 얼굴을 찡그렸다. 진실과 거짓이

뒤죽박죽 짬뽕이 되어 엉망진창이었다. 그에게 이 거짓말을 해명할 날이 올까? 그와 마음을 나눈 이 순간까지도 온전히 솔직할 수 없다는 사실이 괴로웠다.

"이야기만 들어선 여자가 있다는 걸 숨기고 약혼하려 한 남자가 문제인 것 같은데, 당신에게 더 가혹하게 구신 것 같네요."

"맞아요. 심지어는 제가 기획한 프로젝트를 그에게 넘기셨죠."

"할아버지를 원망하나요?"

"네, 원망해요. 할아버지 말씀대로 제가 아빠를 닮아 그 자리를 견뎌 낼 수 없을지도 몰라요. 하지만 아닐 수도 있죠. 할아버지는 제게 그걸 증명할 여지도, 기회도 완전히 빼앗아 버리셨어요."

고개를 돌린 딘은 복잡다단한 눈빛으로 호수를 바라보는 세아를 보았다.

"지금 제 감정은 블렌딩 된 와인 같아요. 원망 50퍼센트와 고마움과 존경심이 20퍼센트, 사랑이 30퍼센트죠. 누구나 그렇잖아요? 순도 100퍼센트의 감정이 있을까요? 당신도 그렇잖아요. 제레미와 어머니에 대한 마음 말이에요."

"그럴 수도 있죠."

딘이 모호하게 말을 흐리자 그가 그들에 대한 이야기를 하고 싶어 하지 않는다는 걸 눈치챈 세아는 더 캐묻지 않았다. 호수를 한 바퀴 돌고 돌아온 세아와 딘은 그림 도구들을 안으로 들여놓았다.

"잠깐 양조장에 들르겠어요? 챙겨 갈 와인이 있는데."

"좋아요."

트럭에 자전거를 싣고 둘은 양조장으로 향했다.

차를 세우고 적막에 휩싸인 공장 안으로 들어서며 딘이 물었다.

"저번에 못 본 카브 구경할래요?"

세아가 고개를 끄덕이자 스테인리스 통들을 지나 묵직한 철문으로 이끌었다. 열쇠로 문을 열고 어두운 돌계단을 내려가자 지하 특유의 퀴퀴한 냄새가 올라왔다.

딘이 불을 켜자 돔 모양의 천장으로 조도가 낮은 조명이 들어왔다. 세아는 끝도 없이 이어진 진열대를 빽빽하게 채운 와인 병들을 감탄 어린 시선으로 바라보았다. 그중 하나를 들어 표면의 먼지를 닦아 내자 검은색 병에 차 있는 와인이 보였다. 등 뒤에 선 딘이 말했다.

"2012년에 수확한 포도로 만들어진 데스페라도예요."

"이 아인 언제쯤 세상에 나갈까요?"

"2, 3년 뒤쯤."

둘은 천천히 카브의 끝까지 걸어갔다. 딘은 와인을 찾으러 왼쪽으로 갔고, 세아는 오른쪽으로 꺾어 진열대에 놓인 블렌딩 시험용 와인 라벨을 살폈다. 대부분이 이름 없는 와인들이라, 기호와 구획 숫자로 쓰여 있어 해독 불가능한 것들뿐이었다. 진열대를 휘돌아 안으로 들어온 세아가 목소리 높여 물었다.

"궁금한 게 있어요. 와인의 이름은 어떻게 짓는 거예요?"

"대부분은 와인을 마신 후의 감상이 이름에 큰 영향을 미치죠. 레몬과 복숭아 향의 미디엄 와인을 시음한 롭이 말했어요. 트램펄린 위를 뛰어 노는 소녀 같다고."

"그래서 트램펄린 라벨에 여자아이의 발이 그려져 있는 거군요."

"맞아요. 데스페라도는 이글스의 팬인 린다가 노래와 너무 잘 어울리는 와인이라고 붙여 준 거예요. 패트릭은 아버지가 블렌딩 한 와인인데, 증조할아버지처럼 완고하고 강한 와인 같다고 해서 그 이름이 붙여졌죠. 성함이 패트릭 레이너거든요. 우연찮게 헌정 와인이 되었죠."

"재밌네요. 내가 이름 지은 와인이 세상에 나온다면 정말 기분 좋을 것 같아요."

세아는 그와 나눠졌던 지점으로 왔지만 딘은 보이지 않았다. 뒤로 도는 순간 코너로 나오는 그와 맞닥뜨렸다. 그의 어깨에 코가 아슬아슬하게 닿을 듯 멀어졌다. 익숙한 듯 낯선 체향에 어지러운 눈빛을 숨기고 딘의 손에 들린 와인 병을 내려다보았다.

"이 와인도 이름이 없나요?"

"맞아요. 마시고 당신이 이름을 지어 줘요."

"좋아요."

그녀가 웃자 딘은 와인을 들지 않은 손을 들어 뺨을 감쌌다. 거친 손가락 끝으로 부드러운 호를 그리는 입술 언저리를 쓸자 스르르, 미소가 사그라졌다. 그가 고개를 내려 입을 맞추었다. 어젯밤 나누었던 급작스럽고 뜨거웠던 키스와 달리 부드럽고 조심스러운 키스였다.

입술이 멀어지자 안도인지 아쉬움인지 모를 한숨이 흘렀다. 그 순간을 틈타 목덜미를 붙잡아 당긴 딘이 단숨에 입술을 삼켰다. 입술을 활짝 내어 주며 단단한 어깨를 붙잡아 발끝을 세우는 순간 떨리는 가슴과 가슴이 스쳤다. 둘 사이에 이는 강렬한 파장에 걷잡을 수 없이 뜨거운 열기가 그들을 덮치기 직전, 키스를 멈춘 건 딘이었다.

겨우 입술을 뗀 그가 이마를 맞대었다. 눈을 감고 있음에도 불구하고 그의 시선이 느껴졌다. 왠지 눈이 마주치면 그도, 자신도 멈출 수 없을 것 같아 눈을 감은 채 호흡이 가라앉길 기다렸다.

"갑시다."

딘이 손을 잡고 천천히 카브 위로 이끌었다.

차가 저택에 도착했을 때는 해가 뉘엿뉘엿 지고 있을 때였다. 둘은 저택 앞에 세워진 하얀 중형차를 보았다.

"크리스마스 손님이 아직 남아 있나 본데요."

"이상하군요. 아는 사람이라면 차고가 아닌 집 앞에 차를 세웠을 리 없는데."

의아한 얼굴로 거실에 들어서자 낯선 방문자가 있다는 걸 알아챘다. 등을 보인 채 앉아 있는 검은 뒤통수의 남자와 그를 보고 있는 롭과 린다와 리치의 얼굴에는 알 수 없는 표정이 어려 있었다. 인기척에 방문자가 고개를 돌리자 세아는 그대로 돌처럼 굳어 버렸다.

"세아 씨?"

남자가 귀신이라도 본 듯 믿을 수 없다는 표정으로 자리에서 일어나 다가왔다. 모델처럼 훌쩍 큰 키에 바싹 마른 몸매와 지성과 예민함이 뒤섞인 창백한 얼굴. 다가온 그에게서 나는 민트 향 담배 내음에 머리가 빙글 돌았다. 신이시여, 이 남자가 여기 왜?

"승우 씨."

"여기서 세아 씨를 만날 줄은 생각도 못했네요. 무슨 일로 이곳에? 혹시…….

"그러니까 정말 오랜만이에요. 온다는 이야기를 전해 듣지 못했는데,"

정신이 나간 표정을 추스르고 급하게 말을 돌리자 그가 어두운 낯으로 대답했다.

"급작스러운 방문에 죄송하다는 말씀은 드렸어요. J를 만나러 왔어요. 그는 어디 있나요? 다들 그가 어디 갔는지 모르시던데."

"부서진 핸드폰을 고치려고 시내에 간다고 했어요. 당신이 전화를 받지 않는다면서요."

"비행기에서 꺼 뒀어요. 그런데 세아 씨가 왜 여기에 있는 거죠? 혹시 J와 당신이 같이 동행해서 온 건가요?"

망설였지만, 달리 다른 변명을 늘어놓을 거리도 없었다.

"네."

승우가 혼란스러운 표정으로 되물었다.

"그런데 왜 당신과 같이 왔다는 이야기를 한 번도 하지 않았을까요?"

"그럴 이유가 있었어요. 오해하지 말았으면 좋겠어요. 제가 다 설명할게요."

소파에 앉아 있던 리치가 일어나며 그녀의 말을 가로막았다.

"세아, 제발. 우린 한국말을 하나도 못 알아들어요. 저 사람이 뭐라고 하는지 우리에게 통역해 줄래요? 그가 우리에게 말하길, 자기가 제레미의 애인이라고 했어요."

오 마이 갓. 벌써 다 말했어!

당황한 그녀가 입을 열기도 전에 리치가 재차 물었다.

"세아도 저 남자와 안면이 있는 사이인 것 같은데, 정말 그가 제레미의 애인인 건가요? 그러면 당신은요? 제레미가 양다리를 걸친 건가요?"

롭이 침통한 얼굴로 천장을 올려다보았다.

"이럴 수가. 제레미가 양성애자였다니."

"아직 몰라요. 우선 세아의 말을 들어 보자고요."

그러자 혼돈에 휩싸인 승우까지 거들고 나섰다.

"나는 오해하고 싶지 않으니 여기서 무슨 일이 벌어지고 있는 건지 내게 설명해 줘요. 제레미는 라벨 디자인 때문에 호주에 2개월 동안 있어야 한다고 했어요. 하지만 무슨 이유인지 당신이 제레미와 같이 이곳에 왔고, 그걸 나한테 말하지 않았어요. 그리고 여기 분들이 말하길 제레미에게 다른 피앙세가 있다고 하네요. 혹시 그 피앙세가 당신인 거예요? 당신과 제레미는 친구 사이잖아요?"

"우린 친구 맞아요. 예전에도 지금도 변함없이."

"세아, 무슨 일인지 우리에게도 설명해 줘요."

다그쳐 물음과 한탄, 영어와 한국어가 뒤섞인 난장판에 정신이 나갈 지경이었다. 그녀 뒤에 서 있던 딘이 앞으로 나서며 말했다.

"다들 이런 식으로는 궁금한 걸 해결 못해요. 그녀가 이 상황을 설명할 수 있게 잠시만 조용하세요. 당신은 영어를 할 줄 아나요?"

"듣기는 돼요."

"좋아요. 그러면 앉아요."

딘이 눈짓으로 의자를 가리키자 승우도, 리치도 자리에 다시 앉았다. 딘마저 벽 쪽으로 물러서자 세아만이 무대에 남은 배우처럼 홀로 거실 중앙에 서 있게 되었다. 진실을 바라는 따가운 시선 속에서 딘이 말했다.

"자, 이제 말해 봐요."

정말이야. 언제나 이 사기극을 끝내고 싶었어. 이런 식은 아니었지만.

이 사달이 벌어질 동안 여태 돌아오지 않는 제레미가 원망스러울 뿐이었다.

벽난로 가에 선 롭과 린다, 의자를 돌려 앉은 승우와 리치와 딘을 차례로 보았다. 그들은 이 진실을 어떻게 받아들일까? 거짓말쟁이라 욕하진 않을까? 내게 실망하진 않을까? 하지만 이젠 뒤돌아서 도망갈 길조차도 없었다.

"우선 죄송하다는 말씀을 드릴게요. 고의는 아니었지만, 여러분들을 속였어요."

"정확히 누구를 속였다는 말이죠? 이 남자요, 우리요?"

"모두를 속였어요. 그의 말이 맞아요. 제레미의 애인은 제가 아니라 김승우 씨예요."

세아가 손으로 승우를 가리키고는 충격에 휩싸인 롭과 린다, 리치와 표정을 읽을 수 없는 딘을 차례로 보았다.

"둘은 3년 동안 연인 사이였고, 저는 20년간 늘 그랬듯 제레미의 친구예요."

"그런데 왜 우리에게 거짓말을 했죠?"

"죄송해요."

"우린 그 이유가 궁금해요. 말해 줘요."

리치의 물음에 세아는 창밖을 보았다. 햇볕이 살인적으로 뜨거웠던 날, 차 앞에서 싸우는 그녀와 제레미가 있었고 다가오는 딘의 모습이 보였다.

"지난 11월, 전 회사에서 좌천과 동시에 제가 맡았던 프로젝트에서 열외가 됐어요. 그 모든 일은 저희 할아버지가 명하셨고, 제가 다른 길을 찾아보길 원하셨죠. 전 절망에 빠져 호주에 오려던 제레미와 동행을 했어요. 전부터 제레미가 종종 와이너리에 같이 가자고 얘기했던 터라 와이너리에 일주일 동안 묵고 시드니로 떠나겠다는 계획을 말했어요. 하지만 제레미는 전혀 다른 계획을 짜고 있었죠."

"하지만 제레미는 두 사람이 이곳에 오기 몇 달 전부터 당신과 연인이 되었다고 우리에게 말했어요. 당신은 그 사실을 알고 있었나요?"

리치의 물음에 세아가 고개를 젓자 딘의 표정이 한층 어두워졌다. 그가 물었다.

"그 사실을 언제 알게 됐죠?"

"와이너리에 도착한 차 안에서 들었어요. 제레미가 부탁했어요. 우리 둘 사이가 연인인 것처럼 해 달라고요."

저편에서 린다의 목소리인 듯 "오 마이 갓." 하는 소리가 들렸고, 롭이 그동안 들어 본 적 없던 욕설을 쏟아 냈다. 리치가 물었다.

"왜 세아는 그 계획에 동참한 거죠? 우정 때문이었나요?"

"그게 변명이 되진 않는다는 걸 알지만, 그래요. 옳지 않은 일이라는 걸 알았지만, 그 순간에는 제레미를 외면할 수 없었어요."

"그러면 제레미가 왜 그런 계획을 짰는지 이유도 알겠군요. 혹시 우리 때문인가요?"

세아는 망설였지만 결국 모든 걸 털어놓을 수밖에 없었다.

"제레미는 자신의 꿈을 포기할 생각이 없었어요. 하지만 사무실 개업 비용을 받은 걸로 부담을 느끼고 있었죠. 가족들이 자신을 호주로 오도록 압박할 거라고 생각했어요. 그 기대를 낮추려면 한국에서의 자신의 삶이 완벽하다는 걸 보여 줘야만 한다고 했어요."

"그래서 동성 애인을 숨기고, 당신을 애인 대행으로 세웠다?"

리치가 소파 등받이에 기대어 황당한 웃음을 흘리자 오해가 완전히 풀려 안도한 승우가 말했다.

"그것에 대해선 제가 드릴 말씀이 있어요. 전 해외 공연을 기획 중이었는데, 같이 하던 친구가 투자금을 모두 들고 튀는 통에 갑작스레 급전이 필요하게 됐어요. 제레미가 그 돈을 빌려줬고, 우연히 만난 친구 중 한 명이 제레미가 그 돈을 집에서 받는 대신에 호주로 가게 된 거라고 말하더군요. 저는 제레미와 가족들을 만나러 가야겠다고 생각했어요. 죄송해요. 이 일은 제 탓이 큰 것 같네요."

아, 제레미 레이너 이 망할 놈아. 그 돈을 애인한테 빌려주느라 이 사달이 나게 한 거야?

이 와중에 밝혀진 진실에 어이없는 얼굴을 하고 서 있자 리치가 통역을 부탁했다. 승우가 한 말을 전하며 세아는 덧붙여 말했다.

"저도 죄송해요. 여러분 모두를 속여서요."

"세아가 미안할 일은 아닌 것 같군요. 그건 제레미의 몫이죠."

그리고 리치는 이 판을 뒤집을 마지막 히든카드를 꺼내 들었다.

"사실 우리 역시 세아를 속이고 있었던 건 마찬가지였으니까요."

"리치!"

롭과 린다가 놀라 소리쳤지만, 리치는 멈출 수 없었다. 이제 동생의 여자가 아니라는 걸 안 딘은 망설임 없이 그녀에게 모든 걸 걸 것이다. 그의 아버지 마이클이 그랬던 것처럼. 하지만 그녀는 떠나겠지. 그의 어머니가 그랬던 것처럼. 그럼 또 딘은 혼자 남게 될 것이다. 지금이 마지막 기회였다. 돌이킬 수 없을 정도로 감정이 깊어지기 전에 둘을 떼어 놓아야 했다.

"그러지 마세요. 세아는 우리에게 숨김없이 다 말했어요. 그러니 우리도 솔직해져야 맞는 거죠."

"속였다니. 그게 무슨 말이에요?"

세아가 혼란스러운 눈으로, 당황한 기색이 역력한 가족들을 바라보았다. 하지만 흔들리는 눈빛들은 진실을 말하길 거부했고, 결국 리치를 볼 수밖에 없었다.

"제레미의 말대로 우리는 녀석을 호주로 불러들일 계획이었어요. 그래서 사무실 비용을, 아니 제레미가 애인에게 꿔 줄 돈을 대 준 것도 맞고요. 그런데 갑자기 친구였던 당신과 연인 사이가 되었다며 이곳에 동행한다고 했고, 우린 믿지 않았지만 실제로 당신이 나타났어요. 우린 제레미를 이곳에 붙잡아 놓기 위해 다른 계획을 세울 수밖에 없었어요."

"무슨 계획이었죠?"

왠지 알 수 없는 불안한 예감에 딘을 보았다. 그의 푸른 눈동자가 한없이 바닥으로 내려앉는 것처럼 보였는데, 리치가 말을 잇는 바람에 고개를 돌릴 수밖에 없었다.

"당신은 파혼을 하고, 회사에서 프로젝트를 뺏기고 좌천을 당해 호주로 왔어요. 상처와 배신감에 휩싸인 채로 말이죠."

순간 뒤통수를 정으로 세게 얻어맞은 듯 정신이 멍해져 눈을 깜박였다. 파혼했다는 이야기는 딘에게 30분 전에 말한 게 처음인데……. 믿을 수 없는 얼굴로 물었다.

"저에 대해…… 조사를 하셨나요?"

"미안해요. 우린 당신에 대한 정보가 필요했어요."

"리치, 그만 하게."

롭이 말렸지만, 이제는 그녀가 그만둘 수가 없었다. 할퀴고 뜯겨 상처 입은 채로 이곳으로 도망쳐 왔고, 그들은 그런 자신을 따뜻하게 감싸 주고 위로해 주었다. 레이너 와이너리에서 느낀 평화와 치유는 모두 그들 덕이라 믿었다. 하지만 그 뒤에는 그녀가 몰랐던 음모가 도사리고 있었다.

"아니요. 말해 주세요. 그래서 제 뒷조사를 하고 난 뒤에 어떤 결론을 얻으셨죠?"

"알다시피 제레미는 와이너리에 관심이 없었어요. 농장 일을 싫어했죠. 하지만 당신은 제레미와 달리 이곳을 좋아했고, 농장 일도, 셀러 도어 일도 초보라고 믿을 수 없을 정도로 잘해 냈어요. 어쩌면 우린 당신이 이곳에 더 어울릴 사람이라고 생각했죠. 상처 입은 당신이 이곳에서 행복과 평안을 찾을 수 있을 거라고요."

리치가 하는 말뜻을 이해할 수가 없어 딘을 보았다. 하지만 그의 눈을 마주하는 순간 그게 뭘 의미하는지 깨닫게 되었다.

"그러니까…… 이곳을 좋아하는 절 이용하면 제레미를 붙잡아 둘 수 있을 것 같았다는 말인가요?"

"미안해요."

"그래서 그동안 제게 잘해 주신 건가요? 제레미를 붙들기 위해서?"

"절대 그 모든 게 거짓은 아니에요. 세아를 진심으로 좋아하지만, 우리로선 어쩔 수 없었어요."

리치의 말에 울 듯 웃을 듯 묘하게 찡그린 얼굴로 헛웃음을 흘렸다.

"물론 그랬겠죠. 어젯밤 내게 떠나라고 종용한 것과 마찬가지로요."

"떠나라고 했다고?"

롭이 소리치는 걸 무시하고 리치가 말했다.

"세아, 내 말을 들어 줘요. 우리도 쉽지 않았어요. 딘의 불면증이 심해져서 올해 와인 블렌딩을 할 수 있을지 없을지 우린 몰라요. 의사는 더 이상의 스트레스는 무리라고 수면제 처방과 함께 휴식을 말했어요. 하지만 블렌딩은 오감이 중요하기에 불면증 약을 막 복용할 수도 없고, 딘이 농장 일에서 완전히 손을 떼기도 불가능해요. 알다시피 와이너리는 가업이에요. 특히 와인 블렌딩을 외부인에게 맡기게 되면 레이너 와이너리의 특색은 모두 사라지죠. 우린 절벽에 서 있어요. 선택의 여지가 없었다고요. 만약 그 상황이 다시 반복돼도 우린 또 똑같이 당신을 이용할 거예요. 왜냐하면 딘이 무너지면 레이너 와인도 무너지기 때문이죠. 제발 우릴 조금만 이해해 줘요."

이성과 감성에 호소하는 리치의 말에 고개를 휘저으며 뒷걸음질 쳤다. 당장에 구역질나는 진실과 숨 막히는 이곳에서 도망치고만 싶을 뿐이었다. 그 순간 무언가에 부딪혀 뒤돌자 제레미가 멍한 표정으로 물었다.

"세아야, 이게 무슨 일……? 승우야, 왜 네가 여기……."

제레미를 지나쳐 빠른 걸음으로 복도를 나섰다. 그래서 롭이 달려들어 리치의 멱살을 잡은 걸, 딘이 제레미의 턱에 주먹을 날리는 광경을 보지 못했다.

Chapter. 15

Let's keep going. Go!

계속 가는 거야. 밟아!

_델마와 루이스 中

식탁 위로 적막이 흘렀다. 기다란 테이블을 중심으로 한편에는 롭과 린다, 세아가 앉아 있었고, 다른 편에는 리치와 제레미, 승우와 딘이 앉아 있었다. 접시에 식기가 부딪혀 달그락거리는 소리와 커피를 홀짝이는 소리, 그리고 가끔 울리는 롭의 헛기침뿐, 대화라곤 한 마디도 흐르지 않았다.

그녀가 우유를 찾아 두리번거리자 승우가 얼른 리치 앞에 놓인 우유병을 그녀 앞에 놓아 주었다. 작은 목소리로 "땡큐." 하고는 우유를 따랐다. 그녀의 손에 들린 우유 잔에 맞은편에 앉은 남자들의 시선이 모두 몰린 걸 알고 있었지만, 무시했다.

빵을 베어 물려던 제레미가 "아." 하는 소리에 눈을 들자 피딱지가 앉은 입술을 손가락으로 꾹 누르던 녀석과 눈이 마주쳤다. 넌 속 시원하게 몇 대 더 맞았으면 좋았을 텐데.

끝에 앉은 딘이 쳐다보는 것이 느껴졌지만 한 번도 눈길을 주지 않았다. 식사가 끝나자 세아와 린다가 뒷정리를 했다. 제레미가 하겠다는 걸 전혀 안 들리는 목소리처럼 무시하자 안절부절못한 채로 주방을 떠났다. 린다가 말했다.

"떠나지 않아 줘서 고마워요. 아침에 세아가 없을까 봐 걱정했어요."

떠나려 하지 않았다곤 할 수 없었다. 저택을 뛰쳐나오자마자 모든 것이 그녀의 방에 있다는 게 기억났다. 그 순간은 여권이고 지갑이고 상관없이 길거리에서 노숙을 한대도 이곳을 떠나야 한다는 마음뿐이었다. 그녀를 뒤따라온 린다가 말리지 않았더라면 분명 그렇게 했을 것이다.

"밤새 흥분이 조금 가라앉은 것 같으니, 뻔뻔스러운 부탁 같지만, 내 얘길 들어 줄 수 있겠어요?"

린다가 식탁에 앉자 세아도 맞은편 의자에 앉았다.

"모두를 대신해서 다시 한 번 미안하다는 말을 하고 싶어요. 내 말이 진심으로 들리지 않을 수도 있겠지만, 세아와 제레미를 맞으면서 우린 정말 많이 고민했어요."

고통스러운 밤이 그녀를 들쑤시고 지나는 동안 와이너리에서 있었던 일들을 하나씩 떠올렸다. 린다가 불편한 손으로 한인 마트에서 사 온 김치로 만들어 준 볶음밥과, 코알라를 한 번도 본 적이 없다는 말에 롭이 코알라 무리가 산다는 유칼립투스 나무숲에 데려다준 일, 그리고 손이 불편한 린다의 샤워를 도와주고 머리를 말려 주며 마치 모녀처럼 비밀스러운 이야기를 나누었던 기억을 떠올리며 깨달았다. 사기극에 동참한 걸 자꾸만 잊고 이곳을 떠나지 못했던 자신처럼, 그녀에게 잘해 준 린다와 롭, 둘 다 똑같은 진심이었다는 걸.

"살다 보면 그런 순간이 와요. 정말로 하고 싶지 않고, 하지 말아야 하는 일을 해야만 하는 순간이요. 누군가 상처받을 거라는 것도, 후회할 거라는 것도 알죠. 내가 레이너 와이너리에 온 지도 10년이 되었네요. 딘의 아버지인 마이클이 레스토랑 건물을 세우고 총책임자를 구하고 있었죠. 그때 내 남편은 암 말기였어요. 이곳에 와 1년도 채 못 되어 세상을 뜨고 말았죠. 레이너가 사람들은 모두 날 위로해 주었고, 그 후로 이 저택이 내 집이 되었고, 딘과 리치와 롭이 내 가족이 되었어요. 그래서 나는, 아니 우리 모두는 옳지 못한 일이라는 걸 알고 있었음에도 불구하고 당신을 속였어요. 그 순간에는 제레미를 호주로 불러들여 딘을 돕게 하는 게 최선이라고 믿었죠. 가족이라는 따뜻하고 단단한 이름 아래, 그렇지 않은 세아에게 상처를 줬어요. 미안해요. 어떤 말이든 정당화되지 않겠죠. 하지만 세아가 좋아질수록 늘 마음 한편으로 미안했다는 것만 알아줬으면 좋겠어요."

겨우 입가에 미소를 띠고 고개를 끄덕이자 린다가 물었다.

"언제 떠날 계획이죠?"

"나흘 뒤 표를 예약했어요."

"딘도 알고 있나요?"

세아가 고개를 젓자 린다가 안타까운 표정으로 말했다.

"딘과 이야기를 나눠 보는 건 어때요? 크리스마스 파티 전부터 이미 둘 사이가 남다르다는 걸 알고 있었어요."

"잘못 보셨어요. 우리 사이엔 아무것도 없어요."

아무것도요. 사막 너머 펼쳐진 오아시스처럼 달콤한 허상이었죠.

"그렇지 않아요. 말하지 않았지만, 롭도 나도 딘이 당신을 특별하게 대하는 걸 느꼈어요. 어느 누구에게도 그렇게 대한 적이 없었죠. 그 모든 게 계획적이고 의도된 바였다면 그런 눈으로 당신을 바라봤을 리 없어요. 며칠 전 셀러 도어에서 딘이 일하는 당신을 몰래 지켜보는 걸 보았어요. 아주 고통스럽고 힘겨워하는 눈빛이었죠. 행동은 꾸며 낼 수 있어도 눈빛은 꾸며 낼 수 없어요. 제발 딘에게 해명할 기회를 줘요."

세아는 괴로운 얼굴을 내저었다. 문을 두드리고 이야기를 나누고 싶다는 딘을 무시하며, 배신감에 괴로워 몸부림치다 린다처럼 한 줄기 희망에 기대를 품다가 다시 분노하는 일련의 과정을 밤새 수백 번은 반복했다. 그리고 동이 틀 무렵에는 그 모든 게 무의미하다는 걸 깨달았다.

이젠 그의 진심 따위는 중요하지 않아. 내 진심이 그에게 중요치 않았던 것처럼. 왜 난 그가 날 속이고 있단 걸 한 번도 눈치채지 못했을까? 내 심장을 차지하기 전에 알아차렸어야 했는데, 그 모든 게 거짓이었다는 걸.

"솔직히 고백할게요. 어느 날 아침 두 사람이 소파에서 같이 잠든 모습을 보았어요. 서로를 품에 꼭 안고 있었죠. 마치 연인처럼요. 그런데 그 다음 날 저녁 퇴근길에 마주친, 셀러 도어 매니저 톰이 그러더군요. 당신이 이상하다고, 마치 곧 떠날 사람처럼 군다고 말했어요. 그때는 세아가 제레미의 여자 친구라 믿었으니 당신이 그 일로 죄책감을 느껴 떠날지도 모른다는 생각을 했어요. 그리고 난 망설였지만 당신을 잡아야 한다고 생각했어요. 어떤 일이 벌어질지 알 수 없었지만 그냥 본능적으로 그렇게 느꼈죠. 그래서 간병인 대신에 도와 달라고 무리한 부탁을 한 거예요."

"왜 그러셨어요. 그냥 떠나게 두시죠."

그랬다면 이토록 이기적인 레이너가와 위선적인 딘의 모습이 아닌 따뜻하고 즐겁고 가슴 뛰었던 거짓 추억으로라도 남을 수 있었을 텐데.

린다가 슬프게 웃었다.

"그랬다면 아마 세아는 후회했을 거예요."

"아니요. 지금보다 더 후회스러울 순 없을 거예요. 미안해요, 린다."

자리에서 일어나 주방을 나서는 자신을 측은하게 바라보는 린다의 눈빛이 느껴졌다. 방으로 들어와 가방에 옷가지와 물건을 챙겨 나섰다. 거실을 지나자 소파에 앉아 있던 리치가 뒤따라와 물었다.

"어디 가는 거예요?"

"몰라요."

"모르다니, 그게 무슨 말이에요."

"말 그대로 나도 모르겠다는 거예요. 확실한 건 한국은 아니라는 거죠."

심지어는 호텔로 갈 수도 없었다. 빌어먹을 크리스마스 시즌에 몰린 관광객들 때문에 애들레이드의 호텔에 빈방이 하나도 남아 있지 않았기 때문이었다. 세아는 걸음을 늦추지 않은 채 말했다.

"당장 날 보내고 싶어 하는 마음은 이해하지만 조금만 더 기다려 줘요. 나흘 뒤면 떠날 테니까."

"나흘 뒤라고요?"

"왜요? 더 빨리가 아니어서 아쉬워요? 어쩔 수 없어요. 전용기라도 띄워 줄 게 아니라면요."

그녀의 빈정기 어린 말에 리치가 불편한 얼굴로 말했다.

"그러지 말아요. 나 역시도 마음이 좋았던 건 아니었어요. 늘 당신을 보며 죄책감을……."

듣고 싶지 않아 귀를 닫았다. 내가 그들을 속이는 죄책감에 빨리 떠나야겠다 결심했을 때, 그와 딘은 어떻게 하면 날 이용해서 제레미를 얻을까 궁리했겠지.

세아가 우뚝 걸음을 멈추자 리치도 멈추었다. 가방 주머니에서 페라리 차 키를 꺼내 그에게 건네며 말했다.

"정말 미안하다면 이틀만 캠핑카를 빌려줘요. 조심히 운전할게요."

"세아."

고개를 내저으며 안 된다고 말하려는 그의 입을 재빨리 틀어막았다.

"리치, 만약 당신이 나래도 지금 이곳에 머물고 싶겠어요?"

"……."

"빌려줘요. 당신이 주지 않는다면 도로로 걸어 나가 히치하이킹을 시도할 거예요."

어쩔 수 없이 그가 방에서 가지고 나온 차 키를 내밀자 그것을 낚아채 현관으로 향했다. 리치가 괴로운 얼굴로 뒤따라오며 물었다.

"운전은 할 줄 알아요? 큰 차 몰아 본 적은요? 제발 고집 피우지 말고 내 말 들어 봐요. 도로에서는 대형 트레인이 씽씽 달려요. 매해 그 트레인 때문에 사고가 난다고요. 제발 이런 식으로 내게 복수하지 말아요."

"복수하려는 게 아니에요. 속인 건 나도 마찬가진데, 누가 누굴 벌주고 복수를 하겠어요."

"좋아요. 그럼 차라리 애들레이드 쪽 말고 포트 어거스타 쪽으로 가요. 두 시간 못 가서 캠핑장이 하나 나와요. 그곳만 가도 충분히 바람을 쐬며 머리를 식힐 수 있을 거예요. 절대로 캠핑장 외에 한적한 곳으로 가면 안 돼요. 여긴 호주예요. 여자 혼자 여행을 다니는 건 정말 위험하다고요."

"어딜 간다고?"

서재에서 튀어나온 제레미의 목소리를 뒤로하고 현관을 나섰다. 뒤에서 요란스레 다시 문 열리는 소리가 들리더니 제레미가 뛰어와 그녀 앞을 가로막았다.

"이러지 마, 장세아."

마치 아무것도 보이지 않는 듯 녀석을 지나쳐 차고로 향했다. 제레미가 그녀와 발걸음을 맞춰 걸으며 말했다.

"미안해. 다 내 잘못이야. 애초에 널 이 계획에 끌어들이는 게 아니었어. 나 혼자 했어야 했는데."

"너무 늦은 후회 같지 않니?"

"미안해. 정말 잘못했어. 그러니까 이러지 말고 차라리 날 그냥 몇 대 때려. 꾹 참고 맞아 줄 테니까."

이젠 그러고 싶은 마음도, 그렇게 낭비하고픈 에너지도 없어. 너는 내 순수성과 믿음을 저버렸고, 네 형은 내 심장을 부쉈지. 이제 바라는 건 진절머리 나는 레이너가의 남자들에게서 벗어나 나만의 시간을 갖는 거야. 지금이라도 진짜 휴가를 떠날 거야. 나 혼자서.

차고에 도착한 세아는 캠핑카에 올라 시동을 걸었다. 창문 밖으로 불안한 얼굴로 선 리치와 제레미가 보였지만, 지체 없이 차를 출발시켰다. 저택 앞을 지나자 딘이 보였다. 그를 빠르게 지나쳐 뜨거운 태양이 쏟아지는 길을 내달렸다. 진짜 휴가였다.

"그녀의 운전 실력은 어때?"

리치의 물음에 제레미가 받지 않는 핸드폰 통화 버튼을 세 번째 누르며 말했다.

"못하진 않아요. 캠핑카는 모르겠지만."

롭이 통화가 끝난 핸드폰을 주머니에 넣으며 말했다.

"캠핑장에 자리가 남아 있다고 해서 예약을 하면서 연락을 달라고 부탁했네만, 세아가 그쪽으로 간다고 한 건 확실한가?"

"솔직히 모르겠어요. 화가 단단히 나긴 했지만, 캠핑카 운전도 익숙지 않으니 멀리 가진 않을 거예요."

"따라가 봐야 하는 거 아닐까?"

롭의 물음에 리치가 회의적인 표정으로 되물었다.

"누가요? 우리 중 누가 따라가야 그녀의 화를 더 안 돋울 수 있을지 모르겠네요."

"4일 뒤에 한국으로 떠난다고 하더군요."

"결국은."

린다의 말에 롭이 수심 깊은 얼굴로 차가 사라진 길 너머를 바라보고 있자, 현관문이 열리더니 딘이 나왔다. 리치가 차 키가 들린 딘의 손을 잡으며 물었다.

"어디 가는 거야?"

롭이 딘을 붙든 리치의 손을 잡으며 고개를 저었다.

"가게 둬."

"안 돼요, 롭. 우리 중에 가장 그녀의 복장을 뒤집을 사람이 딘이라는 걸 모르셔서 그런 건 아니죠?"

"동시에 그녀의 화를 풀 수 있는 유일한 사람이기도 하지. 보내 줘."

"세아에겐 미안한 말이지만, 그냥 이대로 그녀를 보내야만 해요. 그게 그녀와 우리의 최선이라고요."

"말도 안 되는 소리!"

딘은 그를 붙잡고 아옹다옹 싸우고 있는 둘의 손길을 뿌리치고 서둘러 차고로 향했다. 달려가 말리려는 리치를 롭이 붙들었다.

"왜 이러세요. 벌써 다 잊으신 거예요? 어머니가 떠난 뒤 딘이 얼마나 힘들어했는지 내내 지켜보셨잖아요? 그 때문에 상처받은 그가 얼마나 치열하게 살아왔는지 누구보다 잘 아시면서 왜 이러시는 거냐고요? 그들의 마음이 깊어지면 깊어질수록 딘만 힘들어질 뿐이에요."

"자네 역시 딘을 잘 알면서 그러나? 이미 마음은 깊어질 대로 깊어졌어. 제레미의 애인이라고 알고 있었으면서도 다가가려고 마음먹은 순간부터 모든 걸 받아들일 결심을 굳힌 거야. 딘이 결정한 일이라고."

"그러면 레이너 와인은요?"

롭은 주름진 눈으로 평원을 따라 끝도 없이 펼쳐진 포도밭을 보며 한숨을 내쉬었다.

"모르겠네. 이 농장을 지켜 내기 위해 마이클이 얼마나 많은 것을 포기하고 살았는데, 큰아들은 불면증에 시달리느라 블렌딩을 할 수가 없고, 둘째 아들은 와이너리에 무관심하고. 이제 레이너는 어떻게 되려는지……. 차라리 난 그녀가 딘의 모든 것을 뒤흔들어 놓길 바라. 평생 저렇게 곯은 가슴을 안고 사느니 그편이 낫지. 그저 그의 어머니처럼 딘의 심장을 부숴 놓지 않길 바랄 뿐이야."

차고에서 튀어나온 검은색 차가 빠르게 그들을 지나쳐 와이너리 입구로 향했다. 롭과 린다가 저택 안으로 들어가자 남은 리치와 제레미만 무거운 얼굴로 서 있을 뿐이었다.

저만치에 보이는 주유소에 차의 계기판을 확인했다. 연료가 중간 정도 차 있었지만, 목적지가 정해지지 않은 상황이라 안전하게 기름을 넣기로 하고 주유소로 들어갔다.

기름을 가득 채우면서 햇빛에 달궈져 이글거리는 길을 바라보았다. 이제 어디로 가야 할까? 못 견디고 뛰쳐나오긴 했으나 갈 곳을 정하고 나온 게 아니었다.

운전석 옆에 꽂혀 있던 지도를 펼쳐 들었다. 지금 그녀가 갈 수 있는 곳은 세 군데였다. 애들레이드와 캠핑 여행 때 갔던 사막지대, 그리고 리치가 말한 포트 어거스타. 애들레이드는 시내 밀집 지역이라 아무래도 캠핑카 여행은 적합지 않을 것이다. 사막지대 또한 반나절 이상을 달려야 할 텐데, 처음 운전하는 캠핑카로는 도저히 자신이 없었다. 결국 남은 건 포트 어거스타뿐이었다.

고민 끝에 잠시 선택을 미뤄 두고 장을 보기 위해 바로사 밸리의 초입 마을에 들렀다. 마트에서 물과 끼닛거리를 사며 계산대 직원에게 물었다.

"여기서 포트 어거스타까지는 오래 걸리나요?"

"아니요. 세 시간이면 충분히 갈걸요."

"그곳에 볼 것이 많을까요?"

갈색 머리칼의 젊은 남자는 조금 귀찮다는 표정으로 간단히 대답했다.

"이것저것 볼 게 많은 곳을 원한다면 애들레이드로 가는 게 낫고, 조용히 쉬고 싶다면 포트 어거스타가 낫죠. 아담하고 한 적한 항구 도시거든요."

"고마워요."

포트 어거스타로 가자. 리치의 말을 따르는 건 싫지만, 치기 어린 반항에 위험 속으로 뛰어드는 건 바보짓이다.

자그만 동네를 벗어나 A1 도로로 들어서자 포트 어거스타까지 185킬로미터라는 표지판이 나왔다. 달려도 달려도 끝이 보이지 않는 도로에는 낮게 드리운 구름과 푸른 평원, 그녀가 모는 캠핑카뿐이었다.

그냥 이대로 세상 끝까지 달리는 거야. 델마와 루이스처럼. 나쁜 남자들이 내 휴가를 망쳤지만, 이제부터 즐기면 돼.

하지만 이내 앞 유리창을 물들이는 빗방울에 선글라스를 내리고 빠르게 움직이는 구름들과 회색 하늘을 올려다보았다. 화가 나 항의라도 하듯 소리쳤다.

"이러지 마요."

나 이제 시작했단 말이야. 배신당하고 집까지 나온 마당에 비까지 오는 건 너무 비참하잖아. 비련의 여주인공은 싫다고.

차창을 여니 선글라스가 벗겨질 정도로 거센 바람까지 몰아쳤다. 어쩔 수 없이 속도를 늦추고 운전에 집중했다.

비가 오다 그치다 하는 가운데 포트 어거스타에 도착한 것은 2시가 넘어서였다. 안도감과 함께 긴장이 풀리며 피로와 배고픔이 동시에 몰려왔다. 캠핑장을 찾아 나서는데 무심코 올려다본 하늘 위로 무지개가 걸쳐져 있었다.

"무지개라니."

더 이상 무지개 저 너머에 꿈이 현실이 되는 곳이 있다고 믿을 나이도 아니고, 심지어 이렇게 선명한 무지개를 본 건 10년도 더 전이었다. 하지만 희한하게도 무겁게 가라앉은 기분이 조금 가벼워지는 것을 느꼈다.

겨우 찾은 캠핑장에 차를 세우고 나오자 언제 그랬냐는 듯 무지개는 사라지고 없었다. 거리로 나와, 문을 연 식당에 들어가 음식을 주문했다. 마트 직원의 말대로 한적하고 조용한 곳이었고, 보이진 않았지만 상쾌한 바람에 바다 내음이 맡아졌다.

식사 후에 천천히 동네를 구경했다. 크리스마스 휴가 때문인지 문을 닫은 상점이 많았지만, 바로사 밸리보다 선선한 날씨 덕에 돌아다니기는 좋았다.

진작 이랬어야 했는데. 혼자만의 시간, 혼자만의 여행. 한국에서 받은 상처를 낯설지만 다정한 사람들에게 치유받을 수 있을 거라 믿은 내가 잘못이었어. 애드리언이 말한 대로 진심이 꼭 진심으로 되돌아오라는 법도 없는데. 그래도 돌아올 수 없을 정도로 깊게 빠지기 전에 밝혀져 다행이야. 그렇지 않았다면 난 바보같이 내 모든 걸 그에게…… 줬겠지. 나 때문에 상처받을 그를 못내 걱정하면서.

자조적인 미소를 흘리며 가슴 앞으로 팔짱을 꼈다.

이제 됐어. 비록 지금 내 가슴은 무너져 내리지만.

캠핑장에 도착할 즈음 다시 비가 내리기 시작했다. 바로사 밸리에서는 본 적 없던 잦은 비에 걸음을 재촉해 얼른 차 안으로 들어갔다. 젖은 몸이 으슬으슬해 샤워를 하고 나오자 창밖은 벌써 어둠에 싸여 있었다. 핸드폰이 울려 보니 '장세연'. 몰려오는 피곤에, 머리칼이 젖었음에도 불구하고 침대에 누우며 통화 버튼을 눌렀다.

"여보세요."

— 언니? 왜 이렇게 전화를 안 받아? 무슨 일 있어?

"전화했었어?"

다급함이 묻어나는 목소리에 부재중 통화 목록을 확인했다. 제레미, 제레미, 제레미, 리치, 린다, 제레미, 린다, 리치……. 장세연, 장세연. 20통을 뒤져 겨우 세연의 이름을 찾아냈다. 그 와중에 딘의 이름이 하나도 없다는 사실에 가슴이 욱신거리는 제 자신이 싫어져 부러 활달한 목소리로 말했다.

"미안. 캠핑카 여행 중이라 정신이 없어서 못 봤어. 왜, 무슨 급한 일이라도 있는 거야?"

— 언니. 언제 한국 올 거야?

"나흘 뒤에 표 예약했어."

— 이번에는 진짜 오는 거 맞지? 또 온대 놓고 바람맞히는 거 아니지?

의심 가득한 동생의 목소리에 세아는 쓰게 웃으며 "확실해." 라고 대답했다.

— 그래, 알았어. 그럼 언니 한국 들어오면 얘기하자.

전화가 끊기고 나서야 세연의 말이 이상함을 느꼈다. 얘기하자니, 뭘? 그러고 보니 전화 안 받았다고 다그쳐 놓고는 4일 뒤에 귀국한다는 말에 아무 용건도 말하지 않고 끊는 것도 그랬다. 다시 전화해 봐야 하나 고민하는 순간 또 벨이 울렸다. 액정에 뜬 이름은 '최명훈 본부장'.

최명훈이 왜? 당황스러움에 한참 동안 그 이름을 보고 있다가 뒤늦게 정신을 차리고 앉아 통화 버튼을 눌렀다.

"네. 장세아입니다."

— 최명훈입니다. 통화 가능할까요?

부드러운 목소리에 익숙한 얼굴이 그려지며, 새삼 저택을 뛰쳐나와 홀로 낯선 도시의 캠핑장에 있는 자신과 강산 그룹 본부장실에 앉아 전화를 걸 그의 모습이 너무 대조적으로 느껴졌다. 어쩔 수 없는 자괴감을 숨기려 사무적인 목소리로 대답했다.

"네. 괜찮습니다."

— 오랜만에 통화를 하네요. 박 비서님께 여쭤 보니 호주로 휴가를 갔다고 들었는데, 아직도 거기인가요?

"네. 아직 호주에 있어요."

— 기다릴까 하다가, 언제 복귀할지 박 비서님도 모른다 하시기에 실례를 무릅쓰고 전화했습니다.

"네. 무슨 일이 있나요? 혹시 할아버님이 어디 아프신 건……."

세아의 걱정스러운 물음에 최명훈은 짧은 웃음으로 맞았다.

— 아니요. 저희 할아버지는 그 뒤로 바로 퇴원하셨고, 정정하세요. 지나칠 정도로 정정하셔서 절 애먹이고 계시죠. 제가 전화를 건 이유는 회사 때문이에요. 혹시 장 팀장, 요즘 회사 일에 대해 소식 전해 들은 바 있나요?

"아니요. 혹시 회사에 무슨 일이 있나요?"

— 아…….

많은 의미를 함축한 듯한 한숨에 세아의 얼굴이 굳어졌다. 할아버지 건강이 안 좋으신가? 혹시 쓰러지신 건가? 아니, 그렇다면 세연이가 얘기 안 했을 리 없다. 그러면 혹시 프로젝트가?

세아는 놀라 물었다.

"혹시 카페테리아 프로젝트가 엎어졌나요?"

— 아니요. 프로젝트는 잘 진행되고 있어요. 장 팀장이 맡아서 했다면 훨씬 더 속도를 낼 수 있었겠지만, 별 문제 없이 진행되고 있으니 걱정하지 않아도 됩니다. 음……. 그러니까 장 팀장이 휴가를 간 뒤 회사에 변화가 좀 있었어요. 전화로 길게 말할 순 없으니 각설하고 말할게요. 우리밀원의 본부장으로 있던 장석호 본부장이 얼마 전에 본사로 오게 됐어요.

"네. 얘기 전해 들었어요."

— 장석호 본부장을 해외사업본부의 본부장으로 임명한 날, 회장님께서 긴히 부르셔서 제가 장 본부장을 여러모로 도와주었으면 좋겠다고 말씀하시더군요. 장석호 본부장으로 후계 라인을 잡으신 듯했어요.

톡톡톡, 다시 비가 내리기 시작했는지 까만 유리창에 물 얼룩이 지기 시작했다. 침대에 우두커니 앉아 창밖을 내다보는 그녀의 얼굴이 하얗게 질렸다.

— 그래서 솔직히 말씀드렸죠. 장석호 본부장보다는 장 팀장 쪽이 더 안정적으로 후계를 이어받을 사람 같다고요. 회장님께서는 장 팀장의 업무 능력과 회사 내에서의 입지도가 높다는 걸 아시지만, 건강상의 문제가 염려되어 그러기엔 회의적이라고 말씀하시더군요. 내년 후반기에는 장 본부장을 전무까지 끌어올릴 계획이신 것 같았어요.

어느샌가 턱을 타고 쉼 없이 떨어지는 눈물에 고개를 쳐들며 눈을 감았다. 그리고 깨달았다. 마음 깊은 곳에서는 할아버지가 후회하시길 빌었다는 걸. 강산의 후계자에 그녀만 한 인재가 없음을 깨닫고 다시 돌아오라는 말씀을 하시길 간절히 바라 왔다는 걸. 하지만 틀렸다.

석호를 염두에 두신 게 언제부터였을까? 그녀가 호주에 온 뒤는 아닐 것이다. 할아버지처럼 매사에 철저하신 분이 그런 중대한 사안을 급작스레 결정하셨을 리 없으니 훨씬 더 이전이겠지. 그렇다면 그녀를 인사과로 좌천시킨 것도 단순히 파혼에 대한 책임을 물으려던 것보다 후계 라인을 정리하기 위한 목적일 가능성이 더 높다.

— 제 생각으로는 장 팀장이 빨리 한국으로 돌아와 회장님을 한번 설득해 보는 게 좋지 않을까 싶어요. 괜히 나중에 일이 커지면 후계 다툼이다 뭐다 말만 생기니까요.

바르르 떨리는 입술을 아프도록 물며 뜨겁게 젖은 눈두덩을 짚었다. 너무하세요, 할아버지. 어떻게 제게 이렇게 잔인하실 수 있으세요.

— 솔직히 좀 급작스럽다는 느낌이 없지 않지만, 아무래도 회장님께서 혈압도 있으시고 연세도 많으시니까요. 물론 제 주관적인 의견입니다. 장 팀장? 내 말 듣고 있나요?

목구멍에 걸려 있는 울음을 겨우 삼키고 말했다.

"네, 듣고 있어요. 저 나흘 뒤에 귀국해요. 한국에서 뵙고 이야기하죠."

— 나흘 뒤면 30일이군요. 좋아요. 그럼 그때 봅시다. 갑자기 전화해서 놀라게 한 건 아닌지 미안하네요. 들어가요.

핸드폰의 액정이 까매지자 참았던 울음을 토해 냈다. 핸드폰이 떨어져 바닥에 나뒹구는 걸 내버려 두고 두 손에 얼굴을 묻었다. 미칠 듯한 분노와 미움과 질투가 한데 뒤섞여 눈물에 실소가 함께 터져 나왔다. 실성한 여자처럼 울며 웃었다.

대체 그동안 난 무얼 했던 걸까. 왜 내 꿈을 버리고, 내 것이 아닌 길을 안간힘을 다해 오르려 했을까. 할아버지가 석호를 데려다 강산을 물려주실 계획을 착착 세우는 동안에 난 뭘 하고 있었지? 쓸데없는 일에 휩쓸려 사기극에 동참하느라, 날 이용하려는 남자인지도 모르고 사랑에 빠졌단 착각 속에 있었지. 바보……처럼.

탁탁. 탁탁. 탁탁.

밖에서 울리는 규칙적인 소리에 고개를 들었다. 차 문을 두드리는 소리였다. 문 앞으로 다가가, 울음으로 꽉 막혀 가르랑

거리는 목소리로 물었다.

"누구세요?"

"나예요."

익숙한 중저음의 목소리에 아연실색한 얼굴로 물러섰다. 그 바람에 소파에 걸려 뒤로 넘어질 뻔했다. 왜, 어떻게 그가 여기에?

"문 열어 줘요."

세아는 고개를 휘저으며 소파 뒤로 물러섰다. 싫어. 지금도, 내일도 영원히 당신을 보고 싶지 않아. 날 세상에서 가장 비참한 이로 만든 두 명의 사내 중에 한 명에게, 세상이라도 끝난 듯 울며불며하고 있는 최악의 꼴은 더욱더 보일 수 없어.

"내게도 비상키가 있어요. 하지만 당신이 열어 줄 때까지 기다릴 거예요."

기다리든지 말든지. 어떻게 날 찾아올 생각을 했을까? 뻔뻔스러워라. 얼마나 날 더 바보로 만들고 싶어서.

분노의 눈물이 쉴 새 없이 뺨을 타고 흘렀다.

제레미의 사기극에 동조하는 동안 난 늘 당신의 친절과 배려에 미안했어. 당신을 속이고 있다는 게 견딜 수 없었고, 진실을 알게 되면 얼마나 실망할까 싶어 계속 떠나려 했는데……당신은 어떻게 하면 날 제레미와 엮어 이곳에 머물게 할까 그 생각뿐이었다니. 그 고백도 키스도 모두 거짓이었다니. 내가 알아채지 못했다면 당신은 실컷 내 마음을 가지고 놀다가 싫증난 인형처럼 내팽개쳐 버렸겠지. 당신도, 할아버지도 싫어. 그리고 그 누구보다도 내가 견딜 수 없이 싫고.

울음소리가 새어 나가지 않도록 손으로 입을 틀어막았다.

"내 말을 듣고 있다는 걸 알고 있어요."

문이 열리길 포기한 듯 밖에서 딘의 목소리가 이어졌다.

"변명하지 않겠어요. 나는 그동안 당신을 속였어요. 우린 제
레미에게 와인 테이스팅 재능이 있다고 믿었기에 어떻게든 녀
석을 와이너리에 머물게 해야만 했어요. 당신과 제레미가 와이
너리에 왔을 때 둘의 감정이 깊지 않다고 느꼈고, 녀석을 잘 설
득하면 될 거라 생각했어요. 하지만 녀석은 요지부동이었고,
타깃은 당신으로 바뀌었죠. 난 당신이 마음을 바꿔 이곳에 머
물게 하기 위해 친절하려 애썼어요. 정말로 그러려고 했지만,
어느 순간 그럴 수 없다는 걸 깨달았어요."

친절할 수 없었다니. 와이너리를 구경시켜 주고, 힘든 농장
일 대신에 셀러 도어 일을 구해 주고, 애드리언에게 대신 사과
해 주고, 바쁜 시간을 쪼개어 화구 가방을 만들어 주었던, 수많
은 친절을 베풀어 내 마음을 빼앗아 놓고 친절할 수 없었다는
건 무슨 말인가.

"제레미를 호주로 불러들인 이유는 내 불면증 때문이었죠.
그리고 당신이 나타난 후 불면증이 다시 시작됐어요. 한글로
된 동화책, '시크릿 레이크'에 얽힌 어머니와의 추억과 아버지
의 와인. 세아, 나는 당신이 불편했어요. 내 와인과 내 세계에
당신은 아무런 제지도 받지 않고 불쑥불쑥 들어와 헤집어 놨어
요. 당신이 말했죠. 나도, 내 와인도 완벽하다고."

손등으로 뺨을 훔치며 당황한 눈으로 캠핑카 문을 보았다. 내가 그와 그의 와인이 완벽하다는 말을 했다고?

"잠이 오지 않는 밤 포도밭을 걸으면서 무언가가 잘못되었다는 걸 알고 있었어요. 그게 무엇인지 알 수 없었지만 내 인생에서 아주 중요한 무언가가 빠져나가고 있다는 걸 느꼈다고요. 그리고 당신 말에 깨달았죠. 나도, 내 와인도 완벽하지 않아요. 나는 늘 완벽한 와인을 꿈꿔 왔지만, 내 와인은 그렇지가 않아요. 당신은 날 최고라고 했지만, 당신이 보는 딘 레이너는 모두 거짓이에요. 아무것도 아니죠. 세아, 난 당신을 보는 게…… 괴로웠어요. 그래서 당신이 이곳을 떠나길 간절히 바랐어요."

보이지 않았지만, 문 너머로 검은 머리칼과 짙고 푸른 눈동자를 가진 남자의 존재가 생생하게 느껴졌다. 딘이 말을 이었다.

"그럼에도 불구하고 당신에게서 벗어날 수 없었어요."

세아는 뺨을 타고 흐르는 눈물을 닦아 내며 천장을 올려다보았다. 안 돼. 저 남자의 감언이설에 넘어가지 마.

"언제부터가 진심이고, 어디까지가 계획이었냐고 물으면 몰라요. 당신에게 빠졌다는 걸 안 순간 이미 늦어 버렸죠. 차갑게 굴었지만 당신은 참아 냈고, 도망쳤지만 당신은 아무렇지 않은 얼굴로 다가와 내게 손을 내밀었어요. 당신이 내 심장을 부술 걸 알면서도, 난 그 손을 잡지 않을 수가 없었어요."

문득 포도밭으로 간 그를 쫓았던 밤이 떠올랐다. 뜨거운 눈빛과 달리 무심한 태도와 매정하게 내뱉던 말들의 의미를 그제야 알아차렸다.

"그건 선택이 아니었어요. 애초에 'Yes or No' 기회를 준 게 아니었으니까. 나는 다정한 두 사람을 보며, 매일 밤 당신과 제레미를 상상하며 질투로 무너졌어요."

목소리는 끊겼고, 세아는 멍한 얼굴로 조금 잦아든 빗소리를 듣고만 있었다. 얼마나 그러고 있었을까. 차 밖에 불빛이 비치더니 소란스러워졌다. 문을 두드리는 소리에 이어 중년 남자의 목소리가 울렸다.

"안녕하세요, 세아. 아까 리셉션에서 봤던 벤이에요. 뭐 좀 확인할 게 있는데, 문 좀 열어 줄래요?"

놀라 문손잡이를 잡던 세아는 우느라 엉망이 되어 있을 얼굴 생각에 멈칫하고는 밖으로 소리쳐 물었다.

"무슨 일이죠?"

"옆에서 당신 캠핑카 앞에 수상한 남자가 서 있다고 신고를 해서 왔어요. 이 사람이 말하길 당신 친구라고 하네요. 말다툼이 있어서 당신 화가 풀릴 때까지 기다리는 중이라고. 이 남자의 말이 맞는지 확인을 좀 해 줘야겠어요."

캠핑카 문을 열었다. 캠핑장에 들어오면서 봤던 건장한 남자와 딘이 보였다. 우비를 입고 있는 남자와 달리 딘은 쏟아지는 비를 고스란히 맞은 채였다. 벤은 울어서 붉어진 세아의 안색을 살피더니 물었다.

"이 남자가 당신 친구가 맞나요? 아까 분명 혼자라고 하지 않았나요?"

그는 내 친구가 아니야. 내 남자도 아니고. 그럼 대체 뭐야?

괴로운 얼굴로 선 그녀에게 중년의 남자가 재차 말했다.

"당신 친구가 아니라면 일단 무단 침입으로 경찰에 신고하겠어요."

"친구…… 맞아요. 말다툼을 하느라 문을 열어 주지 않고 있었어요. 불편하게 해 드려 죄송해요."

"좋아요. 옆에 다른 분들도 있으니 주의해 주세요."

가벼운 경고를 남기고 벤이 사라지자 딘과 세아만이 남았다. 검은 머리칼과 단단한 턱에서 빗물을 뚝뚝 떨구고 있는 딘에게 등 돌리며 서늘한 목소리로 말했다.

"가세요. 나는 가지 않을 거예요."

"당신을 데리러 온 게 아니에요."

흔들림 없는 그의 태도에 치졸한 복수심이 일었다. 내가 괴로워 몸부림치며 눈물 흘릴 동안 당신은 뭘 했지? 그럴듯한 사과를 건네고 있지만, 결국 아무런 상처도 받지 않았어.

세아는 그녀가 받은 상처를 되돌려 주고 싶었다. 그래서 왜 그랬냐는 원망 대신 한껏 비꼬고 냉담한 얼굴로 되물었다.

"그럼 왜 따라온 거죠? 이제 와서 우리가 이야기를 나누는 게 무슨 의미가 있을까요? 당신이 어떤 마음이었는지 궁금하지 않아요. 그런다고 아무것도 달라지지 않는다고요."

그녀의 쏘아붙임에 딘은 흔들림 없는 표정으로 말했다.

"당신이 걱정됐어요."

그렇게, 그렇게 말하지 말아요.

울컥 치미는 무엇에 테이블 모서리를 붙들며 시선을 피했다.

"걱정됐던 것치고는 너무 늦게 나타났네요."

"리치가 말한 캠핑장에서 기다렸어요. 당신이 오지 않아서 혹시 애들레이드로 갔을지도 모른다는 생각이 들었어요. 그곳으로 갔다가 이곳에 캠핑카가 들어왔다는 걸 확인하고 온 거예요. 당신이 괜찮은지…… 내 눈으로 확인해야만 했어요."

세아가 등 뒤로 말했다.

"그 말이 모두 사실이래도 달라지는 건 없어요. 모든 건 끝났어요. 괜찮은 걸 봤으니 이제 가세요."

"괜찮지 않아요. 울고 있잖아요."

세아는 어이없는 웃음을 터트리며 뒤돌아서 그를 보았다. 그리고 뺨을 타고 쉴 새 없이 흐르는 눈물을 닦아 내며 되물었다.

"그러면 제가 뭘 어떻게 하고 있으리라 예상했어요? 모두에게 이용당하고, 할아버지한테도…… 버림받은 내 인생 최악의 상황에서 뭘 하고 있을 거라 생각한 거냐고요. 내가 뭘 그리 잘못했기에 이러는 거예요? 난, 난 믿었을 뿐이에요. 적어도 내가 당신들에게 언제든지 쓰다 버릴 수 있는…… 체스 판의 병정 말이라고 생각지 않았다고요."

"할아버지한테 버림받았다니, 무슨 얘기예요?"

그의 물음에 치미는 울음을 참느라 입술을 짓씹듯 깨물었다 놓았다.

"상관없잖아요."

"말해 봐요."

"내가…… 호주로 오자마자 작은아버지의 아들이 본사의 본부장으로 왔대요. 할아버지 말씀이, 그를 차기 오너로 앉히겠다고 하셨대요."

딘이 캠핑카 안으로 들어와 등 뒤로 문을 닫자 세아는 테이블 뒤로 물러서며 미친 여자처럼 소리쳤다.

"나가요! 다가오지 말라고요! 당신의 위로는 필요 없으니까. 당신이 말했잖아요. 각자 마음의 짐은 각자 해결하자고."

그때 당신 말을 들었어야 했는데, 왜 나는 손을 내밀었을까. 포도밭에 들어간 당신을 외면했다면 지금 이렇게 추한 모습으로 당신 앞에서 울고 있진 않았을 텐데.

딘은 더 다가오지도 물러서지도 않고 그 자리에 멈춰 섰다. 그에게서 떨어진 빗방울이 만들어 낸 물웅덩이가 흐릿해지더니 종내에는 눈물에 가려 아무것도 보이지 않았다.

"난, 난 최선을 다했어요. 당신에게 상처 주지 않으려고 떠나려 했죠. 그런데 당신은 날 속이고 있었네요. 난 강산을 위해 내 모든 걸 걸었어요. 하지만 늘 제대로 된 기회조차 주어지지 않았죠. 왜 내게 이러는 거예요? 왜 다들 내게만 이렇게 매정한 거죠? 난 내게 충분한 자격이 없어서 그런 거라 생각했어요. 그리고 젖 먹던 힘까지 짜내어 이 자리에 올라왔죠. 하지만 우리 집안사람도 아닌 남자나 제 능력치도 안 보여 준 애송이도 오를 수 있는 자리라면…… 왜…… 나는 안 되는 건데요? 왜…… 나만요?"

바닥에 주저앉아 목 놓아 흐느껴 울었다. 세상이 끝난 것처럼 눈물을 그칠 수도, 울음을 멈출 수도 없었다.

너무 아파, 이대로 모든 게 끝났으면 좋겠어. 내일이 오지 않으면 좋겠다고.

바스락거리는 인기척에 이어 그가 옆에 앉는 게 느껴졌다. 그녀에게 손을 내밀지도, 아무 말도 건네지 않았지만 자신을 내려다보고 있음을 알았다.

상관없어.

흐르는 눈물뿐, 그를 밀어낼 힘조차도 남아 있지 않았다. 비가 멈췄는지 어렴풋이 밖에서 풀벌레 소리가 울렸다. 그가 그녀를 안아 침대에 눕히자, 그제야 자신이 잠들었었다는 걸 알아차렸다.

이불을 가슴 위로 끌어 덮어 주는 손길이 느껴졌다. 잠결에도 뺨을 타고 흐르는 눈물을 말릴 수가 없었다. 거친 손이 부드럽게 눈물을 닦아 주는 순간, 수마에 휩싸인 세아는 그대로 깊은 잠에 빠져 버렸다.

Chapter.16

Somewhere over the rainbow, blue birds fly
Birds fly over the rainbow
Why, oh why can't I?

무지개 너머 어딘가에 파랑새는 날아다니고
새들은 무지개 너머로 날아가는데
왜 나는 날지 못할까요?

_Over the rainbow 中

비가 그친 아침은 기막히게 날씨가 좋았다.

캠핑장 주변 산책로를 돌고 온 딘이 캠핑카 안으로 들어섰다. 욕실에서 물소리가 들려 보니 침실 문 사이로 빈 침대가 보였다. 냉장고에서 샐러드용 채소를 꺼내 손질하기 시작했다. 샤워를 끝낸 세아가 욕실에서 나왔을 때는 얼추 아침 식사가 완성되었을 즈음이었다.

식탁을 세팅하는 그의 모습을 발견한 그녀가 주춤 멈춰 섰다. 표정을 보니 그가 보이지 않아 갔다고 생각한 모양이었다.

"앉아요. 어제 저녁도 안 먹었잖아요."

그녀 자리에 우유를, 그의 자리에는 커피 잔을 놓으며 말했다. 하지만 욕실 앞에 선 그녀는 입을 꾹 다문 채 요지부동이었다. 아침내, 아니 그가 떠날 때까지 발이 바닥에 붙은 듯 저러고 있겠지. 하나 그는 떠나지 않을 것이다.

"난 어제 아침이 마지막 끼니였어요. 배고파 쓰러지기 직전이지만, 당신이 먹지 않는다면 나도 먹을 수 없어요."

가슴 앞에 팔짱을 끼고 의자에 기대서자 세아가 눈을 질끈 감는 것이 보였다. 한참 동안 소리 없는 신경전이 이어졌지만, 결국 그녀를 식탁 앞에 앉히는 데 성공했다.

계란 프라이와 연어 샐러드가 담긴 접시를 식탁 위에 놓으며, 우유 잔을 들어 기울이는 그녀를 보았다. 눈이 퉁퉁 부어 있고 안색은 창백했으나, 다행히 많이 진정된 듯한 표정이었다. 젖은 머리칼을 말려 주고 싶었지만 참고 의자에 앉았다.

꿈속에서도 그와 할아버지가 괴롭히는지 잠든 와중에도 그녀는 내내 흐느껴 울었다. 밤새 허기졌을 그녀에게 무언가라도 먹여야 했으므로 딘은 말없이 식사를 시작했다. 캠핑카 바깥에서 시끌벅적한 사람들의 소리가 들렸지만, 안은 쥐죽은 듯한 침묵만이 흐를 뿐이었다.

빠르게 식사를 마무리한 세아가 접시 모서리에 포크를 놓으며 말했다.

"이제 돌아가세요."

딘은 하룻밤 새 모두 다 태우고 완전히 소진한 듯한 공허한 눈동자를 보았다. 그리고 대답 대신 빈 접시와 컵을 헹궈 식기 세척기 안에 넣으며 물었다.

"언제 비행기 표를 예약했죠?"

"3일 뒤에요."

"그럼 그동안 계속 포트 어거스타에 머물 건가요?"

"아니요. 사막으로 갈 거예요."

딘이 등을 돌려 그녀를 보자, 계획을 묻는 듯한 시선에 내키지 않은 표정으로 말을 이었다.

"리셉션에서 말하길, 노던 데리토리 쪽으로 두어 시간만 가도 사막을 볼 수 있을 거랬어요."

'아무리 둘러보아도 사막과 하늘과 나뿐이에요. 아무것도 없어요. 그래서 완벽하게 집중하게 되는 것 같아요. 나라는 인간에 대해.'

문득 모닥불 앞에서 했던 말이 떠오르며, 딘은 한국으로 돌아가기 전에 그녀가 모든 걸 정리하기 위해 사막으로 가려는 것임을 알아차렸다. 이곳에서의 추억과 인연, 아픈 상처, 그리고 그도 잊고 훌훌 바람처럼 날아가 버리겠지. 마치 어머니처럼.

가슴 한편으로 묵직한 둔통이 이는 걸 무시하고 말했다.

"혼자서는 위험해요. 당신은 어제 처음으로 캠핑카를 몰아 봤고, 초행길이죠. 이 여행에는 여러 가지 위험이 존재해요. 차가 고장 날 수도 있고, 길을 잃을 수도 있어요. 사고가 나도 오지에서는 전화도 안 터져요. 그리고 최악의 경우 그곳에서 당신을 도와줄 사람을 하루 종일 못 만날 수도 있어요. 내가 달려온 이유는 그 때문이었어요."

"겨우 두어 시간일 뿐이에요. 바로사 밸리에서 여기까지 세 시간 반 동안 아무런 문제 없이 잘 몰고 왔어요."

"행운에 기대어 늘 그럴 거란 보장은 없죠. 안 돼요."

그의 단호한 대답에 세아는 이 상황을 믿을 수 없다는 듯 소리쳤다.

"난 지금 허락을 구하는 게 아니에요! 당신은 내 보호자가 아니라고요! 절대 와이너리로 돌아가지 않을 거예요."

"와이너리로 돌아가자고 설득하려는 게 아니에요. 내가 사막에 데려다줄게요."

"같이…… 사막으로 가자고요?"

세아가 어이없는 웃음을 터트리며 되묻자 딘은 그녀의 화를 더 북돋을 요량으로 부러 진지한 표정으로 말했다.

"잊었나 본데, 이 캠핑카의 주인은 나고, 당신은 사막까지 혼자 운전해서 가 본 적도 없죠. 나 역시 당신에게 선택의 기회를 준 게 아니에요. 가고 싶다면 나와 같이 가야 할 거예요. 편하게 이별 여행 정도로 생각해요."

"하."

딘은 의자를 박차고 일어나 마치 불한당을 보는 듯한 시선으로 쏘아보며 지나치는 세아를 보았다. 그 눈빛보다 코끝을 스치는 그녀의 향기가 더 그를 괴롭혔다. 딘은 침실 문가에 서서 가방 안에 옷가지를 쑤셔 넣고 있는 세아에게 물었다.

"어디 가려고요?"

"렌터카 업체요."

"크리스마스부터 새해까지 대부분 휴가 기간이에요. 예약도 없이 캠핑카가 당신을 기다리고 있을 거라 기대하지 말아요."

"내가 알아서 해요."

그녀가 고집을 피우자 딘은 비장의 마지막 카드를 빼 들었다.

"이런 태도가 굉장히 유치하고 자기중심적으로 보인다는 거 알고 있어요?"

"내가…… 유치하고 자기중심적이라고요?"

몸을 일으킨 세아가 그를 마주 보았다. 밤새 눈물이 마르지 않던 검은 눈동자가 지금은 불길이 활활 타오르고 있었다. 좋아. 한번 참아 내 봐. 주저앉아 있는 당신을 일으켜 세우는 건 위로도 애원도 아닌 분노일 테니까.

"렌터카 업체에서 차를 구하지 못한다면 어쩌려고요? 이 낯선 도시에서 혼자 뭘 할 수 있을까요? 지금 당신은 분노에 눈이 멀어 위험 속에 몸을 던지려고 하고 있어요."

"난 어린애가 아니에요. 여태 20개국 넘는 나라를 다녀 봤어요."

"오지는 아니겠죠. 그다지 도움이 안 될 거예요."

"그렇다고 날 속인 남자와 이별 여행을 가는 머저리도 아니죠."

"우리만 당신을 속인 게 아니에요. 당신 역시 우릴 속였잖아요."

그녀가 입술을 깨물자 딘은 기회를 놓치지 않고 맹공격을 퍼부었다.

"서로 속고 속이고, 우린 모두 똑같이 다 연기를 했어요. 물론 당신은 이 사기극의 주체는 아니었어요. 하지만 제레미의 계획에 오케이를 했을 때, 모든 상황과 결과에 대해 동조한 거나 다름없죠. 나는 두 사람이 정말 연인 사이라 믿었고, 그 때문에 괴로웠어요. 죄책감과 신뢰와 감정 사이에서 매일 잠을 이룰 수가 없었죠. 물론 당신은 내 마음을 몰랐을 테고, 제레미와 약속을 했을 테니 진실을 밝히지 못한 건 이해해요. 하지만 그것에 대해 당신은 내게 한 마디의 사과 말이라도 건넸나요?"

"……."

"잘못의 경중을 따지기 전에 지금 당신은 자신의 상처만 아프고 크다고 믿고 있는 게 아니라고 말할 수 있나요?"

거센 자기와의 싸움 끝에 세아가 무릎을 꿇었다.

"당신 말이 맞아요. 미안해요. 내게도 분명 잘못이 있어요. 당신의 괴로움을 안 순간 진실을 말해야 한다고 생각했지만, 결국은 리치 말대로 내가 떠나는 게 최선의 방법이라고 생각했어요. 당신을 아프게 해서 미안해요. 하지만 그렇다고 우리가 같이 캠핑 여행을 떠날 수는 없어요. 일만 더 복잡해질 뿐이에요."

그녀의 솔직한 고백에 딘은 되물었다.

"포도밭에서 나누었던 이야기 기억나요? 당신은 불면증으로 힘들어하는 날 돕겠다고 했고, 나는 당신에게 끌리는 상황에 괴로워하면서도 당신 말을 들어주었어요. 그러니 당신도 한 번은 내 말을 들어줘야 할 이유가 있어요."

"그건 억지예요!"

딘은 순순히 고개를 끄덕여 인정했다.

"억지일 수도."

"내가 정말 좋아하는 영화 대사가 있어요. 난 깨어진 조각을 주워 모아 그걸 풀로 붙이고, 그게 붙기만 하면 새것이라고 생각하는 바보가 아니에요."

"하지만 여전히 자기중심적이죠."

"뭐라고요?"

"이 상황을 객관적으로 봐요. 우린 서로 마음을 나눴고, 똑같이 상처받았어요. 그리고 당신은 귀를 닫고 떠났죠. 크리스마스 파티 때와 똑같네요. 당신은 도망가고, 나는 당신을 붙잡는. 깨어진 조각을 그럴듯하게 붙여 당신을 속이진 않겠어요. 하지만 모든 문제를 도망치는 걸로 해결할 순 없을 거예요."

그리고 괴로운 표정을 지은 그녀가 입을 떼기 전에 빠르게 말을 이었다.

"우리에겐 시간이 필요해요. 당신은 아닐지 모르지만, 적어도 난 그래요. 내 인생에 들어왔을 때는 당신 마음이었는지 몰라도, 나갈 때는 아니에요."

침실에서 나온 딘은 캠핑카를 나서기 전에 덧붙였다.

"내게 그런 일방적인 이별 통보는 어린 시절 한 번이면 충분하니까."

캠핑카에 전기와 물을 충전한 후 딘은 차를 출발시켰다. 시내를 벗어나기 전에 근처 마트 주차장에 차를 대고 내리자 모든 걸 체념한 듯한 표정의 세아도 따라 내렸다.

딘은 물과 고기와 야채 등을 카트에 담으며 물었다.

"더 필요한 거 없어요?"

그녀가 고개를 가로젓자 딘이 계산을 했다. 캠핑카로 돌아오자 세아가 물었다.

"어디로 갈 거죠?"

"브로큰힐."

딘은 운전석 옆에 놓인 지도책을 건네며 그녀가 가려던 노던 데리토리 쪽과는 다른 방향의 지역을 가리켰다.

"이곳에 꽤 볼 만한 사막이 있어요. 시내도 가까이 있고."

세아가 더 캐묻지 않고 테이블에 가 앉자 딘은 차를 출발시켰다. 도로는 차 한 대 없이 뻥 뚫려 있었고, 정오에 가까워지자 햇빛이 작렬하기 시작했다.

한참을 달리다 허기를 느낀 딘은 도로 옆에 차를 세우고 시계를 보았다. 점심이 훌쩍 지난 3시였다. 의자를 뒤로 돌리고는 창밖을 바라보고 있던 세아에게 물었다.

"점심 뭐 먹을래요?"

딘이 무언가 말하려는 듯 입을 벙긋하다 다시 다물어 버리는 그녀를 채근하듯 바라보자 세아가 말했다.

"라면…… 어때요?"

"라면이 있어요?"

세아가 가방에서 부스럭거리며 라면을 꺼내자 운전석에서 일어난 딘이 물었다.

"이걸 언제 샀죠?"

"크리스마스 선물 사러 애들레이드 갔을 때요."

"혼자 숨겨 놓고 먹으려고?"

그의 농담에 웃어야 할지 말아야 할지 당황한 그녀의 입술이 꿈틀거렸다. 웃음을 참고 불퉁한 표정으로 말했다.

"이런 상황이 아니었다면 다 같이 먹었을 거예요. 그런데 왜 전엔 당신이 도저히 말싸움으로 이길 수 없는 화술가라는 걸 몰랐을까요? 난 여태 별로 말이 없다고 생각했다고요."

"당신을 그저 바라볼 수밖에 없을 땐 말이 필요 없었으니까."

말문이 막힌 듯 서 있는 세아 앞으로 다가가 그녀의 손에 들린 라면을 익숙하게 반으로 쪼갠 뒤 봉지를 뜯었다.

세아가 그에게서 두어 발짝 물러서며 물었다.

"계란 넣을까요, 말까요?"

"둘 다 상관없어요."

"그럼 넣죠."

세아가 냉장고에서 계란 한 알을 꺼내 싱크대에 놓았다.

끓는 물에 라면과 스프를 넣자 캠핑카 안으로 환상적인 냄새가 가득 찼다. 냄비째 들고 와 그릇에 나눠 담고는 그녀에게 건넸다. 한 젓가락 입에 넣은 그녀의 얼굴에 숨길 수 없는 환희가 떠올랐다. 딘이 물었다.

"라면 먹은 지 오래됐어요?"

"한 달? 별로 좋아하는 편이 아니었는데, 이렇게 맛있는 줄 예전에는 몰랐어요."

국물까지 싹싹 비운 둘은 도로로 나왔다. 길게 뻗은 길에는 그들뿐이었다. 뜨거운 햇빛에 손차양을 만든 그녀가 끝이 보이지 않는 도로 저편을 노려보며 물었다.

"이제 얼마나 더 가야 하죠?"

"한 시간 정도? 짧은 구간이니 이번에는 당신이 운전해 봐요."

"좋아요."

세아가 운전석에 앉아 핸들을 잡자 딘은 보조석에 앉았다. 그제야 그의 의도를 알아차린 그녀가 당황하는 게 느껴졌지만, 도망치기는 늦었다는 걸 깨달았을 것이다.

그녀가 시동을 걸자 차는 묘한 긴장감을 싣고 태양이 쏟아지는 아웃백의 도로를 달리기 시작했다. 딘이 물었다.

"제레미가 동성애자라는 건 언제 알게 됐죠?"

"열여덟 살에요."

"제레미가 말했나요?"

"아니요. 학원 다녀오던 길에, 골목에서 어떤 남자와 키스를 나누는 걸 보고 알게 됐어요. 전 그때 어렸고, 그 시절 한국에서는 흔한 일이 아니었어요. 충격이었죠."

"혹시 제레미를 이성으로 느껴 본 적은 없었나요?"

세아는 얼토당토않다는 표정으로 고개를 저었다.

"아니요. 와인을 마시며 우린 가끔 그런 이야기를 나눴어요. 우리가 아주 어린 시절에 만나지 않았더라면 절대로 친해지지 않았을 거라고. 제레미와 전 성격이 극과 극이거든요. 고등학교 겨울 방학이었던 것 같은데, 기차를 타고 그림을 그리러 가기로 약속했는데 제레미가 나오지 않았어요. 전화도 받지 않고. 전 사고라도 났나 걱정되어 집으로 찾아갔죠. 자고 있더라고요. 저는 기차역에서 한 시간 넘게 바들바들 떨며 기다렸는데요. 제가 화를 내니까 제레미가, 너무 깊이 잠든 게 자기 탓이냐고 하더라고요. 너무 뻔뻔스러운 대답에 넌덜머리가 나도록 싸웠죠."

"그럼에도 불구하고 또 말도 안 되는 연극에 동참해 주었네요."

"그러니까요. 호주에 끌려와 농사를 짓든 말든 상관하지 말았어야 했는데."

이를 갈며 말해 놓고 그의 눈치가 보였는지 급히 말을 이었다.

"미안해요. 와이너리 일을 깎아 내려 말하려던 건 아니었어요."

"알아요. 제레미가 와이너리 일을 싫어하는 건 익히 잘 알고 있으니까. 제레미의 마음을 바꾸긴 힘들 거라는 걸 알고 있었으면서도 억지로 호주에 불러들인 게 이 사달의 원인이었겠죠."

그럼에도 불구하고 바랐지. 레이너 와이너리는 멈추지 않고 굴러가야 하니까. 하지만 결국 제레미에게는 아무런 재능도 없었고, 아무것도 변한 것은 없었다. 변한 건 그 자신뿐.

딘은 촘촘하게 땋은 머리에 줄무늬 원피스 차림의 여자를 보았다. 앙증맞은 코에 걸쳐진 커다란 선글라스 너머로 도로를 보고 있었다.

당신 때문에 나는 바뀌었어. 장세아, 당신은 그걸 모르겠지만.

"그러면 이제 레이너 와이너리는 어떻게 되는 거죠?"

저만치에 브로큰힐 이정표가 보이자 딘이 대답 대신 벨트를 풀고 자리에서 일어났다.

"차가 좀 흔들릴 거예요."

그리고 그녀 옆에 서서 핸들을 잡은 세아의 손을 겹쳐 잡았다. 차는 도로를 벗어나 비포장 흙길을 달렸다. 연신 덜컹거리고 흙먼지가 뿌옇게 날려 시야를 가로막았지만, 잘 아는 익숙한 길인 듯 속도를 늦추지 않고 달렸다.

10여 분쯤 달렸을까. 멀미가 날 것 같다고 느낀 찰나 차가 멈췄다. 차 밖으로 나온 세아는 천천히 한 바퀴 돌아 사방을 둘러보았다. 그들을 둘러싼 사막은 태양처럼 붉었고, 쭉 뻗은 지평선 너머는 아스라이 보이지 않았다. 마치 세상의 끝, 혹은 다른 세상의 시작 같은 곳에 서 있는 기분이었다. 이 이상하고 환상적인 사막에 포위된 기분과 동시에 무한한 자유를 느꼈다.

끝도 보이지 않는 사막에 갇혔지만 무엇이든 할 수 있어. 소리 지르며 욕할 수도, 숨이 차도록 뛸 수도, 가슴이 아프도록 울 수도 있지.

순간 무언가가 북받쳐 올라 눈가가 뜨끈해졌다.

나는 바닥에 있어. 한 번도 발이 닿아 본 적이 없지만 알아. 늘 이 순간을 두려워했다는 걸. 나는 지금 바닥이야.

세아는 뜨거운 눈으로 붉은 사막의 언덕을 바라보았다.

하지만 포기하고 싶지 않아. 다시 날아오르고 싶어. 내게 그럴 힘이 남아 있다면.

두려움과 희망이 한데 섞여 가슴이 아프도록 부풀어 올랐다. 몸 안 구석구석에 있는 숨을 모두 모아 쏟아 내듯 깊은 호흡을 내쉬자 딘이 물었다.

"어때요?"

고개를 돌려 그를 보았다.

"다시 힘이 생기는 것 같나요?"

어제 저녁까지만 해도 인생 다 끝난 것처럼 울어 댔는데, 오늘은 희망이라니. 스스로가 생각해도 참으로 드라마틱한 변화라 자조적으로 웃으며 고개를 끄덕였다.

"믿기지 않지만 그러네요. 당신도 그런 경험을 한 적이 있나요?"

"가끔. 사막은 신비한 힘을 가지고 있죠."

세아는 사막 저 너머 먼 어딘가에 시선을 두고 있는 그에게 물었다.

"레이너 와이너리도 제레미 말고 다른 방법이 있지 않을까요?"

"안 그래도 와인 메이커를 구하고 있어요."

가족들에게 말은 안 했지만, 이미 지원자들의 서류를 받아 면접 날짜를 잡은 상황이었다. 최종적으로 뽑은 사람은 두 명. 한 명은 프랑스 와인 학교를 졸업한 미국 출신의 젊은이였고, 한 명은 칠레에 있는, 와인 메이킹에 잔뼈가 굵은 중년 남성이었다.

세아는 당황한 얼굴로 되물었다.

"와인 메이커라고요? 언제부터요?"

"사막 캠핑을 다녀온 후부터."

'완벽한 와인을 만들게 해 주세요', 사막의 밤에 떨어지는 유성에 대고 그렇게 빌었는데, 다른 와인 메이커라니.

"그럼 당신은요?"

"당신 말대로 책상에 앉아 서류에 사인이나 하는 사람이 되겠죠."

그는 완벽한 와인을 만들지 못했다. 모두들 그의 데스페라도를 21세기에 만들어진 최고의 와인 중 하나라고 칭송했지만, 그렇지 않다는 걸 그 자신이 누구보다 잘 알고 있었다. 게다가 더 이상 블렌딩을 할 수 없는 그의 뒤를 이어 레이너 와인의 명맥을 이을 이도 없었다.

처음부터 외부에서 와인 메이커를 구하는 게 모든 게 불확실한 제레미를 와이너리에 끌어들이는 것보다 더 좋은 패라는 걸 알고 있었다. 그럼에도 불구하고 마지막에 꺼내 들 수밖에 없었던 이유는, 그들이 만드는 레이너 와인은 그 전의 레이너 와인이 아니기 때문이었다.

"상상이 가지 않아요. 당신이 아닌 다른 사람이 데스페라도를 만든다는 건."

"아니요. 데스페라도는 만들지 않을 거예요. 다른 사람이 만든 데스페라도는 더 이상 데스페라도가 아니니까."

그의 말에 매우 당황한 표정의 그녀가 고개를 휘저었다.

"무슨 말인지 모르겠어요."

"와인은 아주 섬세한 술이에요. 똑같은 비율로 섞어도 늘 다른 와인이 되죠. 물론 매해 테루아가 다르니까. 그럼에도 불구하고 똑같은 이름을 단 와인의 평준화된 맛과 향을 맞출 수 있는 건 와인 메이커가 그 맛과 향을 재현해 내려 노력하기 때문이에요. 포도가 적당히 익었을 때 수확해야 하는지, 아니면 약간 과숙된 상태로 수확해야 하는지, 펌핑 오버Pumping Over*를 몇 번이나 했는지, 몇 년 된 바리크를 사용했는지, 병 숙성을 얼마나 시켰는지, 모든 것이 와인의 맛과 향이 달라지는 변수가 돼요. 단순한 기록으로 해결될 것들이 아니죠. 모두 와인 메이커의 감과 기억에 달려 있어요. 그러므로 새로운 와인 메이커가 만든 레이너 와인은 절대로 그 전의 레이너 와인이 될 수 없어요. 데스페라도뿐만 아니라 노스텔지아도 이제 만들어 낼 수 없을 거예요."

천천히 노을이 지기 시작하자 지평선으로 저무는 해에 빨려 들어가는 듯 휘몰아치는 검붉은 구름이 장관을 이루었다. 하지만 세아는 노을을 바라보는 남자에게서 눈을 뗄 수가 없었다.

"아버지는 세상 모든 것에 최고의 순간이 있다고 말씀하셨죠. 어린 포도나무가 더위와 병충해를 이기고 20, 30연령이 될 때 최고의 포도를 만들어 내요. 포도나무의 최고의 순간이에요. 와인 메이커의 최고의 순간은 그 포도로 최고의 와인을 만들어 냈을 때죠. 언젠가 아버지에게 최고의 순간을 물어본 적이 있었어요. 난 노스텔지아를 만들어 냈을 때라고 생각했지

---

* 탱크에 있는 아래쪽 와인을 펌프를 이용해 위에서 뿌려 주는 것. 내용물을 균일화시켜 효모의 활동을 도움.

만, 아버지는 우리 네 가족이 함께 있던 시절이라고 하셨죠. 늘 그 순간을 그리워하셨어요."

지평선에 걸쳐진 태양은 마지막 빛을 뿜어내며 장엄한 추락을 이루고 있었고, 딘의 얼굴은 온통 붉은빛으로 물들었다.

"레이너 와인의 최고의 순간은 지났어요."

그가 고개를 돌려 그녀에게 사과를 건넸다.

"미안해요. 결국 이렇게 될 거였는데 당신에게 상처만 줬어요."

그가 희미하게 웃더니 다시 시선을 돌렸다. 세아는 저무는 해를 바라보는 딘의 옆얼굴을 보았다. 모든 걸 내려놓은 그의 모습이 너무나 낯설게만 느껴졌다.

지금 그는 일몰을 보며 와인 메이커의 끝을 맞이하고 있는 자신과 같다고 생각하는 걸까? 더 이상 와인을 만들어 내지 못할 미래를 생각하고 있을까?

그 순간 그가 땅 같다는 생각이 들었다. 이곳의 흔하디흔한, 비옥하지 않고 자비롭지도 않은 거칠고 바싹 메말라 있는 땅. 거센 바람이 할퀴고 작열하는 태양과 차가운 밤에 깎여 가도 무던하게 견뎌 내지. 그리고 부지런히 뿌리를 내리는 나무를 무심한 듯 감싸 아주 깊은 곳에 고여 있는 시원한 물과 영양분을 나눠 줘. 아낌없이 제 모든 걸 다 주고 아무것도 남지 않은 땅은 이런 사막이 되어 버리는 걸까?

떨리는 눈으로 거센 모래바람에도 흔들림 없이 단단하게 선 딘을 바라보았다.

말해 봐요. 이제 당신에게 남은 건 뭐죠? 당신에게 와인을 빼면…… 무엇이 남을까요?

갑자기 코끝이 찡하게 울리더니 부지불식간에 눈앞이 흐려졌다.

왜 당신은 그러고 있는 거죠? 차라리 누군가를 향해 원망을 쏟아 내거나 화라도 내란 말이에요! 제발 그만, 아무 일도 벌어지지 않은 것 같은 얼굴 안에 당신을 감추지 말아요!

"왜 그래요?"

눈을 감고 있는데도 걱정스러운 표정을 띤 얼굴이 보이는 듯 그려졌다. 이를 악물며 목구멍에 걸린 울음을 삼켰다.

"눈에…… 모래가 들어갔나 봐요."

"안으로 들어갑시다."

딘이 그녀를 이끌고 캠핑카 안으로 들어섰다. 세면대에서 눈을 헹궜지만 눈물은 멈추지 않았다.

"갑시다. 시내에서 약을 구할 수 있을지 모르겠네요."

해가 저문 사막을 떠나 시내로 향했다. 장난감처럼 작은 집들이 늘어선 조용한 마을을 가로질러 캠핑장에 도착한 딘은 바비큐를 준비하기 시작했다. 세아 역시 말없이 캠핑카 안에서 샐러드를 만들어 나왔다. 이미 하늘은 별들로 가득했고, 오지여서 그런지 포트 어거스타의 캠핑장보다 훨씬 한산하고 조용했다.

딘은 새우와 고기를 구워 그녀의 접시에 얹어 주며 물었다.

"정말로 눈은 괜찮아요?"

"네."

"사실 이곳은 롭의 고향이에요. 그 때문에 종종 이곳에 오죠."

"정말요?"

세아는 그제야 새삼스러운 눈으로 캠핑장을 둘러보았다. 바로사 밸리가 와인의 천국이라면, 애들레이드는 세련되고 이국적인 도시였고, 이곳 브로큰힐은 호주의 완벽한 오지였다.

"롭의 집이 멀지 않은 곳에 있어요. 그가 두어 달에 한 번씩 들르는 곳이죠. 내일은 그곳에 묵도록 합시다."

캠핑장 안을 돌아다니던 개가 고기 냄새를 맡고 주변을 어슬렁대자 딘은 고기 조각을 던져 주었다. 늙은 개가 고기를 질겅거리며 옆에 와 앉자 딘은 얼룩덜룩한 등을 다정하게 쓰다듬어 주었다. 그 모습을 지켜보던 세아가 물었다.

"당신 아버지의 최고의 순간은 네 가족이 단란하게 살던 시절이랬죠. 당신도 그때가 최고의 순간인가요?"

"물론 행복했지만, 너무 어려서 단편적인 기억과 느낌만 남아 있을 뿐이에요."

"아직도 어머니를 원망하나요?"

딘은 말없이 캠핑용 의자 등받이에 기대앉아 그녀를 보았다. 세아가 재차 물었다.

"당신과 아버지를 놓고 간 어머니를 이해하지 못하나요?"

"이해해요, 머리로는."

딘은 고기를 다 먹고 그의 손에 코를 킁킁대는 개 앞에 고기 한 점을 더 던져 주며 말을 이었다.

"할아버지에 대한 당신의 감정이 블렌딩 된 와인과 같다고 했었죠. 나 역시 마찬가지예요. 어머니, 제레미, 그리고 레이너 와인에 대한 내 감정이 그래요. 어머니가 떠난 후 문득 그런 생각이 들었어요. 와이너리가 아니었다면 우리 가족이 헤어지지 않았을지 모른다고."

세아는 잠시 말을 멈추고 우수에 찬 눈으로 어둠 속 어딘가를 응시하는 남자를 보았다.

"어머니의 향수병이 나날이 심해졌지만, 아버지는 어머니를 보낼 수도, 같이 한국에 갈 수도 없었어요. 왜냐하면 아버지는 이곳에 속해 있었기 때문이에요. 떠날 수 없었죠. 아버지도, 나도 와인 메이커기 때문이죠. 만약에 우리에게 와이너리가 없었다면 우리 가족은 다 함께 행복하게 살고, 제레미는 디자인 일을 하고, 나는 럭비 선수가 되고, 불면증 따위는 앓지 않았을까요?"

바비큐의 붉은 불빛 너머로 심각한 표정을 하고 있는 그녀를 보며 그가 희미하게 웃었다.

"맞아요. 당신 말대로 만약은 만약일 뿐, 아무것도 변하는 건 없어요. 결국 나도 아버지도 어머니를 잡지 못했어요. 우린 와인을 선택한 거죠. 결국 모든 건 선택의 문제예요. 선택을 하고 난 뒤의 결과 역시 감당해야 하죠."

"하지만 그때 당신은 어렸잖아요. 겨우 열 살이었어요."

"맞아요. 그래서 난 레이너 와인이 없어졌으면 좋겠다고 생각했었죠. 그러면 우린 다 같이 있을 수 있을 거라 생각했어요.

그리고 그 소원은 20여 년이 지난 지금에야 이뤄지게 되어……
정말로 와인을 만들 수 없게 되었죠."

씁쓸한 목소리 끄트머리로 진한 애증의 감정이 묻어났다.

당신에게 와인이, 이곳이 족쇄이자 감옥 같았나요? 사랑했
지만 원망스러웠나요? 그래서 끝도 없는 포도밭에서 매일 밤
외로이 헤매는 건가요? 최고의 와인을 만들 수 있으면서, 아니
라고 자신에게 가혹하게 구는 건가요? 어떻게 당신은 이런 마
음으로 와인을 만들었을까요?

그가 보낸 시간들을 도저히 상상할 수가 없었다.

"하지만 이게 끝이 아닐 수도 있잖아요? 불면증이란 건 심해
졌다가도 나아질 수도 있어요. 불치병이 아니라고요."

"세아."

"제발, 내가 와인을 만드는 거나 블렌딩에 대해서 아는 바는
없지만 이런 식으로 포기하긴 일러요. 무슨 방법이 있을 거예
요. 불면증 치료법이 얼마나 많은데요. 아직 모든 걸 다 시도해
보지도 않았잖아요? 당신은 강한 사람이에요. 다시 할 수 있어
요. 끝이 아니라고요."

그를 설득하려는 세아를 말없이 바라보았다. 어떻게든 그를
도우려 애쓰겠지만, 그녀는 도울 수 없을 것이다. 문제는 불면
증이 아니므로.

문제는 당신이야. 당신이 날 변화시켰어. 나는 이제 이전에
만들었던 와인을 만들 수 없어. 블렌딩을 하면 할수록 그동안
내가 만들어 왔던 와인과 전혀 다른 와인을 만들어 내. 당신에

대한 내 마음이 깊어질수록 더 이상 예전처럼 감정이 깃들지 않은, 완벽한 와인이라 믿었던 와인을 만들 수가 없다고. 내 와인은 점점 아버지의 것을 닮아 가고 있어. 내가 증오했던 외로움과 그리움의 감정들로 점철된 와인을. 나는 그런 와인을…… 만들고 싶지 않아.

자리에서 일어난 딘이 서둘러 대화를 마무리했다.

"시간이 꽤 지났네요. 그만 정리해야겠어요."

남은 고기를 모두 바닥에 놓고 휙, 휘파람을 불자 어둠 속 어딘가에서 얼룩개가 혀를 쭉 뺀 채 달려왔다. 신나서 날뛰는 개에 놀라 옆으로 몸을 물리는 순간 딘이 그녀를 잡아챘다. 바비큐 그릴에 다리가 닿기 직전이었다.

마주친 푸른 눈동자 안에 일렁이는 불꽃을 바라보았다. 끈질기게 그를 태우고 있는 불 안에 그녀가 있었다. 하지만 그는 여느 때처럼 무표정한 얼굴로 그녀를 떨어트려 세우며 말했다.

"내가 할 테니 당신은 들어가 쉬어요."

그리고 빈 식기를 정리하기 시작했다.

텐트를 친 딘은 캠핑장 안에 구비되어 있는 샤워장에서 씻고 나왔다. 밤이 깊어진 캠핑장은 불빛이라곤 하나 없이 모두 짙은 어둠 아래 놓여 있었다.

그릴 앞 의자에 앉았다. 사막 기후의 특성상 쌀쌀해진 밤 기온에 반팔과 젖은 머리칼이 춥게 느껴졌지만 불을 지피지 않았다. 바람이 바스락거리며 무언가를 스치는 소리를 듣고 있자니

익숙한 고독과 침묵이 그를 찾아왔다.

언제나 떠날 사람임을 알고 있었다. 제레미의 애인이라고 믿었을 때도, 아니라는 걸 알았을 때도 그 사실만은 변함이 없었다. 애초에 그녀는 이곳에 휴가를 온 것이었다. 휴가지가 아름다운 이유는 잠시만 머물기 때문이다. 제아무리 아름답고 좋다 한들 그곳에 평생 머물려는 사람은 없다. 결국은 모두 가슴에 한 자락 추억을 품고 자신의 자리로 되돌아가 버리고 만다. 그리고 그녀 역시 그런 마음으로 한국에 돌아가겠지.

딘은 그녀가 앉아 있었던 빈 의자와 불이 꺼진 캠핑카를 차례로 보았다. 처음 찾아 나섰을 때는 어떻게든 그녀의 마음을 돌려야 한다는 생각뿐이었다. 그의 마음은 단 한 번도 그녀를 속이려는 계획에 충실하지 않았음을, 그에게 그녀가 얼마나 간절한지 다 말하리라 다짐했다. 사과든 설득이든 애원이든, 뭐든 해서라도 그녀를 붙잡을 생각이었다.

하지만 캠핑카에서 홀로 울고 있는 그녀를 본 순간, 일몰의 사막을 바라보는 눈동자가 빛나는 걸 본 순간 알았다. 그녀 역시 어머니처럼 절대 꿈을 포기하지 못하리라는 걸. 여왕이 되고자 하는 그녀의 열망은 절대 꺼지지 않을 거라는 걸.

잠시 흔들어 놓을 순 있겠지만, 결국 그녀는 꿈을 찾아 떠날 것이다. 그리고 가시밭 절벽 아래서부터 한 걸음 한 걸음 헤쳐 나가겠지. 물과 영양분을 찾아 메마른 땅 아래로 깊이깊이 뿌리를 내리는 포도나무처럼 생명력이 강한 여자니까. 그리고 언제고 그녀가 바라던 그 자리에 오르게 될 것이다. 그러므로 잡지 않을 것이다. 설사 그가 와인을 만들 수 없다 해도.

등을 젖혀 머리 위에 펼쳐진 거대한 별의 강을 올려다보았다. 그 자리에 가만히 멈춰 있는 것처럼 보이지만 실제로 별은 움직이고 있다. 둥근 궤적을 따라 수만의 별들이 매일 밤마다 일주를 한다. 저렇게 가야 할 길을 확실히 알고 있는 존재들은 얼마나 행복한가. 방황도 고통도 없이 몇만 년 동안 지나온 그 자리를 매일매일 똑같이 돌 뿐이었다.

딘은 눈을 감았다. 그의 내면 깊은 곳에는 막막한 어둠뿐 별도 달도 없어서 어디로 갈지 방향조차 잡을 수가 없었다.

그 순간 삐걱, 하는 문소리가 적막을 깨고 들렸다. 곧 조심스러운 발소리가 울리자 그의 심장이 거세게 뛰었다.

"딘."

모래바람처럼 거칠고 달콤한 부름에 등줄기를 타고 소름이 돋아났다. 하지만 눈을 감은 채로 미동도 하지 않았다.

그가 자고 있지 않는다는 걸 알았는지 그녀가 다시 속삭였다.

"계속 이러고 있으면 감기 걸려요."

딘은 여전히 눈을 감은 채 대답했다.

"괜찮으니 들어가요."

하지만 움직이는 기척은 느껴지지 않고 시간만 흐를 뿐이었다. 참다못해 눈을 뜨자 그녀가 그릴 너머로 그를 내려다보고 있었다. 깜깜한 어둠 속임에도 마치 울 것 같은 표정이 눈에 선연했다.

"미안해요."

"뭐가요?"

"모르겠어요. 그냥…… 다 미안해요. 애초에 이곳에 오지 말아야 했어요. 난, 난……."

딘은 무심한 얼굴을 저어 그녀의 말을 막아섰다.

"괜찮아요. 당신 잘못이 아니에요."

무슨 말인가 하려 입을 벙긋대다 입술을 깨무는 여자의 턱이 잘게 떨렸다. 그녀의 혼란과 죄책감을 덜어 줄 수 없음이 괴로웠다.

당신 탓이 아니야. 결국은 나를 망가뜨릴 걸 알고 있었어. 그럼에도 불구하고 당신에게 빠졌지. 당신을 품에 안고 위로하고, 위로받고 싶어. 하지만 그럴수록 당신은 잊어야 할 추억을, 나는 그리워해야 할 시간을 더 만드는 것뿐이야. 당신말대로 더 힘들어질 뿐이지.

애써 세아를 외면하며 자리에서 일어났다.

"추워요. 들어가요."

"소원, 빌었잖아요. 완벽한 와인을 만들게 해 달라고."

울음 섞인 목소리에 단단한 무언가가 그의 껍질을 비틀어 깨고 나오는 게 느껴졌다. 목울대가 위아래로 거칠게 요동치다 겨우 입을 뗐다.

"미안해요. 나는 만들 수가 없어요. 애초에 내 능력 밖의 일이었어요."

눈물을 참는 듯 잔뜩 찡그려진 얼굴을 내저은 그녀가 다가와 그를 안았다. 자신을 감싸 안은 여자를 고통스러운 눈으로 내려다보았다. 단 한 손만으로도 그녀를 밀어낼 수도, 마음에도 없는 말로 쏘아붙여 물러나게 할 수도 있었다. 하지만 딘은 아무것도 할 수 없었다.

그를 올려다보며 뺨을 감싸는 그녀의 온기에 차갑게 언 몸이 진저리를 쳤다. 짙은 눈썹을 훑고 짧은 구레나룻과 턱을 타고 내려오던 손끝이 입술에서 멈추었다. 입술에 닿은 그녀의 시선과 목덜미를 감싸는 손에 그녀가 무슨 짓을 하려는지 눈치 챈 딘이 괴롭게 속삭였다.

"세아."

고개를 기울여 그녀가 키스하자 다문 입술 사이로 억눌린 신음이 흘러나왔다. 이 여자를 어쩌면 좋을까? 어떻게 밀어낼 수 있을까 하는 순간에 아랫입술을 더듬고 들어온 혀가 감질나게 훑자 이성을 배반한 몸이 먼저 반응하기 시작했다. 온 근육이 터질 듯 팽창하고, 핏줄 안으로 뜨거운 피가 질주하며 눌러 참았던 욕망에 불씨를 지폈다. 그녀를 안아! 그녀를 가지라고!

마지막 이성의 힘을 긁어모아 그의 목덜미를 감싸고 있는 손을 움켜잡았다. 하지만 그뿐, 차마 그녀를 밀어내지 못하고 있는 사이 작은 입술과 혀에 완전히 장악당하고 말았다.

"제발, 딘."

그녀의 애원에 고통스러운 숨을 몰아쉬며 약탈하듯 입술을 덮쳤다. 격렬하게 키스를 되돌리며 목덜미를 휘감은 그녀를 바싹 끌어당겼다. 작은 엉덩이를 받쳐 들자 가는 다리로 허리를 감쌌다. 가슴과 배와 은밀한 욕망이 피어오르는 곳까지도 한

치의 틈도 없이 맞닿았다.

욕망과 충격이 한데 뒤섞인 검은 눈동자를 바라보며 그녀를 안고 캠핑카로 들어갔다. 테이블에 앉히고 티셔츠를 벗어 던졌다. 단단하게 다져진 근육질 몸을 감탄하며 보는 여자의 입술을 능숙하게 훔쳤다. 양옆을 짚고 서서 조그만 턱과 귓불에 키스하고 목덜미에 코를 묻어 향기를 들이마셨다.

그녀가 손을 들어 그의 짧은 머리칼을 매만지자 야릇한 살을 입 안 가득 머금었다. 여기저기에 키스를 퍼부으며 단숨에 원피스를 머리 위로 벗겨 냈다. 하얀 살결과 대조되는 검은 속옷에 싸인 늘씬한 다리를 벌려 밀착해서 서자 세아가 놀란 숨을 몰아쉬며 그를 올려다보았다. 그제야 딘은 욕망에 사로잡힌 나머지 자신이 너무 서두르고 있다는 걸 알아차렸다. 빠른 전개에 익숙지 않은 그녀를 배려해야 한다는 걸 알고 있었다. 그역시도 그녀와 천천히 사랑을 나누고 싶었다. 그게 가능한지자신할 수 없을 뿐이었다.

천천히, 한 발 물러서서 길고 부드러운 키스를 나누었다. 손을 내려 브래지어에 감싸인 가슴을 감싸 쥐자 작은 입술이 벌어졌다. 숨어 있던 혀를 찾아 휘감았지만 채워지지 않는 욕망으로 온몸이 고통스레 아우성칠 뿐이었다.

무언가 이상하다는 걸 깨달은 듯 그녀가 키스를 멈추고 그를 보자 딘이 난감한 미소를 지어 보였다.

"내가 느끼는 것처럼 당신도 기분이 좋길 바라지만, 솔직히 쉽진 않네요."

"무슨 뜻이에요?"

"내가 생각했던 것보다 더 인내심이 없다는 걸 깨달았다는 말이에요."

그제야 그가 자신 때문에 이러지도 저러지도 못하고 있다는 걸 알아차렸다. 그는 벌써 눈으로 한 꺼풀밖에 남지 않은 속옷을 벗겨 몸 구석구석을 애무하고 있었다.

손을 등으로 돌려 브래지어를 풀자 부드러운 둔덕이 드러났다. 그리고 가슴에 정신이 팔린 그의 바지 후크와 지퍼를 내리고 딘의 목덜미를 잡아 키스를 청했다.

뜨거운 입술이 목을 타고 가슴으로 내려왔다. 부드럽게 유륜을 따라 머문 입술이 유두를 머금자 머리 위로 나직한 신음이 터져 나왔다. 가는 다리 사이로 더 깊게 파고들며 우유가 배어 나올 것 같은 하얀 가슴을 입 안 깊숙이 삼키자 한숨 같은 목소리로 그를 불렀다.

"딘."

"계속 불러 봐요."

내가 당신의 온몸을 샅샅이 맛보는 동안.

만족스러운 얼굴을 다른 가슴으로 옮기자 타액으로 젖은 가슴은 그의 손의 차지가 되었다. 가슴에 얼굴을 묻은 채로 그녀를 안아 침대로 갔다. 납작한 배에 키스하고 자그만 속옷 아래 감춰진 가장 은밀한 곳으로 입술을 내리자 세아가 놀라 소리쳤다.

"딘!"

다리 사이에서 고개를 든 그가 팬티마저 벗겨 내자 완벽한 나신이 되어 서로를 바라보았다. 작지만 예쁜 가슴과 앙증맞도록 조그만 유두, 납작한 배 아래로 늘씬한 다리 사이를 들끓는 눈으로 바라보았다. 190에 달하는 그에 비해 마르고 체구가 작은 그녀는 너무도 작을 테지.

닥쳐올 미래를 예감한 그녀의 얼굴에도 긴장이 어렸다. 하지만 당장 하늘이 무너진대도 더는 참고 기다릴 자신이 없었다. 매끈한 허벅지를 벌려 허리를 휘감게 하자 촉촉하게 젖은 그녀가 느껴졌다. 부드럽게 키스를 건네며 최대한 천천히 안으로 들어섰다. 하지만 곧 무언가 잘못되었다는 걸 알아차렸다.

너무 작고 좁아.

그를 압박하는 빡빡한 밀도에 그녀 안에 살짝 걸친 상태로 멈췄다.

전희가 부족했나?

아니. 콘돔을 한 상태였지만, 그녀가 젖어 있는 것은 확실했다.

그럼 뭐가 문제지?

그녀를 보았지만, 그의 혼란만 더욱 부추길 뿐이었다. 섹스의 쾌감에 휩싸인 얼굴도, 채워지지 않은 욕망에 불만스러운 얼굴도 아닌, 그만큼이나 이 상황이 혼란스러워 보였기 때문이다.

혹시?

이내 고개를 저었지만 100퍼센트 확신할 수는 없었다. 그 답을 얻기 위해 천천히 밀고 들어가는 순간, 딘은 예상대로 그것이 단 한 번도 열리지 않았던 문이라는 걸 깨달았다. 믿을 수 없는 눈을 들어 세아에게 물었다.

"왜?"

말을 하지 않았을까? 그녀가 경험이 없을 거라곤 생각지도 못했을뿐더러, 정신없이 달려드느라 주춤거리는 반응을 너무 빠른 전개에 당황한 거라고 생각했을 뿐, 자세히 살필 여력이 없었다.

낯선 통증에 휩싸인 세아는 연신 밭은 숨을 토해 내며 물었다.

"말했으면…… 지금 우리가 이러고 있지 않았을까요?"

"그건 아닐 거예요. 하지만 좀 더 조심히…… 신경 썼을 거예요."

그가 여전히 당황한 기색을 지우지 못한 얼굴로 대답하자 세아가 찌푸린 얼굴로 웃음을 터트렸다.

"난 부서지는 취급 주의 용품이 아니에요. 그냥…… 익숙하지 않을 뿐이죠."

그녀의 안을 채우고 있는 그가 익숙지 않은 만큼 그를 감싼 그녀가 주는 느낌 역시 생경했다. 영혼 없는 애무와 욕망뿐인 삽입 후에 몰려오는 자괴감. 어린 시절의 충동적인 섹스 후 딘은 그것에 너무나 회의적이 되었다. 감정 없는 육체적인 관계는 외로움을 덜어 주지 않았고, 그를 더욱 황폐하게 만들 뿐이었다. 하지만 그녀 안에 있는 지금 비로소 완벽한 쾌감이 무엇인지를 깨달았다. 그를 가둔 몸이 너무나 달콤해, 그가 할 수 있는 일이라곤 그녀가 주는 쾌락을 취하고 더 취할 뿐이었다.

몸을 물렸다 천천히 들어갔다. 아, 하며 뒤채는 그녀의 입술에 키스하며 다시 몸을 뺐다. 검은 눈동자를 바라보며 다시 밀고 들어가자 커다래지는 동공과 달리 촉촉한 그곳이 그를 빠듯하게 머금었다. 전기를 맞은 것처럼 머릿속이 하얘지며 격렬한 쾌감이 그를 관통했다. 그녀의 몸이 주는 희열에 점점 더 갈급증이 일자 동작은 더욱 다급하고 거칠어졌다. 세아가 자신을 따라오지 못한다는 걸 알아차렸지만 도저히 멈출 수가 없었다.

절정에 다다른 딘은 그녀의 몸 속 깊이 제 몸을 가둔 채 참았던 욕망을 분출했다. 온몸이 떨려 하얀 어깨에 얼굴을 묻고 진정되길 기다렸다. 기진한 듯 누워 있던 그녀가 손을 들어 그의 뺨을 매만지자 팔에 입을 맞추며 말했다.

"같이 씻어요."

그러고 나서 당신을 또 안고 싶다고 말하면 내가 너무한 걸까? 하지만 나는 아직 만족하지 못했어. 밤새 당신의 구석구석을 맛보고 가져도 만족할 수 없을 것만 같아.

"싫어요. 나 먼저 씻을래요."

그녀의 당황한 목소리에 딘의 입술이 부드럽게 휘어졌다.

"이제 와 체면을 차리는 건 늦은 것 같지 않아요? 이미 다 봤어요."

"어두워서 다는 못 봤을걸요."

딘이 웃으며 허리를 타고 내려온 손으로 왼쪽 허벅지 안쪽을 더듬으며 물었다.

"여기에 조그만 점이 있는 것도 봤는데?"

가볍게 그를 흘겨보며 손을 밀어내고는 두 팔로 가슴을 가린 채 침대 아래로 내려섰다. 하지만 한 걸음도 떼지 못하고 그 대로 바닥에 주저앉고 말았다. 딘이 그녀를 일으켜 세우자 경련이 이는 다리에 놀라 그를 보았다.

"안 쓰던 근육을 쓴데다 너무 긴장해서 그래요."

어두운 낯으로 그녀를 부축해 욕실의 샤워 부스에 세웠다. 그리고 쏟아지는 따뜻한 물 아래 마주 보고 섰다.

"괜찮아요?"

세아가 고개를 끄덕였다. 당신이 내 허리를 잡고 서 있고, 우리가 밝은 조명 아래 알몸인 채로 서 있다는 것 말고는요. 지금 내 배에 닿은 딱딱한 게 뭐였지? 설마, 그게 가능하진 않을 거야.

차마 시선을 내려 확인할 엄두를 못 내고 놀란 눈을 동그랗게 뜨고 그를 올려다보았다. 하지만 그의 시선은 그녀의 몸 어딘가에 멈춰 있었다. 그러고는 알 수 없는 표정으로 부스 문을 열며 말했다.

"그렇게 신경 쓰이면 먼저 씻도록 해요."

딘이 욕실을 나가자 세아는 갑작스럽게 태도를 바꾼 그를 이해할 수 없었지만, 천천히 몸을 씻기 시작했다. 허벅지 안쪽 근육이 장거리 달리기라도 한 듯 당겼고, 여성 깊은 곳에 말로 설명할 수 없는 불편한 느낌이 남아 있긴 했지만 다행히 다리의 떨림은 조금씩 잦아들었다. 삽입은 고통스러웠지만, 그의 키스와 손길이 주는 쾌감은 생전 처음 느껴 보는 것이었다.

그러니 다음에는 분명 더 기분이 좋을 거야. 그라면 분명 그렇게 해 줄 거라고.

낯선 기대감에 달아오른 뺨을 미지근한 물로 식히고 욕실을 나와 거실에 있는 딘을 본 순간 그 기대감은 와장창 깨지고 말았다. 그는 바지를 입은 채로 후크를 채우기 직전이었다.

"물로 대충 헹궜으니 난 내일 씻는 게 낫겠어요."

세아는 그녀에게 시선을 주지도 않은 채 바닥에 떨어진 티셔츠를 집어 들고 있는 그에게 물었다.

"어디…… 가게요?"

"텐트로 돌아갈게요. 당신도 피곤할 텐데 자요."

세아는 서둘러 벗느라 뒤집혀진 티셔츠를 다시 뒤집는 데 몰두한 남자에게 물었다.

"왜죠? 혹시 나한테 실망해서 이러는 건가요?"

그제야 딘은 눈을 들어 그녀를 보았다. 그의 시선이 굳은 얼굴을 훑는 게 느껴졌다.

"무슨 소린지 이해 못하겠어요."

"나도 일부러 지키려 한 건 아니었어요. 혼전 순결을 고집한 것도 아니고, 그동안 수녀처럼 살아온 것도 아니에요. 다만…… 그 타이밍까지 진전될 시간적 여유가 없었을 뿐이죠. 변명이지만, 대학과 MBA 시절에는 데이트를 하느니 책을 한 줄 더 보는 게 낫다고 생각했고, 회사에 들어간 후로는 야근과 프로젝트에 잠잘 시간조차 없었어요. 당신은 좀 더 능숙하고 적극적인 상대를 기대했을지 몰라요. 나이 서른에 남자 알몸에 놀라 눈이 휘둥그레지는 여자를 기대하진 않았겠죠. 미안해요."

그녀의 입으로 말하고 나니 더 비참해졌다. 이런 줄 모르고 혼자 좋았다고 착각하다니, 최악의 첫 경험이야.

굴욕감에 휩싸여 침실로 돌아서려는 순간 딘이 다가왔다. 그리고 그녀의 손을 끌어 그의 바지 앞섶에 가져다 댔다. 손아래 닿은 단단하고 커다란 남성에 놀라 쳐다보자 그가 괴로운 목소리로 말했다.

"당신 말이 틀렸다는 건 증명됐을 거고."

그가 그녀의 샤워 가운의 띠를 풀자 벌어진 가운 사이로 하얀 나신이 살짝 드러났다. 그가 가운을 옆으로 젖혀 눈짓으로 가리키자 세게 빨린 탓에 성이 난 듯 발갛게 부푼 가슴이 드러났다. 더 시선을 내리자 골반 위로 희미한 멍 자국이 들어왔다. 뒤채는 그녀의 허리를 너무 힘주어 잡은 모양이었다.

세아가 놀라 고개를 들었다.

"난…… 몰랐어요."

"당연히 몰랐겠죠."

무슨 일이 벌어지는지 이론만 알 뿐 정확히 시뮬레이션을 해 본 적이 없었을 테니. 정신이 없어 제 몸에 멍이 든 줄도 모르는 여자를 상대로 제 욕망만을 채우려 거칠게 그녀를 취한 건 그였다.

뒤로 물러서며 말했다.

"내 잘못이에요. 당신은 처음이었고, 내가 조심했어야 했어요. 자요. 여기에 있으면 나는 밤새도록 당신을 괴롭힐 거예요."

"좋아요."

"뭐라고?"

"좋다고요."

망설이는 손을 뻗어 그의 바지 앞섶을 만졌다. 그리고 그를 올려다보며 긴 손가락으로 쓰다듬어 올라갔다.

그는 날 원해. 나 역시 그를 원하고.

"날 안아 줘요. 날 기분 좋게 해 줘요. 이번에는 천천히. 아프지 않게."

그가 천천히 그녀를 품으로 잡아끌자 조심스러운 손길과 달리 둘의 몸이 맞닿는 순간 단단한 근육이 요동치는 게 느껴졌다. 고개를 내려 키스하자 세아는 팔로 그의 목덜미를 휘감았다. 그녀를 안아 흐트러진 침대로 다시 이끌었다.

그가 바지를 벗자 군살 하나 없이 단단한 근육으로 감싸인 몸과 우뚝 솟은 남성에 압도되어 바라보았다. 하지만 다가온 그가 가운을 벗기고, 발목을 잡아 다리를 벌리자 좀 전에 느꼈던 삽입의 고통에 저도 모르게 몸이 굳어졌다. 하지만 그곳에 닿은 건 남성이 아닌 그의 입술이었다. 창피함에 저도 모르게 허벅지를 오므리자 되레 그의 머리를 다리 안에 고정시킨 꼴이 되었다. 다시 다리를 벌리는 순간 까끌까끌한 혀가 도톰한 둔덕 사이를 쓸어 올렸다.

"딘!"

놀라 뒤로 물러서는 몸을 부드럽게 잡아 집요하게 애무했다. 음험한 혀로 예민한 살을 훑고 그의 몸만이 지나왔던 은밀한 곳으로 찔러 넣었다. 신음 소리와 함께 몸을 뒤챘지만 그는 그녀의 문이 열릴 때까지 멈추지 않았다. 그 끈질긴 애무에 촉촉하게 젖어들자 만족한 딘은 엉덩이를 지나 등을 타고 올라가 가슴에서 멈췄다. 그리고 발개진 가슴결을 조심스레 핥고 입안에 머금자 그녀의 몸이 바르르 떨렸다.

딘이 물었다.

"아파요?"

"아니요."

고개를 저으며 목덜미를 휘감아 그를 가슴으로 이끌었다. 좋아요. 좋아서 당신이 더 해 줬으면 좋겠어.

그의 입술이 선사한 마법으로 온몸의 신경 세포가 하나하나 곤두선 느낌이었다. 귓불에 닿은 뜨거운 숨결과 부드럽게 가슴을 감싸 쥐는 손길만으로도 예민한 피부 아래 불꽃이 화르르 피어올랐다. 온몸이 뜨겁게 달아올랐고, 더 강렬한 무언가를 갈구하는 마음만이 강렬해졌다.

둘은 몸을 겹쳐 누운 채 서로를 마주 보았다. 더 이상 그녀의 다리 사이를 누르고 있는 그의 몸이 무섭거나 낯설게 느껴지지 않았다.

그녀를 감싸 안고 부드럽게 접근했다. 조심히 밀고 들어가자 충분히 젖은 그녀의 몸이 기꺼이 그를 받아들였다. 아까보다 더 뜨겁고 더 젖어 폭발할 것 같은 쾌감에 딘은 이를 악물었다. 이성을 놓치기라도 하는 날엔 또 그녀를 몰아붙일 것만 같아서 머릿속으로 천천히 열까지 세고는 그를 끝까지 밀어 넣었다.

"괜찮아요?"

자신의 목소리가 아닌 것 같은 거친 목소리로 물었다.

세아는 모호한 표정으로 고개를 끄덕였다. 굉장히 뻐근할 뿐, 충분히 젖어 있어 그런지 확실히 아까보다는 덜 아팠다. 세아는 커다란 손에 감싸인 제 부푼 가슴을 보았다. 바로 금방 손아귀에 움켜쥐려다 무언가 놓친 것 같은 느낌이었는데.

천천히 몸을 물린 그가 다시 밀고 들어오는 순간 그 느낌이 점점 더 명확해진다는 걸 알아차렸다. 또다시 그가 몸을 물리자 정체를 알 수 없는 초조함과 안달감이 들었다. 다시.

입 밖으로 말했는지 속 안으로만 했던 말인지는 알 수 없었다. 그를 더욱 깊이 받아들이려 엉덩이를 들었고, 그가 그녀를 채웠다. 완벽한 삽입에 둘은 동시에 전율에 휩싸였다.

다시 물렀다 들어가며 달뜬 신음을 흘리는 입술을 머금었다. 가장 뜨겁고 깊은 곳에서 절정을 맞은 순간 둘은 소리쳤고, 무너졌다.

딘은 뒷덜미에 입술을 댄 채 그녀의 호흡이 잦아드는 걸 듣고 있었다. 욕망이 식었어도 충만한 만족감은 사라지지 않았다. 그녀가 몸을 돌려 품에 안기자 딘은 허리를 감아 당기며 젖은 머리칼에 코를 묻었다. 이 향기와 가슴에 느껴지던 느슨한 호흡, 뜨거웠던 밤이 영원히 기억 속에 남게 되겠지. 그녀를 떠나보내고 이 밤을 기억할 자신이 두려울 뿐이었다.

Chapter. 17

*All I can do is try to hold on to us
somewhere inside of me.*

내가 할 수 있는 건 가슴 깊은 어딘가에
우리를 영원히 남기는 거예요.

_메디슨 카운티의 다리 中

해가 중천에 뜬 다음에나 일어난 둘은 시내로 나섰다. 미개
척 서부 도시 같은 이곳에 몇 없는 레스토랑 중 가장 분위기 좋
은 곳에서 점심을 먹고 캠핑카를 몰아 롭의 집으로 향했다. 중
심가에서 약간 벗어난, 빨간 지붕에 하얀 벽돌집이었다.

딘이 캠핑카를 앞뜰에 주차하는 동안 먼저 내린 세아는 집
안을 둘러보았다. 오랫동안 사람의 흔적이 닿지 않은 듯 퀴퀴
한 공기가 떠돌긴 했지만, 모든 것이 깨끗하게 정리되어 있었
다. 온 방의 창문을 열어젖히고 거실 벽에 걸린 사진을 둘러보
다가 다시 집 밖으로 나왔다.

"딘?"

캠핑카 안에 있으리라 생각했던 그가 보이지 않자 세아는
주변을 둘러보다 높은 울타리 벽을 따라 뒤뜰로 갔다. 그곳에

그와 생각지 못한 수영장이 있었다.

세아는 물이 빠진 수영장 안에 있는 그를 내려다보았다. 웃통을 벗은 딘은 그사이 수영장 안을 다 청소하고 물을 받기 시작했다. 세아는 시원하게 뿜어 나오는 물을 간절한 눈으로 바라보았다. 바로사 밸리의 포도 농장도 더웠지만, 브로큰힐의 혹서에 비하면 새발의 피였다. 잠깐 레스토랑으로 가는 길에도 모자와 선글라스와 얇은 긴팔이 필수일 정도로 햇볕이 살인적으로 뜨거웠기 때문이었다.

딘이 말했다.

"수영복이 있으면 갈아입고 나와요."

세아는 신이 나 무용지물이 될 뻔했던 수영복을 꺼내 입고 저택 뒷문을 통해 수영장으로 나왔다. 수영복으로 갈아입으러 갔는지 딘은 보이지 않았다. 가벼운 준비운동을 하고 천천히 수영장 안에 발을 담갔다. 차가운 물이 달아오른 피부를 식혀주자 기분 좋은 웃음이 터져 나왔다.

길이가 10미터쯤 될까. 발이 닿지 않는 걸 보니 깊이는 1.8미터 정도. 세아는 거리와 깊이를 가늠하고는 팔을 뻗어 앞으로 헤엄쳐 나아가기 시작했다. 금세 턴 지점이 되자 발로 벽을 세게 구르고 앞으로 나갔다. 아침마다 졸음을 깨며 수영했을 때는 몰랐는데, 야외에서 햇살을 맞으며 물살을 가로지르는 기분이 최고였다.

벽을 잡고 숨을 몰아쉬자 그가 보였다. 예상대로 수영복 차림이었지만 선 베드에 앉은 채였다.

"좋아요?"

"최고예요."

"그런데 왜 저택 수영장에는 안 들어갔어요?"

"다들 일하고 있잖아요. 셀러 도어 일 끝나고 들어가긴 해가 진 후라 춥고."

세아는 잡고 있던 손을 놓고 뒤로 누워 물에 몸을 띄우며 물었다.

"당신은 수영 안 해요?"

"조금 있다."

그녀를 바라보고만 있을 뿐 의자에서 일어날 생각을 않자 세아는 배영으로 반대쪽으로 헤엄쳐 갔다. 파란 하늘이 보였고, 뜨거운 햇볕이 가슴과 배를 간질이는 느낌이 너무 좋았다.

반대편에 닿은 세아는 딘이 여전히 그녀를 보고 있음을 알아차렸다.

"혹시 수영 못하는 건 아니죠?"

"그럴 리가."

그가 가슴 앞으로 팔짱을 끼며 웃자 장난기가 발동한 세아는 그쪽으로 헤엄쳐 가 벽을 붙잡고 물었다.

"물 좀 줄래요."

딘이 테이블에 놓인 생수를 뚜껑을 따 내밀자 세아는 생수병이 아닌 그의 손목을 붙잡아 세게 당겼다. 수영장 안으로 풍덩 떨어진 그가 수면 위로 올라와 물을 훔치며 어이없는 표정으로 보자 세아는 웃음을 참으며 뒤로 물러났다.

"당신이 너무 더워 보여서 그랬을 뿐이에요."

그가 긴 팔을 뻗자 세아는 얼른 피해 반대쪽으로 헤엄쳐 갔다. 하지만 믿을 수 없게도 벽에 닿기도 전에 그에게 붙잡혔다. 도망치지 못하게 그녀를 안고는 귓가에 대고 물었다.

"내가 수영을 못할 거라고?"

"그 말은 취소할게요."

세아는 그의 품 안에서 돌아 딘을 마주 보았다. 그가 젖은 머리칼을 귀 뒤로 넘기며 키스를 건넸다.

"당신을 보는 게 좋았을 뿐이에요. 햇살에 부서지는 물결 아래 이 자그만 비키니 안에 숨겨진 몸 말이죠."

입술이 귓불을 지나 쇄골 아래로 내려오고 손이 수영복 끈을 끄르려 하자 세아는 웃으며 단단한 가슴을 떠밀어 도망쳐 나왔다. 둘은 느긋하게 수영을 즐겼고, 선 베드에 누워 낮잠도 잤다. 모든 것이 계획 없이 즉흥적이었고, 쫓기는 일 따위는 없었다. 그들이 보낸 몇 해 동안 가장 여유로운 시간이었다.

망중한은 금세 흘러 해가 기울어졌다. 둘은 사랑을 나눴고, 밤이 깊어 갈수록 거친 파도는 잔잔한 물결이 되어 그들을 감쌌다.

"꿈이 럭비 선수랬죠?"

"고교 시절에 10번이었어요."

딘은 어깨에 늘어뜨린 검은 머리칼을 만지며 엎드려 있는 나신을 마음껏 감상했다. 오목한 척추 뼈를 타고 작은 엉덩이와 긴 다리로 이어진 매혹적인 선은 아무리 봐도 질리지 않을 것만 같았다.

세아는 팔꿈치를 세우고 미안한 표정으로 그를 보았다.

"난 럭비를 잘 몰라요."

"간단해요. 한 팀에 열다섯 명이고, 럭비공을 발로 차거나 손으로 들고 가 상대 골대를 넘으면 득점이 되는 경기예요."

"거칠지 않나요?"

"조금." 하고 대답하고는 그녀의 찡그린 콧등이 귀여워 입을 맞추었다.

"거기서 당신의 역할은 뭐였죠?"

"주로 공을 차거나, 전진할지 후퇴할지 판단해서 지시하는 역할이죠."

"잘했을 것 같아요."

"이것보다 더?"

그가 입술을 내려 엉덩이에 키스하자 세아는 키득거리며 그를 안았다. 그리고 짧은 머리칼을 손가락으로 빗질하듯 쓸며 물었다.

"그래서 꿈을 이루지 못해 아쉬웠나요?"

"그렇진 않아요. 처음부터 나는 와인 메이커의 길을 가야 하는 걸 알고 있었어요. 내가 가진 재능을 살려 일을 할 수 있다는 게 크나큰 행운이란 걸 알고 있으니까. 당신은 어땠나요? 꿈을 이루지 못해 슬펐나요?"

수백 권의 미술 서적과 미술 대회에서 받은 트로피와 상장, 그리고 미술 재료를 커다란 상자에 담아 내버리고는 밤새도록 울었던 밤이 떠올랐다. 미술 학도의 길을 접겠다는 결심이 섰던 날이었다. 그 밤의 좌절감과 슬픔이 떠올라 세아는 고개를 끄덕였다.

"슬펐어요. 그래서 더욱 이를 악물고 했죠. 내 선택에 후회할까 봐 두려웠거든요."

"이제 돌아가면 어떻게 할 거죠?"

흔들리는 눈으로 딘을 보았다. 그가 한국으로 돌아가는 일에 대해 구체적으로 물은 건 이번이 처음이었다. 마치 그 일이 벌어지지 않을 것처럼 둘은 그것에 대해 함구해 왔었다.

"모르겠어요."

그것은 판도라의 상자 같아서, 뚜껑을 여는 날에는 온갖 번민과 고통이 우르르 쏟아져 나올 것만 같아. 당신을 어떻게 해야 할까. 와인마저 만들 수 없는 당신을 두고 갈 수 있을까. 내가 떠나고 나면 당신은 얼마나 더 포도밭을 헤매며 다닐까. 이시간을 붙들어 매고 싶어.

막연하게 생각했던 끝이 다가올수록 점점 더 두려워졌다. 고개를 들어 그에게 키스했다. 맞닿은 입술 사이로 한숨이 흘렀다.

우리는 이러지 말아야 했던 걸까. 괜한 불장난을 한 건지도 몰라. 이 시간이 달콤할수록 이별은 곱절 이상 고통스러울 거야. 하지만 시간을 되돌린대도 난 똑같이 그를 붙잡아 이 시간을 보냈을 테지.

세아는 딘을 보았다. 단 한 번도 입 밖에 내어 가지 말라 말한 적 없었지만, 자신을 바라보는 그의 눈빛에 숨길 수 없는 괴로움이 보였다. 하지만 그녀에겐 그 고통을 덜어 줄 힘이 없었다. 그의 키스에 간절한 애원이 느껴졌지만, 그녀가 줄 수 있는 거라곤 지금의 자신뿐이었다.

마치 내일이 없는 사람들처럼 키스를 나누는 사이 시간은 내일로, 내일로 향해 가고 있었다. 허리를 붙잡혀 뒤돌자 등 뒤로 단단한 그가 느껴졌다. 한 번도 시도해 본 적 없던 자세에 당황할 새도 없이 그가 안으로 들어왔다. 놀라 등을 휘자 어깨에 입술을 묻은 그가 끝까지 밀고 들어왔다. 쾌락이라는 창이 꿰뚫는 듯 온몸이 떨렸다. 방 안 가득 신음과 젖은 몸이 맞닿아 내는 은밀한 소리뿐이었다. 무아지경에 빠져 폭발하는 그를 품으며 전율했다.

다음 날 아침을 먹고 둘은 브로큰힐을 떠났다. 세아는 창문 밖으로 멀어지는 주황빛 도시를 보았다. 붉은 사막에 갇힌 그곳에, 노을을 바라보던 그들과 사랑을 나누었던 밤들이 있었다. 하지만 소용돌이 바람에 모래 먼지가 솟구쳐 하늘을 뒤덮자 그마저도 시야에서 보이지 않게 되었다. 마치 그들 앞에 닥친 가까운 미래 같다는 생각을 하며 고개를 돌린 세아는 운전대를 잡은 딘을 보았다. 그녀의 시선에 딘이 말했다.

"점심 조금 넘어서 도착할 거예요. 그때까지 한숨 자 둬요."

오늘이 오지 않기라도 할 듯 그녀를 탐하고 또 탐하던 딘은 여느 때와 다름없어 보였지만, 밤새 잠을 못 잔 세아는 보조석에 앉아 꾸벅꾸벅 졸기 시작했다. 졸다 깨다를 반복하다 보니 금세 바로사 밸리였다. 눈에 익은 도로가 나오고 곧 레이너 와이너리 간판이 보였다. 저택에 들어서자 린다와 롭이 그들을 맞아 주었다.

"어서 와요."

저택을 발칵 뒤집어 놓고 뛰쳐나갔던 3일 전이 떠올라 어떻게 그들을 볼까 걱정했지만, 두 사람은 아무 일도 없었다는 듯 담백한 얼굴로 그들을 반겼다.

"세아는 얼굴이 조금 탔군요. 점심은 아직이죠?"

"네."

"다행이네요. 우리도 이제 막 먹으려던 참이었어요. 어서 손 씻고 나와요."

식탁에 린다와 세아, 롭과 딘이 앉았다. 세아는 고개를 꾸벅 숙였다.

"여러 가지로 걱정 끼쳐 드려 죄송해요."

"괜찮아요. 나갈 때보다 얼굴이 좋아 보여 다행이에요."

"리치와 제레미는 어디 갔나요?"

"리치는 약속이 있다고 나갔고, 제레미와 그의 애인은 포트 어거스타에서 둘이 만났다는 소식을 듣고는 신년 일출을 보러 울룰루로 떠났다네."

롭과 린다가 둘의 분위기를 살피는 게 느껴졌지만, 3일간 그들의 행적에 대해서는 묻지 않았다.

점심 식사 후 세아는 자전거를 타고 호숫가로 향했다. 땀을

뻘뻘 흘리며 도착하자마자 호숫가를 둘러볼 새도 없이 별장 안에 두었던 화구 세트와 미완성된 그림을 꺼내 캔버스에 걸었다.

그려야 해. 더 이상 시간이 없어. 오늘이 아니면 이 그림을 완성할 수 없을지도 몰라.

선 채로 호수를 둘러싼 나무숲과 하늘이 비친 호수를 덧그리기 했다. 작업은 뉘엿뉘엿 해가 지기 시작할 무렵에나 끝났다. 아직 덜 마른 그림은 내일 가져가기로 하고, 화구 상자만 챙겨 자전거에 올랐다. 어두워지기 시작한 언덕을 넘어갈 생각에 걱정이 들려던 찰나, 포도밭으로 이어지는 입구에 선 차를 발견했다. 딘의 파란 트럭이었다. 하지만 차 안에서도 주변에서도 그는 보이지 않았다.

"딘?"

자전거를 세우고 트럭 앞 구획 안으로 발걸음을 옮기며 그를 불렀다. 바람이 불자 포도 이파리가 서로 부딪혀 내는 소리에 세아는 더욱 목소리를 높였다.

"딘!"

"또 헤매려고 들어온 거예요?"

울리는 목소리에 고개를 돌리자 그가 포도나무 사이에서 나타났다. 포도를 살피고 있었던지 흙 묻은 손을 털자 세아는 단숨에 달려갔다.

"언제부터 와 있었어요?"

"두 시간 전쯤."

"그런데 왜 안 올라오고 여기 있었어요?"

"당신이 그림 그리는 걸 방해하고 싶지 않았어요."

그녀가 손을 뻗자 딘이 까슬하고 긴 손가락을 얽어 그녀의 손을 잡았다. 둘은 천천히 포도밭을 걸어 나갔다. 반대편 손을 뻗어 제법 묵직해진 포도송이를 받치며 세아가 물었다.

"포도알이 꽤 무거워졌어요. 언제쯤 수확을 하죠?"

"2월부터."

그즈음이면 이 언덕의 모든 포도나무의 이파리는 노랗게 변하고, 주렁주렁 매달린 포도 알갱이는 검게 익겠지. 이 언덕 가득 달콤 시큼한 포도 향기가 넘쳐흐르고, 양조장의 모든 기계들은 와인을 만드느라 밤낮없이 바쁘게 돌아갈 거야. 그 계절까지만⋯⋯ 있으면 안 될까. 그동안 이 남자와 질리도록 웃고, 싸우고, 사랑을 나누고 떠나면 안 될까. 이 뜨겁고 아픈 심장이 둔해질 때까지만 있고 싶은 건 나만의 이기적인 바람일까. 그렇대도 좋아. 그와 조금만, 정말 조금만 더 있고 싶어.

바람이 불자 푸른 물결이 치는 언덕을 내려다보았다. 마치 살아 숨 쉬는 듯 나무들이 움직이는 모습이 장관이었다.

"늘 이곳에는 나 혼자뿐이었어요. 롭과 리치, 린다와 수많은 직원들이 있지만, 희한하게도 포도밭을 생각하면 나 혼자라는 느낌이었죠. 하지만 이젠 아니에요. 당신과 같이 있던 순간들이 떠오를 거예요."

그런⋯⋯ 말 하지 말아요. 미친 척하며 날 붙잡아 줘요. 당신에게 내가 필요하듯 내게도 당신이 간절히 필요해. 남자한테 눈이 멀었다고 해도 좋고, 사랑에 미쳐 제정신이 아니라고 해도 좋아. 나는 이곳에 당신과 있고 싶어. 아무것도 남지 않은 당신을 두고, 그 차갑고 텅 빈 곳으로 돌아가고 싶지 않아.

세아는 눈물을 떨구기 직전의 표정으로 물었다.

"당신은…… 괜찮아요?"

내가 가도 괜찮나요? 나 없이도 견뎌 낼 수 있나요?

딘이 고개를 끄덕였다. 무표정했지만, 형용할 수 없는 눈빛에는 너무나 많은 감정을 담고 있었다.

"내게 언제가 최고의 순간이냐고 물었죠? 당신과 보낸 시간이 내 인생의 최고의 순간이에요. 당신과 지낸 한 달 동안 죽을 것처럼 괴로웠지만 행복했어요. 아무리 강한 나무라도 자기가 있던 땅과 흙이 아닌 다른 곳에 옮겨 심으면 금세 시들어 버리고 말죠. 당신 역시 당신의 자리에 있어야만 빛날 거예요."

"아니, 아니에요. 그렇지 않아요."

세아가 이를 악물며 고개를 휘젓자 딘은 뺨을 잡아 그를 보게 하며 말했다.

"난 당신에게 꿈을 주고 싶어요. 예전에 엄마가 침대에 누워 읽어 주던 동화책에, 날개옷을 입고 날아가 버린 선녀와 하늘만 보고 울며 기다리는 나무꾼이 나와요. 만약 지금 당신을 붙잡아 머물게 한다면 언젠간 날 원망하게 될 거예요. 그리고 선녀처럼 날아가 버릴 거고, 나는 괴로워하며 후회하겠죠. 우린…… 결국 선택을 해야 해요. 그리고 후회를 하더라도 그 선택에 최선을 다해야 하죠."

그가 흐르는 눈물을 닦아 주자 누가 먼저라 할 것도 없이 서로의 입술을 찾아 키스를 나누었다. 딘은 그녀를 트럭에 태워 호숫가로 향했다.

별장에 들어서 침실까지 가는 길목에 서로의 옷을 벗겨 던졌다. 나신이 된 그녀를 다리 위에 앉히고 출렁이는 하얀 가슴을 입에 머금자 마치 구명줄이라도 되는 양 그의 목덜미를 휘감았다. 가는 허리를 잡아 단단한 그의 몸 위로 내리자 단번에 좁은 몸을 가르며 들어오는 느낌에 놀란 신음이 흘러나왔다. 찡그린 검은 눈동자를 마주 보며 전희 없는 삽입에 고통과 쾌감의 경계에서 뒤채는 그녀의 안으로, 더 깊숙이, 마치 그의 흔적을 새기듯 들어갔다.

거센 달음질에 단단한 어깨를 감싸 안은 세아는 절정에 이르러 점차 잦아드는 남자의 호흡과 열기를 가만히 느꼈다. 그가 조심스레 침대에 눕히자 눈물 젖은 얼굴을 감추려 등을 돌렸다. 뒤에서 그녀를 안은 딘이 어깨에 땀에 젖은 얼굴을 묻자 눈을 감았다. 그리고 다시 눈을 떴을 때, 침대에는 그녀뿐이었다. 이불로 알몸을 두르고 일어나 깜깜해진 창밖을 바라보다 침실을 나오자 테이블에 놓인 종이가 보였다.

배고플 텐데 먹고 있어요. 양조장에 다녀올게요.

시계를 보니 6시. 잠깐 눈만 감았던 것 같은데 한 시간이나 곤히 잤다. 그는 언제 나갔을까? 곧 돌아올까?

종이 옆에 놓인 빵을 하나 집어 먹고 욕실로 들어갔다. 씻고

226

나온 그녀를 맞아 주는 건 딘이 아니라 벨소리였다.

Rrrrrr…….

옷가지를 뒤져 찾은 핸드폰 액정에 뜬 세연의 이름을 확인하고 통화 버튼을 눌렀다.

"여보세요."

— 언니?

전화 너머로 들리는 동생의 울음 섞인 목소리를 알아챈 순간 등줄기가 싸늘하게 식었다.

"무슨 일이야? 세연아, 너 울어?"

— 언니, 어떡해? 병원인데, 할아버지가 쓰러지셨어.

놀라 알몸에 걸친 수건 매듭을 움켜쥐며 하얗게 질린 얼굴로 질문을 쏟아 냈다.

"할아버지가 언제 어떻게 쓰러지셨는데? 지금 어디니? 중환자실이야? 할아버지 상태가 어떠신데?"

하지만 대답 대신 울음 섞인 목소리 뒤에 여러 다른 목소리가 섞여 들릴 뿐이었다. 바싹바싹 타 들어가는 속에 목소리를 높였다.

"세연아! 장세연?"

— 장 팀장님.

그녀의 물음에 세연 대신 돌연 차분한 중년 남자의 목소리가 저편에서 대답했다. 박 비서였다.

"박 비서님, 지금 어디세요? 할아버지가 쓰러지셨다니, 왜요? 무슨 일로 쓰러지신 거죠?"

― 지금은 괜찮습니다. 정신도 드셨고, 중환자실에서 입원실로 옮겼습니다.

"대체 무슨 일로, 혈압 때문인가요?"

― 계속 무리를 하셨어요. 혈압이 잡히지 않으셨는데, 한사코 스케줄을 강행하시다 오후에 쓰러지셔서 병원으로 옮겼습니다.

할아버지, 제발…….

세아는 울컥 치밀어 오르는 울음을 삼키며 물었다.

"이제 괜찮으신 거죠?"

― 괜찮으실 겁니다. 누구보다 강한 분이시잖습니까.

"김 박사님은 뭐라시던가요?"

― 늘 똑같은 말이죠. 절대적인 안정과 휴식을 취해야 한다고. 그런데 이번에는 그냥 귓등으로 흘려들으면 안 될 것 같습니다. 생전 안 그러던 분이신데 화를 많이 내시면서, 다음에도 괜찮으실 거라 장담할 수 없노라 말씀하시더군요.

그의 말인즉 당장 급박한 위기를 넘기긴 했지만, 결코 안전한 상황은 아니라는 얘기다.

― 장 팀장님.

"네."

― 회장님께서 팀장님을 찾으세요. 티켓은 최대한 빨리 구해 보겠습니다.

찰나의 망설임을 떨치고 말했다.

"구해지는 대로 알려주세요."

― 네. 힘드시겠지만 서둘러 오셔야 될 것 같습니다. 출발하

시면 연락 주세요. 공항에 차 대기시키겠습니다.

끊어진 핸드폰을 들고 한참을 우두커니 서 있던 세아는 서둘러 옷을 입기 시작했다. 테이블에 놓인 차 키를 들고 별장 밖으로 나오니 딘의 트럭이 있었다. 차에 올라 양조장으로 향했다. 예상대로 양조장 앞에는 그녀의 자전거가 있었다.

양조장 문을 열고 들어가니 적막이 흐르는 공장 안은 불이 환히 켜져 있었다. 세아는 카브 구경을 했을 때 본 연구실로 향했다.

조용히 문을 열자 수많은 와인 병과 와인 잔, 실린더와 스포이트 같은 실험 기구들이 가지런히 놓인 커다란 테이블이 보였다. 그리고 그것들을 가만히 내려다보고 있는 남자가 있었다. 언뜻 보기에는 그저 서 있을 뿐이었지만, 세아는 딘이 지금 자신과의 싸움을 벌이고 있다는 걸 알아차렸다. 와인을 만들려는 그와 만들지 못할 거라 믿는 그 사이의 고통스러운 싸움을.

어서 만들어요. 당신은 할 수 있어요.

마치 그녀의 속삭임을 들은 듯 그가 손을 뻗어 와인 병의 마개를 제거해 커다란 비커에 따랐다. 찰랑이는 검붉은 액체가 벽을 타고 흘러 비커 안에 채워졌다. 지체 없이 다른 병의 와인을 커다란 스포이트로 덜어 비커에 넣었다. 그녀는 알 수 없는, 그의 머릿속에만 존재하는 정교하게 계산된 비율대로 그는 여러 병의 와인을 비커에 섞기 시작했다.

네 종의 와인을 섞은 비커를 유리 막대로 저어 두고는 다시 깨끗한 비커를 놓고 다른 블렌딩을 했다. 종종 그는 종이에 무언가를 적기도 했고, 계속 와인 병과 비커를 들어 향기를 음미했다. 포도밭에서의 거칠고 육체적인 작업과 달리 블렌딩을 하는 그의 모습은 섬세하고 고도의 집중력이 느껴졌다. 기억에 담듯 그 모습을 하나도 놓치지 않고 바라보았다.

난 알아요. 당신은 계속 와인을 만들겠죠. 그리고 언젠가는 별에 빌었던 소원대로 최고의 와인이 당신의 손 아래 만들어질 거예요. 난…… 그걸 지켜볼 수 없겠지만.

블렌딩을 마친 딘은 사용한 와인 병의 임시 마개를 잠그며 등 뒤로 말했다.

"자, 들어와서 테스트를 해 봐요."

세아는 그의 기민한 감각에 감탄하며 안으로 들어갔다.

"언제부터 알았어요?"

"시트러스 향이 풍겼을 때부터."

"시트러스요?"

딘이 그녀를 테이블에 앉혀 마주 보게 하고는 젖은 머리칼과 하얀 얼굴을 살피며 물었다.

"뭐 좀 먹었어요?"

"조금요. 왜 차를 두고 자전거를 타고 온 거예요?"

"당신이 자전거를 타고 오기에는 밤길이라 위험할 것 같아서."

"내가 올 줄 알았던 거예요?"

딘이 고개를 끄덕이고는 세 개의 비커에 담긴 와인을 잔에 따라 그녀에게 내밀었다.

"테이스팅 좀 해 줄래요."

세아는 그가 준 와인을 차례로 시음했다. 첫 번째 잔에 고개를 끄덕였고, 두 번째 잔에는 웃었다. 그리고 세 번째 잔에 놀란 눈을 들어 그를 보았다.

"좋은데요."

"어떻게 좋은데?"

"모르겠어요. 너무 좋은데 어떻게 좋은지는 설명 못하겠어요."

세아는 입 안에 여운을 남기고 찰나에 사라진 느낌들을 설명하려 애썼다.

"데스페라도처럼 강하거나 절제감이 있는 와인이 아니에요. 부드럽고 섬세하지만 여운이 오래 지속되네요. 내게 계속 말을 걸고 있는데 그게 뭔지 설명을 못하겠어요. 슬프지만 기쁘고, 설레지만 아픈…… 왠지 이상한 기분이 드는 와인이네요."

벅차오르는 감정에 못 이겨 점점 목소리가 잘게 떨렸다.

안 돼. 여기서 무너지면.

바르르 떨리는 입술을 깨물었다 놓으며 웃었다.

"거봐요. 결국 와인을 만들고 있잖아요."

딘은 말없이 까마득히 어두운 눈빛으로 그녀를 바라보았다. 그 눈빛이 너무 슬퍼 그의 뺨을 쓸며 물었다.

"당신은 할 수 있어요. 왜, 뭘 두려워하는 거예요?"

작은 손의 온기에 기대 눈을 감았다. 당신을 그리워하는 와인을 만드는 게 두려워. 당신을 기다리고 또 기다리고, 기다릴 날들이 너무 두려워.

그녀가 속삭였다.

"걱정하지 말아요. 당신의 와인은 완벽해요. 그러니 계속 만들어 줘요. 뻔뻔스럽지만, 날 위해서."

고개를 내린 딘이 입을 맞추었다. 키스는 달콤했고, 이별을 예감한 듯 그녀를 탐하는 몸짓은 더욱 애절했다.

잠든 그를 두고 별장을 나선 세아는 저택에 돌아와 롭의 방문을 두드렸다. 문이 열리더니, 롭이 놀란 눈으로 어둠 속에 선 세아를 보았다.

"무슨 일이에요?"

"죄송해요, 롭. 할아버지께서…… 쓰러지셨대요. 내일 오후까지 기다릴 수가 없어요. 지금 절 공항까지 태워다 줄 수 있으세요?"

"알았어요. 그런데 딘은……."

알고 있냐는 질문이 축약된 롭의 표정에 목구멍에 커다란 돌덩이가 걸린 것처럼 파리한 낯으로 고개를 저었다.

"그는 별장에 있어요."

"알았어요. 3분 후에 현관으로 나와요."

옷을 갈아입고 나온 롭이 차고에서 차를 꺼내 와 그녀의 트렁크와 화구 가방을 실었다. 그녀가 차에 오르자 롭이 망설이는 표정으로 무슨 말인가 하려다가 결국 그냥 차를 출발시켰다.

"많이 위중하신 거예요?"

"그 상태는 지났다고 하는데, 절 찾으신대요."

세아는 어둠 속으로 멀어지는 레이너 와이너리 간판을 보았다. 차는 더욱 속도를 내어 애들레이드로 이어지는 텅 빈 도로를 달리기 시작했다.

　공항에 도착하자마자 탑승 수속을 빠르게 끝냈다.

　롭이 물었다.

　"그런데 오늘 한국으로 가는 비행기 표가 없다면서요."

　"비서를 통해 구했어요."

　"그렇군. 다시 돌아올 건가요?"

　그 질문 하나에 겨우 다잡았던 결심이 걷잡을 수 없이 무너져 내리는 것을 느꼈다. 태평양 너머에는 평생 회사를 일구고 부모 잃은 손녀 둘을 돌봐 온 늙고 아픈 남자가 있었고, 이곳에서 채 70여 킬로도 되지 않는 포도밭에는 그녀가 사랑하는 남자가 있었다. 세아는 숨이 막히는 표정으로 고개를 저었다.

　"모르……겠어요. 롭, 저 이제 들어가 봐야 할 것 같아요."

　서둘러 바닥에 놓인 화구 가방을 들었다.

　"세아."

　"감사했어요. 모두 많이 그리울 거예요."

　롭의 두꺼운 손으로 다정하게 등을 두드려 주었다.

　"우리도 많이 보고 싶을 거예요. 조심해서 가요."

　그가 건네주는 가방을 들고 검역소 안으로 들어갔다. 고개를 돌리자 우두커니 서 있는 롭의 모습이 흐릿해져 보였다. 걸음을 옮기자 그조차도 끝이었다.

　검역을 마치고 게이트로 갔다. 비행기에 올라 자그만 창문 너머를 보았다. 야간 조명이 드리워진 어둑한 활주로는 하루를 조용히 마무리하고 있었다.

비행기가 천천히 이륙하자 몸이 시트로 젖혀졌다. 눈을 감자 30일간의 일들이 주마등처럼 스쳐 지나갔다. 그와 보낸 꿈 같은 며칠과 붉은 사막. 딘이 그녀를 속였다는 충격에 떠난 비 오는 포트 어거스타의 캠핑카. 크리스마스 파티에서 그와 추던 춤과 고백. 별 밭을 보며 유성에 빌었던 소원과 그를 찾아 포도 밭에 뛰어들었던 잠 못 이루는 밤에 보았던 영화까지.

상공에 떠오른 비행기 아래로 내려다보이는 애들레이드의 북쪽으로 눈을 돌렸다. 그가 있을 바로사 밸리는 저기 어디쯤일까?

저택 앞에서 처음 만난 날이 떠올랐다. 뜨겁게 작열하는 태양 아래 사람을 압도하는 분위기와 푸른 눈동자를 가진 남자의 거친 손을 맞잡던 순간을.

두 손에 얼굴을 묻었다. 한 달 전 호주로 가는 그 비행기에 제레미와 함께 오르지 말았어야 했는데. 인사과 좌천 후에 박 비서님이 제주도나 청평 쪽 별장을 알아봐 준다고 했을 때 그러마 했어야 했는데. 최명훈에게 파혼을 고하고 온 날 제레미의 작업실로 가서 호주로 떠난다는 말을 듣지 말았어야 했는데.

우리가 만나지 말았어야 했는데.

손 안에 억눌린 울음소리를 토해 내며 몸을 웅크리자 옆에 앉은 중년의 여자가 소리치는 목소리가 들렸다.

"이봐요, 괜찮아요? 어디 안 좋은 거예요? 스튜어디스! 여기 이 여자 어디 아픈가 봐요. 비행기 이륙할 때부터 울고 있다고 요. 이봐요, 괜찮아요?"

Chapter.18

It's a funny thing about coming home
Looks the same, smells the same, feels the same
You'll realise what's changed is you

집에 돌아오니 웃기지.
같아 보이고, 냄새도 같고, 느낌도 같은데
바뀐 건 너라는 걸 깨닫게 될 거야.

_벤자민 버튼의 시간은 거꾸로 간다 中

2개월 후

"안녕하십니까. 전략기획팀 팀장 장세아입니다. 겨울의 끄트머리에 임원진과 여러 직원들께 슈가스윗의 새 브랜드인 '스윗 커피' 브랜드 런칭 발표를 하게 되어 영광입니다."

마이크를 통해 울리는 목소리에 대회의장에 모인 수백 개의 시선이 단상 앞에 선 여자에게 집중되었다. 웃음기 한 조각 없는 하얀 얼굴과 대조적으로 앞머리 없이 묶은 머리와 원피스는 검다 못해 고혹적이었다. 차분한 음색 때문인지, 긴장한 기색 없는 무표정한 얼굴 탓인지 그녀에게는 집중하게 만드는 구석이 있었다. 그리고 그녀와 달리 조그만 책상 앞에 선 전략기획팀 이 대리는 바싹 긴장한 얼굴로 PPT 자료를 넘기고 있었다.

"바야흐로 오늘의 우리는 커피의 시대에 산다고 할 만큼 매해 어마어마한 양의 커피를 소비하고 있습니다. 국제 커피 협회 조사에 의하면 2014년 대비 2015년 우리나라 커피 소비량은 3.38퍼센트 상승하여 미국, EU, 일본에 이어 7위를 기록했습니다. 인스턴트커피와 커피 전문점의 포화 상태라고 경제학자들은 커피 시장에 대해 회의론을 늘어놓지만, 그 말이 무색하도록 커피 시장은 계속 변주를 시도하며 성장하고 있지요."

이 대리는 그래프를 지우고 다음 그래프를 띄웠다.

"작년 슈가스윗은 베이커리 업계 1위를 차지했습니다. 업계의 점포 수 비율을 보면 슈가스윗이 34.5퍼센트, 크루아상이 28.6퍼센트로 크루아상이 우리 뒤를 바싹 쫓고 있는 상황입니다. 그리고 크루아상은 작년 봄, 저희보다 한 발 빠르게 카페테리아 형식을 도입하면서 먼저 커피 시장에 뛰어들었습니다. 생각지도 못한 반격이었죠."

침통해진 임원들 표정 위로 화면은 또 바뀌었다.

"그러나 카페테리아의 점포 점유율이 지난 6개월간 백여 개를 미치지 못했고, 크루아상의 매출 부진으로 이어졌습니다. 이는 독자적인 메뉴나 브랜드를 개발하지 못한 상태에서 무리하게 점포 확장에만 치우친 브랜드 런칭의 문제라고 분석되어집니다. 크루아상보다 한 발 늦었지만, 저희는 카페테리아의 실패를 보면서 이 사업에 중점을 둬야 할 것을 깨달았습니다. 특별한 커피 메뉴와 기존 점포 내 판매의 용이점, 그리고 공격적 마케팅입니다."

그녀의 뒤로 'Special Coffee'라는 문구가 떴다.

"사거리에 커피숍만 네댓 개가 되는 지금, 아메리카노, 카페 모카 같은 흔한 메뉴로 소비자들의 마음을 끌기란 지극히 어려운 일입니다. 지금의 커피 시장은 인스턴트커피와 대규모 프랜차이즈 커피숍을 지나 스페셜 커피 전쟁으로 돌입했습니다. 늦게 커피 시장에 뛰어든 이상 우리 강산에게는 다른 커피와 차별화된 특별한 커피가 절실히 필요했습니다. 하지만 소비자의 다양한 취향에 맞출 수 있다는 장점에 반해 스페셜 커피의 비싼 단가와 어려운 제조법이 계속 발목을 붙잡았지요. 그래서 고민 끝에 찾은 것이 바로 이 캡슐 커피입니다."

세아는 단상에 놓인 조그맣고 동그란 것을 들어 보였다.

"캡슐 커피는 소비자의 취향에 따라 다양하게 선택할 수 있는데다, 누가 만들어도 균일한 맛과 향의 커피를 제공할 수 있고, 매장 내에서의 관리와 제조가 편리하다는 장점이 있습니다."

벽 쪽에서 준비하고 있던 전략기획팀의 모든 사원들이 커피가 담긴 종이컵을 나눠 주기 시작했다.

"지금 드시는 제품은 수프리모입니다. 이외에도 룽고, 카라멜, 마키아토 등의 여섯 가지 종류의 커피가 있습니다. 모두 미국 마스터커피 사와 기술 협약으로 만들어진 제품입니다."

커피를 마실 시간을 두느라 잠시 멈춘 세아가 곧 말을 이었다.

"맛을 보셔서 아시겠지만, 바로 기계로 볶고 내린 커피와 맛과 향 면에서 절대 밀리지 않습니다. 캡슐 가격 역시 비싸지 않아 개인의 취향에 맞는 커피를 값싸게 구매할 수 있고, 커피 머신 역시 설치 이용이 간단한데다 자리를 많이 차지하지 않기 때문에 기존 슈가스윗 점포에서 '스윗 커피'를 판매하는 것에 어려움이 없을 것으로 보입니다. 이는 올해 슈가스윗 매장 확장과 매출 증진에 큰 원동력이 될 거라 예상하는 바입니다."

이 대리가 화면을 바꾸자 스윗 커피의 로고가 떴다.

"이어 스윗 커피의 로고 디자인과 매장 인테리어 디자인, 광고 시안에 대해서 디자인팀과 마케팅팀의 자세한 발표 이어지겠습니다."

박수갈채를 받으며 단상에서 내려온 세아가 임원들이 앉은 맨 앞줄의 빈 의자에 앉자 이 대리도 전략기획팀 팀원들이 모여 있는 자리로 가 앉았다.

"수고하셨어요, 이 대리님."

사원 백수진이 들고 있던 생수병을 건네자 이 대리는 뚜껑을 열어 벌컥벌컥 마시며 물었다.

"어때? PPT 타이밍 안 밀리고 잘됐지?"

"네. 하나도 안 밀렸어요."

2개월 차 똘망똘망한 후배의 대답에 그제야 이 대리의 얼굴이 활짝 피었다. 앞에서는 디자인팀 팀장이 나와 열정적인 목소리로 매장 인테리어 디자인을 설명하기 시작했지만, 긴장이 풀린 탓인지 입술 사이로 연신 비어져 나오는 하품을 막을 수는 없었다. 옆에 앉은 황 과장이 시선을 단상에 둔 채로 물었다.

"이 대리는 마우스 클릭 몇 번 하고 하품이야?"

"황 과장님은, 몇 번이라뇨. 앞에 전무님, 본부장님 다 앉아 계시고, 얼마나 떨리는 줄 아세요?"

부르르 떨며 반박하는 그녀의 말에 팀원들 모두 소리 죽여 웃었다. 몇 달 동안 고생한 프로젝트는 이제 그들 손을 떠났고, 당장에 성공 여부를 알 수 없는 노릇이나 임원들의 반응이 긍정적이어서 한껏 기분이 고취되어 있는 상태였다. 물론 임원들의 반대에도 불구하고 밀어붙여 우리밀 사업을 성공으로 이끈 장 팀장에 대한 절대적인 믿음 또한 한몫했음이 분명했다.

"그리고 하품은 PPT랑 상관없이 졸려서 그런 거라고요. 2개월 동안 저희 팀 야근 안 한 날이 손에 꼽아요. 다크서클에 피부 완전 다 일어나고, 난리가 아니라니까요."

그녀의 말에 백수진과 현 대리까지, 여사원들이 모두 격하게 공감하는 표정으로 고개를 끄덕이자 그 사이에 앉은 청일점 김 대리가 코웃음을 흘리며 중얼거렸다.

"장 팀장님은 매일 야근에 주말까지 나와서 일해도 피부 좋기만 하던데."

"김 대리님은 어디 거기에다 비교를 하세요. 팀장님은 원래 피부가 좋으신데다 한 달간 휴가도 다녀오셨잖아요. 저희도 공기 좋고 물 좋은 데서 한 달 쉬다 오면 그럴 수 있어요."

이 대리가 쎌쭉한 표정으로 새로 산 원피스의 가죽 벨트가 틀어진 걸 가운데로 끌어왔다. 그래도 지난달 야근 수당까지 추가된 두둑한 월급으로 옷에다 가방도 샀으니 피부가 조금 썩었대도 시간 낭비는 아니다 생각하면서. 만약 이번 프로젝트가 잘되어 보너스까지 들어온다면 더 금상첨화일 터였다.

"그런데 이 대리님. 저희 이제 프로젝트 끝났으니 퇴근 조금 빨리 할 수 있겠죠?"

두 손을 모아 쥐고 눈을 반짝반짝 빛내며 묻는 사원 백수진에게 이 대리가 되물었다.

"팀장님이 이번 주까지 백수진 씨한테 뭐 해 놓으랬지?"

"캡슐 머신 대여 사업 현황에 대해서 조사해 놓으라고……."

"그게 무슨 의미일까?"

"빨리 못 끝난다는……."

실망한 기색이 역력한 수진의 처진 어깨를 도닥여 주고 바로 앉자 황 과장이 속삭였다.

"백 사원 볼 때마다 예전 이 대리 보는 것 같다니까. 들어온 지 한 달이나 됐나? 우리 회사는 6시 퇴근이 아니라 8시 퇴근이냐고 물었었잖아."

"나 참. 황 과장님은 언제 적 이야길 하고 그러세요."

"개구리 올챙이 적 잊지 말자는 거지."

"저 이래 봬도 올해로 전력기획팀 3년차 대리입니다. 야근에 특근에 주말 당직에, 산전수전 안 겪어 본 일이 없다고요. 그런데 정말로 미스터리한 건 우리 팀장님이에요. 사람이 지칠 법도 한데 어떻게 해가 갈수록 더 강해지죠? 특히 겨울에 휴가 다녀온 후 팀에 복귀하고 나서는 뭐랄까…… 완전 업그레이드 된 터미네이터가 되어, I'll be back 하고 돌아온 느낌?"

이 대리가 눈짓으로 가리키자 황 과장은 옆자리에 앉은 최명훈 본부장과 이야기를 나누고 있는 세아를 쳐다보았다.

"그리고 저 둘은 대체 무슨 사이일까요? 무슨 이유로 파혼을 했을까요? 정말로 소문대로 최 본부장님한테 여자가 있는 걸까요? 파혼을 했는데 둘 사이는 왜 전보다 좋아 보이는 걸까요?"

"또 또 쓸데없는 관심 레이더망 돌리기 시작한다. 예전에도 입방정 떨다 팀장님한테 걸린 거 기억하지? 이 대리는 다 좋은데 고 입이 문제라니까. 회사 그만두고 싶은 거 아님 입 조심하라고."

황 과장의 엄포에 이 대리가 불퉁한 얼굴로 입에 지퍼 잠그는 시늉을 해 보였다.

'스윗 커피' 발표회가 끝나고 임원들과 이야기를 나눈 세아는 뒤늦게 회의장을 벗어났다. 엘리베이터에 올라 12층 버튼을 누르고 진동에 몸을 맡겼다.

'스트레스를 가슴에 가두면 안 돼요. 날 끌어내리고 주저앉히지 않게 모두 내보내야 합니다. 밖으로 빼낸다고 생각하면서, 후우……. 다시 한 번, 후우…….'

명상 선생에게 배운 대로 깊이 숨을 들이마셨다가 그 공기를 다 뱉어 내고는 엘리베이터를 나섰다. 사무실 안으로 들어서자 그녀를 발견한 팀원들이 일어나 한 마디씩 건넸다.

"오늘 수고하셨습니다, 팀장님."

"오늘 정말 멋지셨어요."

"감사합니다. 그간 여러분들이 더 고생 많으셨어요. 이번 프로젝트는 특히나 시간적 여유가 많지 않아 힘드셨을 텐데 잘

따라와 주셔서 감사합니다. 아시다시피 내일부터는 조금 농땡이 치면서 일하실 수 있을 겁니다, 그런 말씀은 못 드려요. 또 수고해 주셔야 할 겁니다."

눈을 내려 빠르게 손목시계를 확인했다. 시간은 5시를 막 넘어가고 있었다.

"그런 의미에서 오늘은 이만 파하고, 오랜만에 회식 어떠세요?"

"비싼 거 사 주시는 겁니까?"

"네, 먹죠."

시원스러운 대답에 여기저기서 "돔 회요!", "호텔 뷔페요!", 의견을 내느라 시끌벅적해졌다. 그 틈을 타 세아는 황 과장에게 다가갔다.

"죄송합니다, 황 과장님. 같이해야 하는데, 저는 오늘 회장님 호출이 있어서 참석하지 못할 것 같습니다. 황 과장님께 회식 부탁드려도 될까요?"

"걱정 마시고 다녀오십시오."

황 과장에게 카드를 건네주고 먼저 사무실을 빠져나온 세아는 주차장으로 내려왔다. 시동을 걸고 내비게이션을 켜 양평 주소를 찍었다. 퇴원 후 할아버지는 성북동 집 대신 양평에 있는 별장으로 거처를 옮기셨기 때문이었다.

한 시간 24분 소요 예정이라고 뜨는 걸 확인하고 서둘러 차를 출발시켰다. 퇴근 시간에 겹쳐 도로에 발이 묶이지 않기 위해 달리는 차들 사이에 끼어 외곽으로 향했다. 아슬아슬하게

러시아워를 피해 저녁시간에 맞춰 별장에 도착하자 박 비서가 그녀를 맞았다.

"생각보다 빨리 오셨군요. 뒤뜰에 계십니다."

납작하게 닳은 돌이 듬성듬성 깔려 있고, 볏짚을 두른 값비싼 정원수가 늘어선 깔끔한 정원을 지나 뒤뜰에 이르자 전혀 다른 풍경이 펼쳐졌다. 옹기종기 모인 장독대 옆으로는 다가올 봄이면 배추며 상추며 토마토를 키울 기름진 밭뙈기와 조그만 비닐하우스까지, 영락없는 농촌의 텃밭이었다.

작은 비닐하우스 문을 열고 들어서자 풀 내음이 섞인 훈기가 얼굴에 확 끼쳐 올랐다. 저만치에서 구부정하게 엎드려 무언가를 따고 있는 익숙한 노인의 뒷모습이 보였다.

"할아버지."

"왔냐."

"거기서 뭐 하세요?"

무릎을 짚고 일어난 그가 좁은 밭이랑을 따라 나와 소쿠리 안에 든 것을 보여 주었다. 빨갛게 익은 딸기였다.

"너 온다고 따고 있었는데, 딱 맞춰 왔구나."

"힘드신데, 시키시죠."

"뭐 힘든 일이라고 이걸 시켜? 이 나이 되도록 서울에서 나고 자라 농사라곤 모르고 살았는데, 해 보니 이것만큼 재밌는 게 없더구나. 그저 내가 뿌린 대로, 내가 노력하고 흘린 땀방울대로 거두니 신이 나서 매일 이것들을 안 들여다볼 수가 있나."

"장 팀장님이랑 세연 양 먹이신다고 약도 안 치고 매일 들여다보시곤 했습니다."

뒤따라온 박 비서가 소쿠리를 받아 들자 장 회장이 말했다.

"약을 안 쳐도 견딜 놈들은 다 견뎌 낸다네. 그래야 더 달아지고."

뜨거운 햇빛 아래 길게 뻗은 포도밭 가운데 우뚝 선 남자가 말했다.

'약을 사용하는 것보다는 생산량은 떨어지죠. 하지만 와인은 거짓말을 하지 않아요. 좋은 나무에서 난 포도만이 최고급 와인이 될 수 있죠.'

"가자. 배고프지?"

등을 두드리는 손길에 정신이 난 세아는 도망치듯 비닐하우스를 빠져나왔다.

별장에 들어오자 식탁에는 벌써 저녁상이 차려져 있었다. 들깨버섯탕에 잡곡밥, 고등어구이에 묵은지찜, 그리고 여러 종류의 산나물 무침은 의사가 처방한 대로 만들어 낸다는 저염식 혈압 조절용 식단이었다.

장 회장이 한 술 뜨자 세아도 수저로 밥을 한 술 떠 입에 넣었다. 입 안에 겉도는 까끌까끌한 잡곡밥을 꼭꼭 씹어 심심한 나물 무침을 한 젓가락 덜어 입에 넣자 장 회장이 물었다.

"오늘 발표는 잘했느냐."

그녀가 도착하기도 전에 이미 보고를 받으셨을 텐데도 묻는 할아버지의 말에 고개를 끄덕였다.

"네. 잘 마쳤어요."

"수고 많았다. 고생 많았어."

"고생은요."

고소한 들깨버섯탕 국물을 홀짝 마시고 다시 밥을 떠 꼭꼭 씹어 넘기는데, 이마에 묵직한 시선이 느껴졌다.

"밥은 먹고 다니는 거냐?"

"그럼요."

"그런데 왜 그렇게 말랐어. 휴가 다녀와서 딱 보기 좋더니, 살이 도로 쭉 빠졌구나."

"프로젝트 때문에 바빠서 그렇죠. 한가해지면 다시 찔 거예요."

장 회장이 나지막이, "한가해질 틈은 있고?" 하는 말을 못 들은 척 고등어 살을 발라 할아버지 밥 위에 놓았다.

식사가 끝나고 서재로 자리를 옮기자 금세 차와 딸기가 들어왔다. 장 회장의 채근에 물기를 가득 머금은 딸기를 포크로 찍어 입에 넣으며 물었다.

"홍삼이랑 야채즙은 매일 챙겨 드시고 계시죠?"

"그럼."

"아직 날도 추운데, 텃밭 가꾸기는 무리하지 않는 선에서 하셨으면 좋겠어요."

"그래, 그래. 저승 노잣돈 챙기려면 멀었으니 걱정 말아라. 일평생 일만 하다 이제야 놀기 시작했는데, 이대로는 억울해 저승 강 못 건넌다."

"할아버지는."

세아가 가볍게 눈을 흘기자 장 회장은 끌끌 웃음을 흘리고는 슬쩍 그녀의 눈치를 살폈다.

"석호는 만나냐."

"가끔요."

회사로 복귀한 첫날 석호를 만났다. "본부장 승진 축하해."
라는 그녀의 말에 미안한 얼굴로 "누나는 참." 했던 녀석은 우
리밀원 본부장에 앉은 지 1년 만에 본사 해외사업팀의 본부장
이 되었으니, 그야말로 LTE급 초고속 승진이었다. 대부분의 사
람들이 장 회장의 선택에 의아해하며 날 선 눈초리로, 혹은 아
니꼬운 시선으로 그를 보았지만, 예상외로 녀석은 진득하니 꽤
잘 버텨 내며 적응하고 있었다.

뜨겁게 달아오른 찻잔을 드는데 장 회장이 말했다.

"내년에는 석호를 전무로 앉힐 생각이다."

찻잔을 기울여 호, 입김을 불자 초록빛 물에 파문이 일었지
만 금세 사라지고 말았다. 찻물을 홀짝 마시는 그녀에게 장 회
장이 물었다.

"할아비를 원망하지 않느냐."

노인은 서탁 너머로 앉은 손녀를 지그시 바라보았다.

"네가 네 아비를…… 닮지 않았을지도 모르는데, 기회조차
주지 않는 날 원망하지 않느냔 말이다."

"원망 안 해요."

"왜?"

생각지도 못한 질문이 되돌아오자 당황한 세아는 장 회장을
마주 보았다. 생각과 의식 따윈 접어. 그냥 달리는 거야. 아무

것도 생각하지 말고 달리고 달리다 보면 언젠가는 잊을 수 있을 거라고 스스로에게 되뇌며 보낸 지옥 같은 2개월의 시간이 뇌리를 스쳐 갔다.

"왜 원망이 안 드냐 말이다."

세아는 솔직히 대답했다.

"모르겠어요."

왜 예전처럼 원망이 들지 않는지 그 이유조차도 생각하고 싶지 않다. 생각이란 하면 할수록 떠올리지 말아야 할 기억을 건드릴 테고, 그러면 견딜 수 없는 후회가 몰려오면서 괴로워질 테니까. 이유가 뭐가 중요하단 말인가. 예전과 똑같이, 아니 예전보다 더 열심히 일하고 있고, 이젠 할아버지에 대한 원망이 들지도 않는다. 그냥 오늘을 바쁘게 일하고 잠들면 내일이 오고, 또 똑같은 모레가 올 뿐.

김이 모락모락 올라오는 찻물을 크게 들이켜자 입천장과 혀가 델 듯 뜨거웠다. 입 안의 여린 살이 까져 얼얼했지만 자신을 괴롭히듯 또 한 모금 마셨다.

수심이 깊은 얼굴로 선 장 회장을 뒤로하고 별장을 나선 건 8시가 넘은 시간이었다. 올 때와 달리 막히는 도로 때문에 집으로 가는 길은 두 시간이 넘게 걸렸다.

텅 빈 오피스텔에 들어서자마자 싸늘한 공기와 적요가 그녀를 맞았다. 보일러 온도를 높이고 샤워를 하고 나왔다. 싱크대에 놓인 컵 몇 개를 설거지하고, 가습기를 씻어 물을 채우고, 마른 빨래를 개어 서랍에 넣었다. 내일 입을 옷을 체크하고 자리에 눕자 협탁 위에 놓인 가습기에서 뿌연 김을 뿜어내는 소리와 함께 핸드폰 충전 불빛만이 어둠 속을 밝혔다. 시체처럼 누워 잠을 청했지만, 밤이 깊어짐에도 잠이 들지 못했다.

안 돼. 오늘은 견뎌야 해. 조금만 버티면 곧 잠이 들 거야. 너무 의존해서 연용하면 안 된다고 의사가 신신당부했잖아.

하지만 시간이 1시 반을 넘어가자 자리에서 일어날 수밖에 없었다. 물 한 컵을 놓고 거실 테이블에 놓인 약봉투를 들려다가 손이 허공에 멈춰졌다. 붉은 하늘을 배경으로 클라크 게이블과 비비안 리의 사진이 박혀 있는 DVD 커버가 눈에 들어왔기 때문이다. 몇 초간 정지된 상태로 서 있었다.

'저는 잠이 안 올 때면 이 영화를 봐요. 러닝타임이 엄청 길거든요. 네 시간 가까이 되는데, 이 영화의 엔딩까지 본 적은 열 손가락 안에 들죠.'

'단지 그 이유뿐이에요?'

'아니요. 사실은 제가 제일 좋아하는 영화예요. 레트 버틀러가……'

'당신 이상형이겠지.'

'어떻게 알았어요?'

눈을 깜빡이자 희미한 미소를 짓던 남자는 사라지고, 블라인드 너머 우웅 소리를 내며 도로 위를 달리는 차 소리와 침실에 놓인 가습기에서 톡톡, 물 떨어지는 소리가 희미하게 들렸다. DVD를 집어 쓰레기통 안에 넣은 세아는 물 한 모금에 알약 하나를 입에 넣었다. 그리고 다시 침실에 돌아와 잠이 오기만을 기다렸다.

　천천히 약효가 돌고 늪처럼 끈적하게 잠겨 드는 수마에 빠져들자 매일 밤 찾아오는 꿈이 그녀를 맞았다. 별이 쏟아질 듯한 하늘 아래 달콤한 바람이 불고, 푸른 포도밭이 펼쳐진 언덕 위에 그가 있는 꿈. 그 모습에 하염없이 눈물이 흐르는 걸 모른 채 밤새 꿈속을 헤매었다.

　수확기를 맞은 레이너 와이너리의 하루는 이른 새벽부터 시작되었다. 눈도 제대로 뜨지 못한 채 배를 채우고 캄캄한 포도밭으로 나오면 해가 떠오르기도 전이었다. 이 기간에는 모든 인력이 농장에 총동원되어야만 하는데, 서늘한 아침나절에 수확을 마쳐야 하는데다 시기를 맞춰 따지 못하면 단 며칠 만에도 포도가 지나치게 익어 버리기 때문이었다.

　딘과 롭, 리치와 와이너리의 모든 직원들, 그리고 단기로 고용된 외지인들 50여 명이 각자 맡은 구획의 포도를 따기 시작했다. 바스켓에 익은 포도를 골라 담으면, 가득 찬 바스켓을 끌고 가 트랙터에 쏟아부었다. 30분도 못 되어 포도로 가득 찬 트랙터는 양조장으로 향했고, 양조장 입구에 설치된 컨베이어 벨트를 지나며 선별 과정을 거쳐 비로소 파쇄기 안에 들어갈 수 있었다.

　오전 작업을 끝내고 양조장으로 온 딘이 컨베이어 벨트 위를 지나는 포도 상태를 살피고 있자 리치가 다가와 옆에 섰다.

　"오늘 200번대 구획까지 끝냈으니, 이제 남은 건 카베르네 소비농뿐이군."

포도는 품종에 따라 익는 속도가 달라, 피노 누아, 샤르도네는 2월에, 소비뇽 블랑과 메를로는 3월에, 그 뒤로 쉬라즈와 카베르네 소비뇽까지 수확해야 모두 끝이 났다. 잠자고 있던 양조장의 모든 기계는 쉴 새 없이 가동되고 있었고, 새로 온 와인 메이커인 제임스가 롭과 제2양조장과 제3양조장을 각각 맡고 있는 상황이었다.

벨트에서 선별이 끝난 포도는 제경, 파쇄기 안에서 한 알갱이씩 떨어져 나가고, 달려 있던 가지와 이파리 같은 것들은 스크루 날의 바깥으로 걸러져 나왔다. 그렇게 파쇄가 끝난 포도는 발효를 위해 스테인리스 통으로 들어갔다.

딘은 양조장 제일 안쪽의 발효통 쪽으로 갔다. 그쪽은 보름 전에 수확한 레드 와인용 머스트Must*가 들어 있는데, 한창 펌핑 오버가 진행 중이었다. 당분과 도수를 적은 기록을 확인한 딘은 담당자에게 통 안에 든 머스트를 압착 작업에 들어가도록 시키고 밖으로 나왔다.

마침 레스토랑에서 보내온 도시락 바구니에 수십 명의 직원들이 양조장 앞뜰에 모여 식사를 시작했다. 딘이 샌드위치를 든 순간 제3양조장에 간 제임스에게서 전화가 왔다.

— 딘, 문제가 생겼어요.

"무슨 일이야?"

— 파쇄기 하나가 문제가 생겨서 기술자와 레나트가 같이

---

* 으깨고 압축한 발효 전 포도즙 상태.

고치고는 있는데, 아무래도 작업에 차질이 생길 것 같아요.

벌써 자리에서 일어난 딘은 차를 세워 놓은 곳으로 나오며 말했다.

"기다려. 지금 갈게."

딘이 파란 트럭에 오르자 눈치 빠른 리치가 따라와 그의 샌드위치와 음료수가 든 종이봉투를 건넸다.

"나 없는 동안 양조장 좀 봐 줘."

"걱정 말고 다녀와."

트럭을 달려 40킬로미터가량 떨어진 양조장으로 향했다. 파쇄기를 분해하고 있는 기술자와 레나트, 그리고 뒤에서 기다리는 트랙터들이 보였다. 서둘러 차에서 내린 딘이 다가갔다.

"어때?"

"가지가 말려 들어갔어."

레나트가 스크루 안쪽으로 돌돌 말린 긴 가지를 끄집어내자 심각한 얼굴로 물었다.

"이건 나뭇가지잖아. 선별 작업을 어떻게 했기에 이렇게 긴 가지가 들어갔지?"

딘의 말에 컨베이어 벨트에 선 직원들의 어깨가 움찔거렸다. 일의 책임을 묻고 싶은 마음이 간절했으나 참았다. 우선은 포도가 먼저다. 수확한 포도는 가지에서 분리되는 순간부터 세균의 감염과 부패의 위험에 놓이기 때문에 최대한 빨리 발효 작업에 들어가지 않으면 안 된다.

딘은 그들을 도와 파쇄기 조립을 서둘렀다. 파쇄기가 다시

작동되자 트랙터의 포도를 쏟아 내고 선별 작업에 속도를 냈다. 딘은 선별 작업에 집중하도록 단단히 이르고 돌아오는 길에 제2양조장에 들렀다.

롭이 맡고 있는 그곳은 오늘 수확한 포도는 가지 않았으나, 초반에 수확한 샤르도네와 피노 누아가 몰려 있어 발효통의 대부분이 모두 차 있는 상태였다. 며칠 내로 카베르네 소비뇽까지 수확하려면 이곳의 발효통도 비워야만 했다.

딘은 롭과 함께 와인을 시음하고 바로 병입甁入될 와인과 더 숙성시킬 와인을 분류한 후, 다시 트럭에 올랐다. 뜨거운 가을볕이 트럭 앞 유리창으로 비쳐 들어오고, 열린 창문 사이로 시원한 바람이 뺨을 스치고 갔다. 검게 변한 이파리들 사이로 덜 익어 따지 못한 포도송이들이 간혹 보였다.

'포도알이 꽤 무거워졌어요. 언제쯤 수확을 하죠?'

귓전에 울리는 여자의 목소리에 고개를 돌렸다. 하지만 텅 빈 보조석 시트뿐, 자신의 손을 얽어 잡고 나란히 포도밭을 걷던 여자는 없었다.

액셀을 밟자 흙먼지가 트럭 주위로 뿌옇게 일었다. 제1양조장으로 돌아오자 오늘 하루 가장 많은 양의 포도가 몰렸음에도 불구하고 벌써 트랙터가 모두 비워져 청소까지 마친 상태였다. 청소 상태를 확인하고 양조장 안으로 들어가자 파쇄기와 발효통이 정신없이 돌아가고 있었다.

리치가 물었다.

"파쇄기는?"

"고쳤어."

"선별 작업도 거의 끝나 가. 점심은?"

그제야 트럭에 던져두었던 종이봉투가 떠올랐다. 리치가 고개를 내저으며 말했다.

"지금이라도……."

"딘, 잠깐만 와 보세요!"

안쪽에서 찾는 소리에 한달음에 달려가자 리치가 못 말린다는 표정으로 그를 따라갔다.

모든 작업이 마무리된 건 8시가 넘어서였다. 보통보다 훨씬 늦은 저녁을 먹기 위해 딘과 리치, 롭과 린다, 그리고 제임스가 식탁에 모여 앉았다. 린다가 테이블을 둘러앉은 지친 남자들을 둘러보며 말했다.

"다들 힘들었나 봐요. 오늘따라 특히 피곤해 보이네요."

2월부터 시작해 3월 말에 이르자 하루도 쉴 새 없이 이어지는 농장과 양조장 일로 모두의 체력이 방전되어 가고 있었지만, 아직 와이너리의 5분의 1을 차지하는 카베르네 소비뇽이 남아 있는 상황이었다.

"내일도 작업이 있나요?"

"아니요. 이틀 뒤부터 시작할 듯한데, 정확한 건 내일 롭과 다시 나가 당도 측정을 해 봐야 알 수 있을 것 같아요. 그사이에 남은 밭들의 포도를 정리해야 해요. 일주일 안으로는 다 마쳐야 하죠. 80번대 소비뇽 블랑이 과숙되지 않았나 모르겠군요. 과숙된 애들은 섞지 마시고 따로 분리해 주세요. 그리고 선별 작업에 유의해야겠어요. 오늘 제3양조장에서 선별에 부주의한 탓에 파쇄기가 고장 났었거든요."

"죄송해요. 제가 더 신경 써서 봤어야 했는데."

맞은편에 앉은 제임스가 침울한 표정으로 그를 보자 딘은 말없이 고개를 끄덕였다. 워싱턴 출신의 서른 살인 그는 뛰어난 성적으로 유수의 프랑스 와인 학교를 졸업한데다 와인에 대한 감각도 뛰어났다. 그러나 그를 레이너 와인 메이커로 선택한 결정적인 이유는, 아직 안정되지 않았지만 독특한 향과 맛의 와인을 만들어 내는 블렌딩 실력을 갖추고 있어서였다.

하지만 그가 가진 가능성은 모두 책과 와인 학교에서 배운 한정된 것들이었다. 실제 와이너리에서의 그는 애송이란 뜻이었다. 엄밀히 따지면 두 달밖에 안 된 견습생이므로 레나트에게 책임을 물을지언정 그의 잘못이 아니었다. 하지만 오늘 일이 제임스에게는 좋은 경험이 되었을 거라는 건 분명했다.

"내일 양조장에 나갈 때 리치와 같이 가 봐. 이래 봬도 도움이 많이 될 테니까."

"이래 봬도?"

리치가 어이없다는 표정으로 딘을 쳐다보자 롭도 고개를 주억거리며 맞받아쳤다.

"그래. 무엇보다 깐깐하게 사람들을 들볶는 일은 와이너리 최고니 두고 배워 보게."

리치는 레이너 와인의 법률 고문으로 농장이나 양조 일에 대해서는 문외한에 가까웠다. 하지만 그에게는 여러 개의 태엽

이 매끄럽게 맞물려 바퀴가 잘 돌아가도록 조율하는 남다른 능력이 있었다. 그래서 그는 수확기에 세 개의 양조장의 기계와 발효통과 수십여 명의 직원과 단기 노동자들을 유연하게 돌아가도록 관리하는 일을 해 주었다.

"그 점에선 부인할 수 없군요."

리치가 선선히 인정하자, 농담에 조금 가벼워진 얼굴들로 식사를 이어 갔다. 저녁 끄트머리에 딘은 바에 놓인 화이트 와인 두 병과 레드 와인 세 병을 가져왔다.

"올해 출시될, 최종 블렌딩 와인들이에요."

다섯 개의 와인 잔에 따라 모두들 시음을 가졌다. 린다가 마지막 레드 와인을 한 모금 삼키고는 숨죽인 표정으로 딘을 보았다. 그리고 가늘게 떨리는 한숨 같은 목소리로 말했다.

"올해의 레이너 와인은 이 와인이군요."

"그렇군, 이 와인이야. 자네는 어떤가?"

롭 역시 벅차오르는 얼굴을 숨기지 못하며 제임스에게 물었다. 그는 입 안에 머금은 와인을 삼키고는 알 수 없는 표정으로 딘을 보았다.

"이런 말씀 드려도 될지⋯⋯. 정말 이 와인을 딘이 만든 게 맞나요? 이전의 블렌딩 스타일과는 너무 달라서요."

충격을 받은 듯한 제임스에게 딘이 되물었다.

"어떻게 다르지?"

"예전에 학교를 다닐 때 친구들과 데스페라도를 마시고 토론을 벌인 적이 있어요. 누구는 강렬하다고 했고, 누구는 오크 향이 거칠다고 했죠. 하지만 우리는 모두 데스페라도가 고도로 전략적인 블렌딩을 이룬 와인이라는 데에는 같은 의견을 모았어요. 0.00퍼센트의 오차도 없는, 완벽한 밸런스를 이루는 와인이었죠. 우스갯소리로 이 와인을 만든 사람은 인간이 아닐 거라고 말했어요. 화내지 마세요."

딘이 그가 한 말에 모두 수긍하듯 고개를 끄덕이자 제임스는 안심한 표정으로, 마음 놓고 시음평을 늘어놓기 시작했다.

"우선 이 와인은 꽃향기와 민트, 오크 향이 나네요. 부케는 얼핏 샤또 라플뢰르Chateau Lafleur*랑도 비슷해요. 하지만……."

그러고는 잔을 들어 한 모금 머금어 시음하고는 전율이 이는 듯한 표정으로 말했다.

"풀 바디인데 믿을 수 없을 정도로 복잡하고 섬세한 구조를 가졌어요. 세련된 산미가 느껴지는 듯했다가 타닌이 툭 치듯 오고, 농익은 과실 맛이 휩쓰는데 정신이 없네요. 딘의 와인에서 늘 보았던 절제된 강렬함과 마치 하나의 덩어리처럼 느껴지는 완벽한 밸런스 대신에 순수하지만 농밀하고, 세련됐지만 거친, 도저히 같이 느껴질 수 없을 것 같은 복합적인 구조가 돋보이는 와인이에요. 정말 놀라워요. 혹시……."

딘은 말끝을 흐리는 제임스를 말없이 보았다.

"사랑에 빠졌나요? 이건 사랑에 빠진 남자가 만든 와인이에요. 뭔가…… 뜨겁고 슬프고 간절한 감정이 느껴지거든요."

---

* 프랑스 와인.

해답을 찾아 기뻐하는 제임스와 달리 일순 모두의 표정이 굳어졌다.

식당에 흐르는 정적을 용기 있게 깬 이는 리치였다.

"좋아. 와인 이름은 뭐라고 지을 거지?"

"생각해 둔 게 있어. 오늘은 너무 늦었으니 이만 하고, 내일 다시 얘기하지. 메일 보낼 게 있어서 먼저 일어나 볼게요."

식당을 나선 딘이 서재로 들어가 버리자 리치가 짜증이 인 우울한 낯으로 제임스를 마주 보았다.

"제임스, 부탁 하나 할게. 레이너 와이너리에서 지내면서, 특히 딘 앞에서는 피해야 할 불문율 같은 단어들이 있어. 정말 조심해야 할 것들이지."

"그런 게 있었나요?"

"사랑, 혹은 이별. 그리움, 욕망. 검은 눈동자를 가진 여자 같은 것들은 절대로 그 앞에선 언급하면 안 돼."

"검은 눈동자요?"

리치가 피곤한 얼굴로 식당을 나서자 제임스가 그 뒤를 졸졸 따라가며 무슨 소리냐고 재차 물었다. 린다가 롭의 어깨에 기대어 어둠이 내린 포도밭을 내려다보며 말했다.

"Angel's share군요. 결국 검은 눈의 천사가 깊은 맛과 향만 남기고 가 버렸네요."

열린 창문으로 선선한 바람이 불어오는 한밤중의 연구실에서는 한창 블렌딩이 이뤄졌다. 테이블에는 샘플용 와인 병이 즐비했고, 루비 색과 짙은 자줏빛의 와인들이 담긴 비커도 여럿이었다.

블렌딩을 마친 것들에 라벨을 적어 따로 두고, 임시 마개로 막은 와인 병을 렉에 꽂아 두었다. 테이블을 다 치우고 시계를 보니 벌써 자정을 넘긴 시간이었다. 방을 나서자 캄캄한 복도에는 익숙한 고요함만이 흘렀다.

주방을 지나치자 저녁에 시음했던 와인들이 바 위에 놓여 있는 게 보였다. 반쯤 비워진 와인 병을 기울여 잔에 따르자 바에 기대어 비스듬히 자신을 올려다보던 여자가 떠올랐다.

'그곳은 어떤가요? 보는 것처럼 자리도 편하고, 전망도 멋지고, 공기도 좋나요? 최고의 자리요. 당신도 그곳에 앉아 있잖아요.'

잔을 들어 향기를 맡자 오크 향과 꽃향기가 뒤섞인 매혹적인 부케가 코끝에 스몄다. 눈을 돌리자 주방 발코니 앞에 선 그녀와 문 앞에 있는 자신이 보였다.

'미안해요. 아까처럼 쓸데없는 참견은 다신 안 할게요.'

한참을 망설이다 잔을 기울여 한 모금 머금었다. 미려한 산도와 쌉쌀한 타닌이 입 안을 채우자 어두운 포도밭 길에 블랙 미니 드레스 차림으로 선 그녀가 말했다.

'난 내가 가야 할 곳을 알고 있고, 당신은 이곳에서 해야 할 일이 있어요. 우린 같은 세계에 있는 사람들이 아니에요. 서로 다른 별을 올려다보고 있죠. 우린 어차피 안 돼요. 날 보내 줘요.'

그러고는 농익은 과실 향이 대담하게 그를 유혹하던 여자의 속삭임처럼 그의 안에서 폭발했다.

　'날 안아 줘요. 날 기분 좋게 해 줘요. 이번에는 천천히. 아프지 않게.'

　오랫동안 그를 흔드는 여운에 잠겨 있다 잔을 내려놓은 딘은 저택 바깥으로 나왔다. 서늘한 공기가 셔츠 안으로 몰려들었지만 개의치 않고 포도밭으로 들어갔다. 생기를 잃고 검게 변한 포도 이파리들과 덜 익은 포도송이 몇 개만 매달려 있는 나무들을 지나쳐 쉼 없이 걸었다. 무언가를 찾듯, 그를 에워싼 끝이 보이지 않는 포도밭을 헤맸다. 그 순간 목소리가 들렸다.

　'딘! 딘 어디 있어요! 내 목소리 들리면 제발 나와 봐요!'

　목소리의 근원지를 찾기 위해 걷고 또 걸었지만 아무것도 찾을 수가 없었다. 그 목소리가 그의 안에서 울리고 있다는 걸 깨달은 건 오랜 후였다. 밤바람이 차가웠지만, 포도밭을 헤맨 그의 몸은 온통 땀에 젖어 있었다. 언덕 꼭대기에서 거센 바람에 너울지는 포도나무들을 내려다보았다. 눈물 떨어뜨릴 듯한 얼굴로 그녀가 물었다.

　'당신은 괜찮아요?'

　마른 손으로 젖은 얼굴을 쓸었다. 아니. 나는 괜찮지 않아. 어디선가 당신 목소리가 들리고, 어디에서도 당신이 보여. 어제도, 오늘도, 그리고 내일도 우리가 함께했던 시간에서 한 치도 벗어나지 못하겠지. 당신이 그리워. 너무나 그리워. 그때 난 솔직히 말했어야 했을까? 다시 내게 돌아와 줄 수 있겠냐고. 나는 떠날 수 없으니, 그래서 당신을 붙잡을 수가 없으니 다시 내게 돌아와 줄 수 있느냐고. 당신을 만난 이후로 달콤한 꿈을 꾸었다고. 뜨거운 낮에도 차가운 밤에도 당신이 내 곁에 있어 이 고독한 포도밭이 외롭게 느껴지지 않아. 당신과 날 닮은 아이들이 저택과 농장을 누비며 뛰어다니고, 나는 와인을 만들고, 당신은 내가 만드는 와인을 마시는, 그런 꿈 말이야. 당신은 지금 그곳에서 내게 돌아오는 꿈을 꾸고 있을까.

고개를 올려 무수히 많은 별이 침묵하는 하늘을 올려다보았다. 긴 꼬리를 남기며 그의 머리 위로 자그마한 별똥별이 떨어지자 눈을 감았다. 그리고 간절한 마음으로, 아마도 이뤄지지 않을 소원을 밤새도록 빌었다.

Chapter.19

Are you happy?
I'd better be. I have everything I ever wanted.
The trick in life isn't getting what you want.
It's wanting it after you get it.

행복해요?

내가 원하는 모든 걸 가졌으니 그래야죠.

인생을 살아가는 데 어려운 건, 원하는 것을 얻는 게 아니라

그것을 얻은 후에도 계속 원하냐는 거예요.

_러브 어페어 中

"팀장님은 라운지로 바로 가실 거죠?"

보안 검색대를 빠져나오자 황 과장이 물었다. 시계를 보자 8시 조금 못 미친 시간. 아침 일찍 호텔에서 나온데다 LA 공항까지 오는 길이 막히지 않았던 탓인지, 출국 수속까지 예상보다 시간이 많이 소요되지 않았다. 인천행 비행기 탑승까지는 한 시간 반은 기다려야 하니, 여유롭게 라운지에 있는 게 좋을 터였다.

"저는 잠깐 면세점에 들렀다 갈 테니 먼저 가 있으시겠어요? 오랜만에 출장이라고, 화장품 좀 사다 달라 닦달을 해 대서."

결혼 10년 차인 황 과장의 영혼 없는 투덜거림에 세아는 웃음을 깨물었다. 종합병원 간호사라는 부인과 8년 연애 끝에 결혼에 골인했다는 그는, 본인은 격렬하게 부인하곤 하지만 팀 내에서는 타고난 애처가로 유명했다.

"네. 천천히 일 보시고 오시죠."

이른 시간인 탓인지 한산한 라운지에 들어선 세아는 커피 한 잔을 내려 자리에 앉았다. 그리고 노트북을 꺼내 이메일을 확인하자 어제 저녁부터 확인하지 못하고 밀린 메일이 무려 열세 통이나 되었다. 커피 신 메뉴 개발을 위해 마스터커피 사 방문 목적으로 온 LA 출장은 초 단위로 쪼개진 빡빡한 스케줄 때문에 지난 이틀이 어떻게 지났는지도 모를 지경이었다. 메일을 확인하고 답장을 보내자 마지막 한 통만이 남았다. 발신인은 제레미였다.

Hey, Workaholic girl. 잘 지내?
한국은 지금 엄청 덥겠지? 알다시피 여기 호주는 겨울이야. 종일 비가 오고 쌀쌀하지.

한국은 더울 것이다. 그녀가 떠나오기 전에도 폭염 주의보가 내린 지 3일째였으니. 반대로 호주는 지금 한창 겨울일 테지.

와이너리의 상황이 여의치 않다는 걸 안 이후 제레미는 가지치기와 수확기처럼 바쁜 때에 몇 주씩 호주에 들러 돕기로 했다. 결국 와이너리에 합류하진 않았지만, 그렇게라도 레이너 가의 일원으로서의 자기 몫을 해내려 노력했다. 농장 일이라면 치를 떨던 그로서는 장족의 발전이 아닐 수 없었다.

믿을 수 없겠지만, 난 성실한 농사꾼이 되어 매일 백 그루 넘게 가지치기를 하고 있어. 네가 여름에 했던 솎아내기를 생각한다면 오산이야. 덥지는 않지만 가지가 질기고 두꺼워 엄청 힘들거든. 지금 키보드를 치는 물집투성이의 손을 보여 주지 못하는 게 안타깝네. 그러니이제 레이너 와인을 마실 때 명심해 둬. 네가 마실 와인에 내 땀방울도 들어 있다는 걸.

세아는 설핏 미소를 흘렸다. 하지만 제레미, 이제 난 와인을 마시지 않아. 한국에 돌아온 이후 단 한 모금의 와인도 마신 적이 없지.

린다와 롭은 살림을 합치시고, 2층에서 가장 큰 방을 차지하셨어. 지난여름 너와 내가 썼던 방이지. 그리고 리치는 지금 미녀 테니스 선수와 연애 중이야. 그녀를 보기 위해 일주일에 두 번씩 멜번으로 달려가지. 그는 절대 세 번째 결혼은 없을 거라 말했지만, 안타깝게도 그여자에게 푹 빠져 헤어 나오질 못하고 있어. 돈 주고도 못 볼 흔치 않은 구경거리지. 모두 네가 어떻게 지내는지 소식을 궁금해해. 하지만내가 전화 걸 때마다 넌 전화를 받지 않거나 통화 중이더라고.

바빠서 그랬어라는 말을 당당하게 할 수 있을 정도로 지난 8개월은 어마어마했다. 너무 바빠서 제레미의 전화를 받을 수없었고, 부재중 통화에 다시 전화할 수 없었고, 너무 바쁜 나머지 지난 12월의 일을 반추할 시간조차 없었다. 무언가에 쫓기듯 달리며, 그녀의 인생에서 삭제된 날들처럼 그 한 달을 잊고 지내려 애썼다. 이렇게 예상 못한 타이밍에 훅 치고 들어올지 모르고.

형은 늘 그렇듯 잘 지내.

심장이 소리도 없이 심연 아래로 굴러떨어지는 것만 같았다. '늘 그렇듯 잘 지내'라는 말은 '늘 그렇듯 힘들고 외롭고 고독하지만 잘 지내는 척해'라는 말일 테지. 누가 가슴을 세게 주먹으로 친 것처럼 견딜 수 없는 진통에 심호흡을 골랐다.

네가 잠을 잘 이루는지 궁금해하고 있어.

노트북을 닫고 벌떡 일어나자 끼리릭, 대리석 바닥에 끌린 의자의 마찰음에 사람들이 쳐다보았다. 숨을 쉴 수 없어 라운지를 벗어나 테라스로 나왔다. 떨리는 눈으로 테라스 난간 아래를 내려다보자 면세점과 화려한 전광판으로 장식된 청사 내부가 보였다.

정신 차려. 여긴 LA야. 난 출장을 와 있고, 열네 시간 뒤면 한국에 있겠지. 호주 애들레이드 공항에서 내려 한 시간 조금 더 달리면 나오는 바로사 밸리의 드넓은 포도밭에 있을 누군가를 떠올리기에는 적당한 시간도, 장소도 아니란 소리야. 무려 반년도 더 지난 일이야. 이제 와 모든 걸 되돌리기에는 늦었어.

거대한 LED 스크린에 뜬 9시 25분 인천행 비행기 편 정보가 그녀에게 속삭였다. 늦었어, 장세아. 너무 늦었다고.

하지만 운명의 장난처럼 그 뒤를 이어 9시 50분 시드니행 비행기 편과 함께 코알라와 오페라 하우스 사진이 뜨자 가슴이 둥둥 세차게 울렸다.

가자. 레이너 와이너리로. 그가 있는 곳으로.

무엇을, 어떻게 하겠다는 계획 따위 없이 매일 밤 꿈에 나오는 그를 찾아가야 한다는 생각만이 머릿속에 가득했다. 서둘러 테라스를 벗어나려는 순간 누군가 그녀의 앞을 막아섰다.

"장 팀장님, 여기 계셨네요?"

귀신이라도 본 듯 커다란 눈을 뜨고 면세점 쇼핑백을 든 황 과장을 쳐다보았다.

"어디 가시게요? 이제 탑승 시간 30분 남았는데."

"아니, 전……."

넌 뭘 하려고 했던 거니? 출장이고 뭐고 다 내팽개치고 달려가려고? 할아버지와 세연, 강산을 버리고 떠나려고? 지금 되돌아간다고 예전으로 돌아갈 수 있다고 생각해? 여전히…… 그가 날 기다리고 있을 거라 믿는 거야? 그저 안부를 물은 것뿐이야. 잘 지내는지, 안부일 뿐이라고. 그런데 스크린에 뜬 항공편 정보에 미친 여자처럼 달려가려고 했다니.

창백하게 질린 얼굴에 황 과장이 재차 물었다.

"어디 아프세요? 얼굴이 안 좋으신데요."

"아니에요. 다 사셨으면 그만 탑승하러 가시죠."

뒤돌아 휘청거리는 발걸음을 라운지로 옮겼다.

　인천 공항에 떨어진 건 오후 4시 즈음이었다. 청사를 나오
자 숨 막힐 듯한 폭염이 둘을 덮쳤다. 서둘러 택시를 잡아타고
30여 분 달려 회사에 도착해 12층으로 올라갔다. 전략기획팀
문을 열고 들어서는 순간 펑, 하는 폭죽 소리에 놀라 거북이처
럼 목을 움츠렸다.

　"팀장님, 과장님 축하드려요!"

　"축하드립니다!"

　천장 위로 튀어 올랐다 머리 위에 떨어진 오색 종이를 떼어
내며 황 과장이 황당한 표정으로 물었다.

　"아니, 무슨 일이야? 미국 출장 다녀온 일이 그렇게 축하할
일이었던가?"

　"그게 아니라, 두 분 없는 동안 깜짝 인사이동 발표가 있었
거든요. 축하드려요, 황 과장님! 아니 이제 황 차장님이라고 해
야겠네요."

　이 대리가 내미는 꽃다발을 엉겁결에 받아 들며 황 과장이
얼이 빠진 표정으로 되물었다.

　"차, 차장? 거짓말하는 거 아니야?"

　"거짓말도 거짓말 나름이지, 누가 이런 거짓말을 해요? 정
의심되면 이거 보세요. 오늘 오전에 홈페이지랑 게시판에 떴는
데, 깜짝 이벤트 해 드리려고 일부러 소식 안 전해 드린 거예
요. 준비 다 해 놨는데, 혹시 비행기 연착돼서 오늘 회사로 복

귀 안 하실까 봐 얼마나 걱정했는데요."

이 대리가 보여 주는 인사이동 게시물을 확인한 황 과장이 놀란 눈으로 세아를 쳐다보았다. 알고 있었냐고 묻는 눈빛에 고개를 저었다.

"저도 몰랐어요. 축하드려요, 황 차장님. 이번 프로젝트에서 책임자가 자꾸 바뀌어 혼란스러우셨을 텐데도 황 차장님이 흔들리지 않고 무게중심을 잘 잡아 주셨어요. 차장님이 아니었다면 프로젝트 진행이 더 더뎌지고 힘들어졌을 겁니다. 당연히 받으셔야 할 대우라고 생각해요."

"차장님뿐만이 아니거든요. 팀장님께 경하드리옵니다."

김 대리가 짐짓 사극 톤의 목소리를 꾸며 내며 뒤춤에 숨겨 둔 꽃다발을 내밀자 세아가 받아 들며 의아한 표정으로 물었다.

"저도요? 하지만 전 전략기획팀에서 더 올라갈 데가 없는데요."

"본부장님으로 승진되신 걸 축하드립니다."

"본······부장이요?"

"네. 팀장님, 사업 기획본부의 본부장님으로 승진되셨어요. 강산의 여성 최초 최연소 본부장님이 되신 걸 축하드립니다."

본부장이라니. 지난겨울 할아버지가 갑자기 쓰러지시면서 석호를 전무로 올리고 천천히 퇴임하시려던 계획이 틀어져 버렸다. 더 이상 회사 일은 무리라는 판단에 할아버지는 양평 별장으로 가셨고, 실질적으로 퇴임을 하신 것과 다름없지만 여전히 강산의 회장으로 모든 사업과 인사 건의 결정권을 쥐고 계셨다. 특히나 그녀의 인사 건이라면 할아버지가 모르실 리 없는데, 혹시 석호의 전무 취임 건을 당기셨나?

"다른 인사이동은 뭐가 더 있었나요?"

"저희 팀만 팀장님이랑 황 과장님 두 분이시고요, 마케팅팀에 한 명 더 있어요. 그렇게 세 명뿐이에요."

석호 건에 끼어 덩달아 올린 게 아니라면 뭘까? 이 인사이동 서류에 최종 사인을 했을 장 회장의 의중을 알 수가 없어 혼란스러워졌다. 호주에서 돌아온 직후 병실에 누운 할아버지와 나누었던 대화가 떠올랐다.

'전략기획팀으로 보내 주세요. 딴마음 먹지 않을게요. 욕심 부리지 않을 테니까 그냥 예전처럼만 일할 수 있게 해 주세요.'

알 수 없는 눈으로 한참을 바라보던 할아버지가 그러마, 허락하신 게 아직도 생생한데, 1년도 안 되어 본부장으로 승진이라니.

세아는 핸드폰을 들고 사무실을 나왔다. 방해받지 않고 조용히 전화 통화를 할 곳을 찾느라 비상구 문을 여는 순간 계단에서 내려오던 최명훈과 딱 마주쳤다. 세아 앞에 멈춰 선 그가 인사를 건넸다.

"마침 여기서 만났네요."

"저 만나러 오시던 길이셨어요?"

"네. 본부장 승진 축하해요."

"감사합니다. 혹시 시간 괜찮으시면 얘기 좀 나누실 수 있을까요?"

명훈이 흔쾌히 고개를 끄덕이며 계단 위로 그녀를 이끌었다. 13층, 그의 본부장실에 마주 앉자 비서가 냉 녹차를 두고 나갔다. 한 모금 들이켜자 시원하고 쌉싸래한 녹차가 더위에 지친 입 안을 식혀 주었다. 세아는 다시 잔을 들어 단숨에 비우고는 바로 본론으로 들어갔다.

"최 본부장님은 제 인사이동이 어떻게 된 건지 알고 있으신 가요?"

"제가 알기로 장 팀장의 인사이동 건은 꽤 오래전부터 이야기가 나왔던 걸로 알아요. 슈가스윗의 성공에 고개를 갸우뚱하던 임원들도, 장 팀장님이 반대를 무릅쓰고 우리밀 사업을 추진해서 성공한 이후로 확실히 마음을 굳혔죠. 장 팀장의 명석함과 성실함, 추진력에, 빠른 시일이 아니래도 언젠가 회장님 뒤를 이어 회사를 물려받을 사람이라고 믿었으니까요."

"그랬나요?"

세아가 남의 이야기하듯 되묻자 명훈이 심술궂은 표정으로 답했다.

"네. 그래서 약혼 발표와 동시에 회장님께서 날 후계 라인으로 잡고 계시다는 말씀을 흘렸을 때, 난 여기저기서 보이지 않는 미운털이 박혀야 했죠. 그러니 장석호 본부장은 더 말할 것도 없겠죠. 경험도 턱없이 부족하고, 표면적으로 이뤄 놓은 성과가 없으니까. 아마도 장석호 본부장은 내가 받은 미움의 곱절로 받고 있을 거예요. 장 팀장이 잘할수록 계속 장석호 본부장 대신 장 팀장을 후계로 지목하라고 압박할 테니까요. 하지만 회장님은 장 팀장을 후계자로 들일 수 없노라고 단호하게 공표하셨죠."

"들을수록 더 모르겠네요. 그럼 제가 어떻게 본부장이 된 거죠?"

"그 의문을 시원스레 풀어 주고 싶지만, 솔직히 나도 몰라요."

명훈에 대답에 세아가 황당하단 눈으로 쏘아보자 그가 웃었다.

"나는 일개 마케팅 본부의 본부장일 뿐이에요. 그리고 보니 드디어 장 팀장과 내가 동급이 되었네요. 더 이상 능력 없는 남자 둘이 본부장 자릴 꿰차고 앉아 있다는 소리를 안 들어도 되겠어요."

"비꼬지 말고요. 최 본부장님이 할아버지의 숨겨 둔 왼팔이란 걸 알고 있어요."

명훈이 고개를 내저으며 찻잔을 들었다.

"그러는 장 팀장은 회장님의 손녀잖아요. 회장님의 심중을 다 아는 사람은 없어요. 아마 이번 슈가커피 사업 건까지 성공을 거둔 덕에 더 이상 장 팀장을 그대로 두긴 힘드셨을 수도 있고, 장석호 본부장을 자극하기 위한 촉매 역할을 기대하셨을 수도 있죠. 혹은 장 팀장에 대한 회장님의 마음이 변했을 수도 있고요. 말씀하시는 건강상의 이유가 뭔지는 난 알 수 없지만, 장 팀장이 그걸 극복할 수 있다는 믿음이 드셨을 수도 있어요. 이 모든 의문을 해결할 방법은 하나예요. 직접 여쭤 보는 거죠."

"그럼 난 여기서 시간 낭비를 한 건가요?"

세아가 어이없는 웃음을 흘리자 명훈이 비워진 잔을 눈짓으로 가리키며 말했다.

"시원한 차 한 잔의 여유를 즐긴 거죠. 일도 좋지만, 가끔 이렇게 한숨 돌릴 시간도 필요해요. 어쨌든 승진 축하해요. 소원이 이뤄졌네요."

"소원이요?"

"늘 위로 오르고 싶어 했잖아요. 5년 만에 12층 전략기획팀에서 13층 본부장실로 올라왔으니, 10년 안에 15층 전무실과 20층 회장실까지 못 오르리란 법도 없죠."

세아는 씁쓸한 미소를 흘리며 고개를 저었다. 제아무리 임원들의 전폭적인 지지를 받고 있대도 결국 할아버지의 인정 없이는 아무것도 할 수 없는 처지였다.

"힘내요. 이번에 쓰러지시면서 회장님도 마음이 많이 약해지셨어요. 지금의 장석호 본부장으로는 힘들다는 것도, 장 팀장이 강산의 구원 투수라는 것도 알고 계시고요. 아마도 많은 고민이 드실 겁니다. 난 여전히 장 팀장이 회장님을 설득했으면 좋겠다는 생각을 하고 있어요. 정말 중대한 건강상의 이유가 아니라면 장 팀장이 후계자에 오르지 못할 이유가 없다고 믿거든요."

설득할 수 있을까? 우울증에 걸려 자신과 아내까지 죽음으로 내몬 아빠를 닮지 않았다고, 지금 강산이 필요로 하는 사람은 석호가 아닌 나라고. 나보다 열심히, 성실히, 뛰어난 능력을 보였던 이가 있냐고 할아버지를 설득해 볼까.

뒷목이 뻐근해지도록 위를 올려다보며, 언제나 빛나는 저 자리에 오를 수 있을까 안달했던 날들이 스쳐 지나갔다. 이젠 손 내밀면 잡힐 정도로 그 자리는 멀지 않은 곳에 있었다. 믿을 수 없게도, 그 뜨거웠던 열망과 끈질긴 투지만이 사라지고 없을 뿐이었다.

그녀의 눈치를 살피며 명훈이 화제를 돌렸다.

"내년 봄쯤 식을 올리려고 해요. 얼마 전에 인사를 드리러 집에 왔었어요."

"할아버님께서 마음에 들어 하시던가요?"

"모르겠어요. 결국 내가 평생 같이 살고 싶은 사람이지, 할아버지 신부를 찾으시는 게 아니니까. 다행히 등 돌려 앉진 않으셨지요."

"축하드려요. 청첩장만 기다리면 되겠군요. 물론 제가 참석하면 신부가 싫어하겠지만요."

농담을 건네며 문 밖을 나서려 하자 명훈이 불러 세웠다.

"그거 알아요? 장 팀장 변했다는 거. 예전에는 정말 가까이하기 힘든 사람이었는데."

"지금은 좀 편해졌나요?"

"편해진 것보다는 좀 인간적인 느낌이 들죠. 예전에는 감정을 느끼지 못하는 인조인간 같았다면, 지금은 그냥 악바리 일 중독자? 궁금하네요. 누가 당신을 변하게 했는지."

본부장실을 나서자 핸드폰이 울렸다. 서둘러 통화 버튼을 누르자 익숙한 목소리가 저편에서 울렸다.

— 바쁘냐?

"아니요, 할아버지. 지금 막 LA 출장 끝내고 회사에 도착한 참이에요."

— 더운데 고생 많았다.

세아는 비상구 문을 열어 안으로 들어갔다. 에어컨이 없는 곳이어서인지 계단에는 아무도 없었다. 뜨겁게 달아오른 유리창에 손바닥을 대고 아래를 내려다보았다. 폭염이 가시지 않은 저녁, 퇴근 시간에 맞춰 밀려 나오는 인파와 차로 북적이는 번화가가 펼쳐져 있었다. 세아는 망설이다 겨우 입을 뗐다.

"할아버지, 왜 그러셨어요?"

— 뭐가 말이냐.

"인사이동 건이요."

— 열심히 일 잘하는 직원 승진시켜 주고 월급 많이 주는 게 이상한 일이더냐.

"제 것이 아니라고, 헛된 욕심을 버리라고 하셨잖아요."

그 말을 처음 들었던 겨울날에는 심장을 도려내는 듯 아팠는데, 이제는 저녁 드셨냐는 말처럼 자연스레 입에서 그 말이 흘러나왔다. 되레 상처를 받은 듯 전화선 너머로 장 회장이 침묵하자 세아는 부러 가벼운 목소리로 말을 이었다.

"제게 미안해서 그러시는 거면 안 그러셔도 돼요. 할아버지를 원망하지 않아요. 어쩔 수 없다는 것도 알고요. 말씀드렸잖아요. 예전처럼만 일하게 해 주시면 된다고."

가래가 끓듯 애잔한 목소리가 저편에서 울렸다.

— 그래서 그렇게 소처럼 일하니 좋더냐? 행복해?

1초의 망설임도 없이 답했다.

"행복해요. 할아버지께 인정받아서 기쁘고 감사하고요."

전화 반대편에서 깊은 한숨 소리를 들었다는 생각이 들었다. 문이 열리는 소리에 놀라 고개를 돌리는 순간에, 대걸레를 들고 들어오던 청소 아주머니가 그녀를 알아보고 당황한 얼굴로 90도 인사를 했다. 세아도 고개를 꾸벅 숙이고는 12층으로 내려왔다.

— 일주일 뒤에 병원 정기 검진이 있어 서울 간다. 세연이랑 석호랑 같이 저녁 식사나 하자꾸나.

"네."

전화를 끊고 시끌벅적한 전략기획팀 문을 열고 들어서자 김대리가 소리쳤다.

"팀장님! 아니, 본부장님이 오늘 회식 쏘시는 거죠?"

세아가 웃으며 고개를 끄덕이자 모두 환호를 올렸다.

1차 소고기에 이어 2차 호프집까지 이어진 회식은 10시가 넘어 끝이 났다. 기분 좋게 취한 황 차장을 픽업하러 그의 와이프가 왔고, 다른 팀원들은 택시나 버스에 나누어 올라탔다.

술집이 밀집한 거리를 벗어나 두 블록을 걸어 회사로 돌아왔다. 야근 중인 경비원과 인사를 나누고 12층으로 올라갔다. 드문드문 불 켜진 복도를 지나 전략기획팀 사무실로 돌아온 세아는 의자에 앉았다. 술이라곤 맥주 두 잔밖에 마시지 않았는데도 출장의 여파 때문인지 물먹은 솜처럼 온몸이 저 아래로 가라앉은 기분이었다.

등받이에 기대어 창밖으로 어둠에 싸인 마천루를 바라보았다. 회색 건물들이 뿜어내는 불빛들이 모여 만든 휘황찬란한 야경이 도시를 온통 뒤덮고 있었다. 별도 달도 보이지 않는, 가슴이 탁 막힐 것같이 뜨거운 여름밤이었다.

사무실의 모든 창문을 열고 노트북을 켰다. 정신을 집중시켜 지난 이틀의 출장 보고서를 작성하기 시작했다. 내일까지 마스터커피 사의 새로운 커피 메뉴에 대한 기획안을 내야 하고, 다음 주에는 중국 백화점과 대형 쇼핑몰에 슈가커피 입점 계약 건으로 출장을 가야 한다. 달리고 또 달릴 뿐. 기뻐할 새도, 슬퍼할 새도, 누군가를 생각할 시간조차도 없다는 뜻이었다.

보고서를 다 쓰고 지하 주차장으로 내려왔을 때는 자정이 넘은 시간이었다. 오피스텔까지는 10분 거리밖에 안 됐지만, 빨래더미가 가득한 트렁크 때문에 차를 가지고 갈 수밖에 없었다.

대리기사가 오피스텔 지하 주차장에 차를 세워 주자 트렁크를 끌고 엘리베이터에 올랐다. 벽에 지친 몸을 기대어 눈을 감자 조용한 진동에 섞여 남자의 목소리가 울렸다.

'지금 트렁크 가방을 쌌나요?'

'아니요.'

'싸게 되면 말해요. 내가 바라는 건 그것뿐이니까.'

바라는 건 그것뿐이랬는데……. 내게 원하는 건 그저 떠날 때 말해 달라고. 그것마저 네 멋대로 정해 버리고 떠나오니…… 좋니? 결국은 그의 어머니처럼 돌이킬 수 없는 상처만 주고 와 놓고서.

심장을 죄는 고통에 거칠게 숨을 몰아쉬었다.

'스트레스를 내 안에 가두지 말고 밖으로 내버려야 해요. 날 집어삼키지 않도록.'

가슴이 불룩해지도록 숨을 들이마시고 내쉬고, 들이마시고 내쉬었다. 하지만 심장에서부터 점점 넓게 퍼지는 둔통은 사라지지 않고 도리어 강해져만 갔다.

엘리베이터 문이 열리자 도망치듯 그곳을 빠져나왔다. 울렁거리는 속에 서둘러 도어락에 손가락을 올리는 순간 갑자기 문이 벌컥 열렸다.

"축하해, 언니!"

촛불이 타고 있는 케이크를 든 동생을 제치고 화장실로 뛰어 들어갔다. 변기에 무릎을 꿇고 식도를 타고 올라오는 시큼한 물을 울컥 게워 냈다. 저녁 먹은 것에 이어 노란 위액까지 넘긴 후에도 헛구역질은 멈추지 않고 계속되었다.

"언니 괜찮아?"

화장실 문 밖에서 세연의 걱정스러운 목소리가 울리자 세면대를 짚고 일어선 세아는 거울 속의, 눈자위가 발개진 창백한 얼굴의 여자를 마주 보며 말했다.

"괜찮아. 씻고 나갈게."

기진한 몸을 재촉해 겨우 샤워를 마치고 나오자 테이블에 놓인 케이크가 보였다. 촛불은 꺼진 채였고, 에어컨을 돌리는

지 실내는 적당히 시원했다. 다용도실에서 나오던 세연이 그녀를 보며 물었다.

"과음했어?"

"아니, 저녁 먹은 게 안 좋았나 봐."

힘없이 소파에 기대앉으며 중얼거리자 세연이 옆으로 와 손바닥으로 이마를 짚으며 물었다.

"소화제 줄까?"

"아니야. 토했더니 괜찮아졌어."

"트렁크에 있던 옷들 다 세탁 바구니에 넣었어. 세면도구랑 화장품은 화장대에 꺼내 놨고."

욕실로 뛰어 달려가느라 현관에 내팽개쳐 놓은 트렁크가 보이지 않더라니, 이미 정리해서 넣어 놓은 모양이었다.

"고마워. 그런데 온다는 말도 없이 갑자기 웬일이야? 이 케이크는 다 뭐고?"

"웬일이라뇨? 웬 케이크라뇨? 언니는 본부장으로 승진됐다면서 소식을 알려 주기는커녕, 서프라이즈 이벤트까지 준비해서 기다린 동생에게 겨우 할 말이 그거야? 이렇게 산통 다 깨 놓고?"

세연이 한껏 눈꼬리를 추켜올리며 테이블에 굴러다니는, 심지가 타 들어간 초를 들어 보이자 세아는 미안한 얼굴로 동생의 손을 붙잡았다.

"나도 오늘 출장 다녀와서 알게 됐어. 오자마자 팀원들이 승진 턱 쏘라는 통에 정신이 없었고. 미안해. 오래 기다렸어? 미리 전화라도 주지."

"미리 알려 주면, 그게 서프라이즈야?"

"고마워. 내 상태가 별로여서 열렬히 응해 주지 못해서 그렇지, 충분히 감동받았어. 그런데 넌 어떻게 알았어?"

"어제 할아버지랑 통화했을 때 얘기해 주시던데."

세아가 놀란 눈으로 쳐다보자 세연이 뭐 놀랄 일이냐는 표정으로 말했다.

"가서 축하해 주라고 하셨어. 그래서 부러 언니 좋아하는 티라미수 산다고 이태원까지 갔다 왔는데……. 에이, 언니 못 먹으면 나라도 먹어야지. 4분의 1만 먹고 냉장고에 넣어 놓는다."

세아는 혼란스러운 눈으로 칼로 케이크를 조각내고 있는 세연을 보았다. 평사원에서 팀장까지 차근차근 올라가는 동안, 남들이 뜯어말리던 프로젝트들을 성공시키는 동안 늘 무거운 표정으로 자만하지 말고 잘하라는 야박한 축하를 건네셨던 할아버지가 아니셨던가. 그런데 세연에게 축하해 주라고 했다니 할아버지답지 않으신데 여전히 그 의중을 알 수가 없었다.

"기분 좋아? 승진해서?"

지금 내가 기분이 좋나?

스스로의 기분을 묻는 제 모습이 우스워 조소가 흘러나왔다.

좋겠지, 물론. 왜 아니겠어? 늘 꿈꿔 왔던 자린데. 이 자릴 위해 무엇들을 포기하고 달려왔는데…… 기분이 좋은 게 당연하잖아.

애써 입꼬리를 치켜 올리며 고개를 끄덕이자 세연이 물었다.

"이제 남은 건 전무랑 사장, 회장뿐이네? 진짜 내 언니지만 대단해. 말은 안 했지만, 겨울에 인사팀으로 좌천되고 한 달 동안 호주에 있기에 혹시 이대로 끝인가 엄청 걱정했었거든."

세아는 소파 등받이에 팔꿈치를 기댄 채, 케이크를 떠먹는 동생을 보았다.

"그런데 결국은 이렇게 돌아와 언니 꿈을 이뤘잖아. 이런 날은 축배를 올려야 하는데, 하필 아파서……. 마침 와인 같은 것도 택배로 왔던데."

"와인?"

자리에서 일어난 세연이 주방 구석에서 커다란 상자를 들고 오자 세아는 상자의 위에 붙은 송장을 보았다.

Barossa valley, Rowland flat, XXXX, South Australia, Australia

Dean Reiner

"언니가 호주에서 묵었던 와이너리에서 보낸 것 같던데. 제레미 오빠 형 이름이 딘 레이너야?"

그대로 굳어서 낯익은 주소가 적힌 송장을 내려다보고 있자, 그녀의 반응을 눈치채지 못한 세연이 상자를 개봉하기 시작했다. 상자 안에서 얇은 판 모양의 네모난 것을 꺼내 겹겹이 싸인 포장을 풀자 액자에 담긴 풍경화가 나왔다.

"호수네?"

구름 한 점 없는 하늘과 푸른 숲에 둘러싸인 호수의 맑은 물의 미묘한 진동, 바람이 부는 수풀이 흩날리는 모습까지, 그 여름 시크릿 레이크의 모습이 화폭에 담겨 그대로 남아 있었다.

"멋지다! 언니가 그린 거야?"

그녀가 하얀 얼굴을 끄덕이자 세연이 아직도 실력이 녹슬지 않았다고 너스레를 떨며 그림을 감상했다.

"잘됐다. 여기다 걸면 되겠네."

소파 맞은편 하얀 빈 벽에 액자를 걸고는 스스로 만족한 얼굴로 고개를 끄덕였다. 그러고는 상자에서 또 다른 상자를 꺼냈다.

"아무래도 이건 딱 와인 사이즌데?"

꼼꼼히 싸인 포장을 벗겨 내자 길쭉한 나무 상자가 나왔다. 상자를 열자 예상대로 와인이 들어 있었다. 검은 와인 병에 검정 캡, 하얀 라벨에는 뿌리를 길게 내린 포도나무에 겹쳐져 그림자처럼 흐릿한 여인의 옆모습이 그려져 있었다. 거친 듯 익숙한 그림체에 제레미가 그린 것이라는 걸 알아차렸다. 그리고 아마 이 와인의 이름은 그 남자가 지었으리라. 까끗한 눈으로 라벨 가운데 아주 간결한 글씨체로 쓰인 'Queen'이란 이름을 보았다.

"이름 좋네. 퀸. 오늘 축하주로 딱이었는데 아쉽다. 그런데 카드 한 장 없이 달랑 물건만 보낸 거야?"

혹시나 해서 와인 상자 안을 뒤지는 세연에게 아마도 아무것도 없을 거라 말하려 했지만, 목구멍에 뭐가 틀어박힌 듯 아무 말도 할 수 없었다.

"없네. 와인은 언니 컨디션 괜찮아지면 마시자. 나 너무 늦어서 그냥 오늘 여기서 자고, 아침 일찍 바로 학교 갈래. 언니 옷 좀 빌려 입는다."

세연이 욕실로 사라지자 세아는 나무 상자 안에서 와인을 꺼내 테이블에 놓았다. 당신은 왜 이 와인을 여왕이라고 이름 지었을까요? 왜 내게 이 와인을 보냈을까요? 혹시…… 아직도 날 기다리고 있나요?

소파 팔걸이에 머리를 기대어 옆으로 구부려 누운 세아는 무심히 걸린 호수 그림과 까만 와인 병을 보았다.

만약 내가 호주를 떠나지 않았다면, 우리는 이 와인을 같이 마시고 있었을까요? 그랬다면 난 오두막에 앉아 겨울이 온 호수를 그리고 있었을 테고, 불면증 따위 앓지도 않았을 테고, 우리는 행복했을까요? 하지만 알아요. 그런 만약이란 말은 아무런 소용이 없다는 걸. 아무것도 바뀌지 않는다는 걸.

흐르는 눈물이 소파의 천을 흠뻑 적시는 동안 생각했다.

하지만 말이에요…… 모두 말하는 것처럼 내 꿈이 이뤄졌다면, 내가 여왕이 되었다면, 왜, 왜 이렇게 가슴이 아프고 눈물이 흐를까요?

젖은 머리칼을 털며 욕실에서 나온 세연은 텅 빈 거실을 두리번거렸다. 그리고 조용히 방 문을 열어 침대에 누운 세아의 뒷모습을 보고는 다시 문을 닫았다.

"정말 컨디션 안 좋나 보네."

소파에 앉은 세연은 테이블 한편에 쌓여 있는 책들 중에 와인 잡지를 들었다. 휘리릭 넘겨 보다 익숙한 와인 병을 발견하고 반가워 소리쳤다.

"얘네, 퀸!"

테이블에 놓인 와인 병과 똑같은 와인 병의 사진이 있는 기사를 읽기 시작했다.

호주 Reiner Wine의 Queen, 2016년 최고의 와인으로 뽑혀.

지난 12월 와인 스펙테이터의 TOP 10 of 2016 Wine에서 1위에 뽑혔던 레이너 와인Reiner Wine의 퀸Queen이 명실상부, 와인계에 영향력 있는 평론가로 꼽히는 로버트 파커Robert M. Parker Jr*에게 100점을 받아 2관왕의 영광을 안았다. 호주 와인으로서는 최초의 기록이다.

남호주 바로사 밸리에 위치한 레이너 와인은 1922년 패트릭 레이너로부터 시작해 저가 와인을 대량 생산했고, 그 후 마이클 레이너, 딘 레이너라는 걸출한 와인 메이커를 거쳐 호주 최고의 부띠끄 와인을 생산하는 와인 회사로 발돋움하게 되었다. 노스텔지아 1995는 2000년 와인 스펙테이터에서 '올해의 레드 와인'에 선정되기도 했고, 데스페라도 시리즈는 수많은 와인 대회의 금메달을 휩쓸며 로버트 파커로부터 '엄청나게 파워풀 하고 믿을 수 없는 밸런스를 이룬 와인'이라는 극찬을 받은 바 있다.

퀸Queen은 2012년 태즈메이니아 섬에서 수확된 카베르네 프랑

---

* 와인 평론계의 대표적인 인물. 100점 만점으로 와인 점수를 매김.

45퍼센트에 레이너 와이너리에서 가장 오래된 90연령대의 포도나무에서 수확한 카베르네 소비뇽 42퍼센트와, 메를로 13퍼센트를 현대적인 양조 방식에 따라 스테인레스 통에서 발효 후 새 오크 통에서 6개월, 1년 된 오크 통에서 12개월 숙성시키고 병입했다. 와인 스펙테이터에서는 진한 루비 컬러로 풍부한 과실 향과 꽃 향이 인상적이고, 부드러운 타닌과 단단한 응집력을 가지지만, 전체적으로 복잡하고 놀라울 만큼 긴 피니쉬를 주는 와인이라고 평했다.

호주의 유명 와인 평론가이자 칼럼리스트인 더스틴 밀러는 퀸에 대해 이런 칼럼을 남겼다.

나는 와인 테이스팅을 할 때 가능한 한 두 번에 걸쳐서 한다. 직접 와이너리에 들러 배럴 테이스팅Barrel Tasting*을 하고, 나중에 출시된 와인을 테이스팅 하는 것이다. 레이너 와이너리에 들러 다섯 종의 와인을 테이스팅 했을 때, 한 와인이 나를 완전히 사로잡았다. 아직 향과 맛이 덜 열린 듯했으나, 부드러운 타닌과 감미로운 텍스쳐는 이전의 레이너 와이너리에서 생산되었던 남성적이고, 파워풀 한 와인과는 사뭇 달랐기 때문이다.

사실 레이너 와인은 지난 2년간 부진을 겪었다. 매해 이름을 올리던 와인 스펙테이터에 레이너 와인을 찾을 수 없었고, 딘 레이너 표 와인의 특징이었던 완벽한 밸런스가 무뎌진 걸 느끼고 있었다. 갑작스레 블렌딩 스타일이 바뀐 게 놀라웠고 그 이유가 궁금했지만, 두 번째 테이스팅까지 확인해 보고 싶은 마음에 후일을 기약하며 와이너

---

* 오크 통에서 숙성 중인 와인을 시음하는 것.

리를 나섰다. 그리고 며칠 전 퀸Queen을 두 번째로 맛보게 되었고, 이 와인이 내가 배럴 테이스팅 때 놀랐던 그 와인이라는 걸 알게 되었다.

카베르네 프랑은 와인에 복잡 미묘한 풍미와 부드러운 텍스쳐를 주지만, 시간이 지날수록 힘이 떨어지는 큰 단점이 있다. 이를 보완하기 위해 카베르네 소비뇽, 메를로를 더하게 된다. 이건 보르도 와인의 아주 흔한 공식과도 같으나 호주에서는 많이 시도되는 스타일은 아니었으므로 매우 흥미롭게 시음을 시작했다.

첫 배럴 테이스팅 때 느꼈던 여성스러운 풍미는 더욱 강하게 느껴졌고, 딘 레이너의 블렌딩답게 도드라지진 않지만, 세 가지 와인이 완벽한 밸런스를 이루고 있었다. 다만 그 느낌을 강하게 느끼지 못한 건 매우 집약적이며 풍부한 맛이 휘몰아치기 때문이었다. 붙잡힐 듯 붙잡히지 않는 맛과 향 때문에 나는 시음을 두 번 반복해야 했다. 하지만 시음할 때마다 퀸은 매번 다른 느낌을 주었고, 나는 환희에 빠져 테이스팅을 잊고 와인 한 병을 비우고야 말았다.

딘 레이너는 세계적으로 유명한 와인 메이커 중 한 명이다. 젊은 와인 메이커 중에서도 제일 촉망받은 메이커고, 많은 이들이 신에 가까운 완벽한 밸런스를 이루는 그의 와인에 환호한다. 나 역시도 그의 파워풀 하고 완벽한 밸런스의 와인을 좋아하던 팬이었다. 하지만 이 와인을 마시는 순간 딘 레이너의 전혀 다른 와인을 고대하고 있었다는 걸 깨달았다. 헤르만 헤세는 데미안에서 이렇게 말한다. '새는 알을 깨고 나온다. 알은 세계다. 태어나려는 자는 세계를 파괴해야 한다.'고. 딘 레이너에게 찬사를 보낸다. 알을 깨고 나온 새여, 당신의 와인은 완벽했노라고.

Chapter.20

What if? What if? What if?
If what you felt then was true love,
then, it's never too late.
You need only the courage to follow your heart.

돌아갈 수 있다면? 다시 할 수 있다면? 되돌릴 수 있다면?

그때 당신이 느꼈던 게 진실된 사랑이라면

너무 늦은 것이란 없어요.

당신에게 필요한 건 가슴의 소리를 따라갈 용기예요.

_레터스 투 줄리엣 中

[7시까지 라연으로 오너라. 세연이랑 석호도 온댔으니 다 같이 저녁
이나 먹자꾸나.]

장 회장의 문자에 회의 중이던 세아는 알았다는 답문을 보
내고 다시 미팅에 집중했다. 점심을 먹고 바쁜 오후를 보내고
있는데 전화가 왔다. 모르는 번호에 잠시 머뭇거리다 통화 버
튼을 눌렀다.

"여보세요."

— Hello, Sea?

전화선을 타고 울리는 귀에 익은 목소리에 모니터에 집중되
어 있던 정신이 순식간에 밖으로 빠져나오는 것을 느꼈다. 통
화를 끝낸 세아는 하던 일을 멈추고 겉옷과 핸드백을 들고 일

어났다.

"죄송하지만 중요한 선약이 있어서 먼저 일어나겠습니다. 늦지 않게 퇴근들 하세요."

놀란 팀원들을 뒤로하고 회사 앞 커피숍으로 한달음에 달려가니 창가 쪽으로 익숙한 뒷모습의 남자가 보였다. 두근거리는 가슴을 안고, 말끔한 슈트 차림에 금발 남자가 앉은 테이블로 다가갔다.

"리치."

일어난 그가 반갑게 웃으며 세아를 안았다. 마치 그를 처음 만나 인사를 나누었던 그 여름처럼. 호숫가 그림과 퀸, 그리고 리치까지, 원치 않던 기억이 그 여름을 향해 제멋대로 뒷걸음치고 있었다.

자리에 앉아 음료를 주문하자 리치가 길어진 머리와 흰색 블라우스에 라임색 스커트 차림의 그녀의 모습을 살폈다.

"그렇게 입으니 달라 보이네요. 우리 9개월 만인가요?"

"네. 시간이 벌써 그렇게 됐네요."

그를 두고 도망치듯 바로사 밸리를 떠나왔던 그 밤을 떠올리는 것만으로도 견딜 수 없이 고통스러운 그녀와 달리 리치는 아무렇지 않은 얼굴로 안부 인사를 건넸다.

"그동안 잘 지냈어요?"

"네. 한국은 어쩐 일이세요?"

"레이너 와인이 한국에 정식 수출을 하게 되어 계약 차 들렀어요."

"드디어 수입을 하는군요. 이제 레이너 와인을 어렵지 않게 구입할 수 있겠네요."

"그동안 계속 알아보고 있었는데, 마땅한 수입 업체를 만나지 못했었어요. 유통사에서 관리를 잘못해서 와인 맛을 망쳐놓은 경우가 있어서 우린 수입 업체를 까다롭게 고르는 편이거든요. 다행히 퀸이 공전의 히트를 치면서 우리 조건을 만족시킬 만한 업체를 만나게 됐죠."

"기사에서 봤어요. 축하드려요."

이 모든 영광이 누구 덕택인지 그녀는 알까? 그 와인이 누구를 위해 만들어졌는지, 누굴 생각하고 딘이 와인을 만들었는지 아냐고 물어볼까?

그가 망설이는 사이 서빙 직원이 놓고 간 주스를 들며 그녀가 물었다.

"당신은 어때요? 제레미가 메일로, 당신이 연애를 시작했다던데요. 그래서인지 얼굴이 환해 보이네요."

리치가 그답지 않게 난감한 미소를 띠며 커피를 한 모금 들이켰다.

"녀석이 쓸데없는 이야기를 했군요."

"그냥 당신이 푹 빠져 있다는 이야기를 했을 뿐이에요. 어떤 분인지 궁금하네요. 아 참, 롭과 린다 소식도 들었어요. 정말 잘됐어요."

"네. 정원에서 가족끼리 조촐히 식도 올렸죠."

"축하드린다는 말씀 꼭 전해 주세요."

리치는 고개를 끄덕이며 광대뼈가 유난히 도드라져 보이는 얼굴에 한마디 했다.

"그런데 당신은 또 말랐군요."

"좀 바빴어요."

"알아요. 커피 사업이 꽤 잘돼서 본부장 취임을 앞두고 있다면서요."

그녀가 황당한 얼굴로 쳐다보자 예전과는 달리 양심의 가책 따위 전혀 없는 얼굴로 리치가 말했다.

"미안해요. 하지만 어쩔 수 없어요. 묻진 않아도, 당신이 어떻게 지내는지 궁금해하는 남자가 있으니까요."

"전 잘…… 지내더라고 전해 주세요."

입가에 겨우 미소 비스무리한 걸 띠우며 말했지만, 툭 건드리기만 해도 우르르 무너져 내릴 것 같은 표정에 리치가 물었다.

"정말로 잘 지내는 거 맞나요? 내 눈에만 그렇게 보이지 않는 거예요?"

"전…… 괜찮아요. 완벽하게 좋다는 거짓말은 하지 않을게요. 하지만 잘 견뎌 내고 있고, 시간이 좀 더 필요할 뿐이에요."

리치가 알 수 없는 웃음을 흘리며 고개를 내저었다가 다시 끄덕였다.

"딘과 똑같네요. 둘 다 바보에 고집쟁이군요."

그가 주머니에서 지갑을 꺼내더니 호주 100달러 두 장을 테이블에 놓았다.

"이게 뭔가요?"

"기억날지 모르겠는데, 우리 사막에서 내기했었잖아요. 롭이 린다에게 고백하면 100달러씩 몰아주기로. 그 돈이에요."

완전히 잊고 있었던 내기가 떠올라 씁쓸하게 웃으며 되물었다.

"결국 이겼네요. 그런데 한 장은 제 것이 아니잖아요."

"딘이 필요 없대요. 그래서 당신한테 다 몰아주는 거예요. 아, 이런. 저녁 비행기라 슬슬 일어나야 할 것 같아요. 여기 교통 체증이 정말 어마어마하더라고요."

리치가 손목시계를 보더니 가방을 챙겨 일어났다. 세아가 따라 일어나며 물었다.

"차는요?"

"콜택시 불렀어요."

"미안해요. 제가 공항까지 동행하면 좋겠는데, 하필 저녁에 선약이 있어서."

"마음만으로도 충분해요."

리치가 두 팔을 벌려 그녀를 안으며 귓가에 속삭였다.

"잘 지내요."

"고마워요. 당신도요."

"그리고 혹시나 매일 잠을 이루지 못한다면, 더는 이렇게는 못 견디겠다 싶을 때는 그냥 무작정 티켓을 끊고 와요. 우린 당신을 기다리고 있어요. 언제든 상관없으니, 물론 너무 늦게가 아니라면 더 좋겠지만, 오고 싶을 때 와요. 애들레이드 공항에서 와이너리까지 택시비가 200달러 조금 넘을지도 모르겠네요. 그동안 건강 챙겨요."

리치가 손을 흔들고 나가자 세아는 기다리고 있던 택시에 올라타는 그의 모습이 사라질 때까지 우두커니 서서 바라보았다. 테이블에 놓인 지폐를 들고 건너편 강산 빌딩 지하 주차장으로 향했다. 차에 올라 거울을 꺼내 얼굴을 살폈다. 처녀 귀신처럼 하얀 얼굴에 파우더를 덧칠하고 립글로스를 발라 억지로 생기를 더했다. 그녀의 상태가 어떻든 오늘 저녁은 완벽해 보여야 한다. 그녀의 본부장 승진을 축하하기 위해 할아버지께서 준비하신 자리니 더없이 완벽하게. 화장과 옷차림을 꼼꼼히 살피고는 차를 출발시켰다.

벌써 붐비기 시작한 도로를 달리며 창에 팔꿈치를 기대어 두통이 일기 시작한 관자놀이를 손가락으로 꾹꾹 눌러 지압했다. 늦은 오후의 찬란한 햇살이 가로수의 풍성한 잎사귀를 뚫고 뺨에 닿은 순간 지친 얼굴로 바에서 와인을 기울이던 남자의 모습이 흐릿하게 스쳐 지났다.

'어쩐지 피곤해 보여요.'

'잠을 좀 설쳐 그래요.'

'손을 줘 보세요.'

이틀간 묘목을 심고 돌아와 피곤에 지친 남자의 손을 잡고, 불면증에 좋다는 지압을 했던 기억이 떠올랐다. 하지만 당황한 듯 그녀를 내려다보던 그 표정이 이젠 잘 기억나지 않았다. 시간이 더 흐르면 남자의 얼굴도, 목소리도 까맣게 잊고 말겠지.

빨리 그날이 오기를 빌며 그 다음 날로 벽에 걸린 호수 그림과 와인을 상자에 넣어 보이지 않게 치워 두었다. 그리고 오늘 리치를 만난 일 역시 그렇게 기억의 한편에 꼭꼭 숨겨 두고 잊어버릴 것이다.

당신도 나처럼 잠 못 이루며 매일매일을 고통스럽게 견디고 있는지, 왜 와인의 이름이 퀸인지, 당신이 무슨 마음으로…… 그 와인을 만들었는지 궁금해하지 않을 거야. 그냥 내 선택에 후회하지 않도록 앞만 보고 달릴 테니까. 그러니 당신도 그러길 바라요. 날 기다리고 있다면, 그래서 와인을 보낸 거라면 그만 잊어요. 나도 그럴 테니까. 모든 힘을 다해 당신을 잊으려고 노력할 테니까.

오디오 버튼을 누르자 스피커를 타고 모차르트 교향곡 25번 1악장이 흘러나왔다. 강렬하게 휘몰아치는 음악에 맞춰 남산 터널로 들어섰다. 문제가 생겼다는 걸 깨달은 건 막혔던 터널이 뚫리며 속도를 내어 달리기 시작했을 무렵이었다.

그녀 앞으로 달리던 차가 마치 술 취한 사람이 비틀대는 것처럼 불안정하게 흔들렸다. 놀라 속도를 늦추며 앞차를 주시하자 다시 중심을 잡는 듯했던 차가 점점 터널 벽 쪽으로 향해 달렸다. 순간 세게 클랙슨을 울리자 스피커에서 흘러나오는 바이올린 소리를 뚫고 빵……!

귀가 얼얼해지도록 큰 소리가 터널을 타고 울렸다.

하지만 균형을 잃은 앞차는 터널 벽에 차 옆면을 밀다 옆 차선으로 꺾었고, 세아도 동시에 핸들을 틀며 브레이크를 밟았다. 공처럼 튕겨져 나간 몸이 안전벨트에 걸려 공중에 떠 있는 동안 모든 게 영화의 한 장면처럼 느리게 지나갔다.

차선을 넘은 앞차가 반대편에서 오던 차와 부딪히며 처참하게 찌그러졌고, 그 찢어질 듯한 굉음에 싸늘한 죽음의 공포가 온몸을 휘돌았다. 마찰의 힘보다 강한 가속의 힘에 못 이겨 몇 미터를 더 달려 터널 벽에 박기 직전에 가까스로 멈추자 시트에 내던지듯 몸이 사정없이 떠밀리며 머리받이에 세게 뒤통수를 박았다. 온몸을 휩싸는 통증 속에 정신이 아득해지는 순간 끝없이 펼쳐진 포도밭 가운데 서 있는 남자가 보였다.

당신은 왜 늘 그렇게 외로이 혼자 서 있는 걸까. 그런 당신을 두고 온 난 지금 벌을 받는 걸까.

곧 뒤에서 쿵, 쿵 하고 연쇄 추돌의 충격이 이어졌고, 그녀는 그대로 까마득한 어둠 속으로 빠져 들어갔다.

차에서 내린 장 회장이 응급실 안으로 달려 들어가자 세연이 쓰러지시니 진정하라며 서둘러 그 뒤를 따랐다. 석호가 노인을 붙든 세연을 앞서 데스크로 달려가 간호사에게 물었다.

"남산터널 사고로 이송된 환자가 여기로 왔다고 들었는데요."

"이름이 어떻게 되시죠?"

"장세아라고, 서른한 살 여자입니다."

"잠시만요. 아, 장세아 환자 분 검사 끝나고 병실로 옮기셨어요."

간호사가 알려 준 입원실로 올라가는 엘리베이터 안으로는 무거운 고요가 내려앉았다.

"걱정 마세요, 할아버지. 검사하고 옮겼다는 거 보니 많이 다친 건 아닐 거예요."

석호의 말에 장 회장은 연신 고개를 끄덕이며, 팔꿈치를 잡아 부축하고 있던 세연의 손등을 두드렸다. 하지만 주름진 얼굴에 깊게 드리운 공포와 불안을 지우진 못했다. 한달음에 병실에 도착해 문을 열어젖히자 침대에 누운 여자가 천천히 고개를 돌려 그를 보았다.

"할아버지?"

손녀의 부름에 그대로 다리에 힘이 풀려 주저앉으려는 걸 석호와 세연이 부축해 침대 옆 의자에 앉혔다. 노인은 벌벌 떨리는 손으로 침대에 누운 손녀의 창백한 얼굴과 몸과 링거가 연결된 손을 매만지며 물었다.

"괜찮으냐? 어디가, 얼마나 다친 거냐?"

"괜찮아요, 할아버지. 부러진 데도 없고 찢어진 데도 없어요. 타박상이랑 잠깐 정신을 잃었던 것뿐이에요."

잔뜩 쉰 목소리로 대답하고는 팔을 짚어 엉거주춤 몸을 일으키자 마치 그녀를 사정없이 구겨 놓았다 편 것처럼 온몸이 비명을 내질렀다. 악 소리가 나오려는 걸 혀를 깨물며 참자 환자복 안으로 식은땀이 흥건하게 배어 나왔다. 석호가 얼른 침대를 세우고 그녀를 기대게 했다.

"검사받았다면서?"

"사고 후유증인지 머리가 아프고 구역질이 나서 CT 찍었는데, 검사 결과는 기다리면 나올 거래요."

하지만 장 회장은 쉬이 마음을 놓을 수가 없었다. 교통사고로 응급실에 이송된 환자가 그의 손녀인 장세아 양인 것 같다는 전화를 받고 병원으로 달려오는 30여 분 동안 어떤 지옥을 경험했던가. 쉬이 가라앉지 않는 불안감에 거듭 묻는 목소리가 떨렸다.

"아직도 머리가 많이 아프냐? 어디 다른 데는 안 아프고? 의사는 왜 코빼기도 안 비추는 것이야?"

"금방 왔다 갔어요. 아까 진통제 투여해 준다더니, 많이 나아졌고요."

"정말로 괜찮은 것이야? 할아비 걱정한다고 참지 말고 말해 보거라."

세아는 쭈글쭈글 주름진 손을 잡고 장 회장을 안심시키듯 눈을 맞추며 속삭였다.

"저 정말 괜찮아요, 할아버지."

저는 아빠랑 엄마처럼 그렇게 안 죽어요. 그러니 이렇게 안 떠셔도 돼요.

마치 그녀의 속엣말을 듣기라도 한 듯 장 회장은 그제야 조금 진정이 된 얼굴로 물었다.

"대체 어떻게 사고가 난 게야?"

"제 앞차가 터널 벽을 밀고 반대 차선으로 틀었어요. 급히 브레이크를 밟아서 저까지 박진 않았는데, 제 뒤로 2중 추돌이 났었대요. 정신을 잃고 있다가 응급실에 도착해서야 깼어요.

놀라시게 해서 죄송해요."

"내가 놀란 게 문제더냐. 네가 다쳐서 누워 있는데."

세아가 힘겹게 입술 꼬리를 올려 보이자 장 회장은 거친 손바닥으로 하얀 뺨을 쓸었다. 조그만 일에도 까르르 잘 웃고 꽃처럼 예쁜 아이였는데, 언제부턴가 너도 네 아비처럼 웃지를 않는구나. 내가 너도 그리 만든 게냐?

세아가 그의 등 뒤에 선 석호에게 말했다.

"아직 회사에 연락을 못해 놨어. 3, 4일 정도면 퇴원할 수 있을 거야. 사람들 놀라지 않게 네가 대신 잘 전해 줘."

"알았어. 걱정하지 말고 누나 몸부터 살펴. 그리고 퇴원이 누나 마음대로야? 검사 결과도 봐야 하잖아."

"그래. 언닌 교통사고 나서 누워 있는 판국에도 회사가 중요해? 정말 큰일이라도 났으면…… 어쩔 뻔했냔 말이야."

벌써 눈물 떨굴 준비를 하고 있는 마음 약한 동생에게 부러활짝 웃어 보이며 말했다.

"큰일 안 났어. 괜찮아, 세연아. 괜찮아요, 할아버지. 3일 정도 쉬면 충분히 일할 수 있어요."

"어찌 그리 미련하누. 이 꼴을 하고 안 아프단 말이 나오더냐? 이렇게 얼굴이 창백한데도 괜찮다고?"

장 회장이 주머니에서 손수건을 꺼내 하얀 이마에 송골송골맺힌 식은땀을 닦아 주고는 간호사를 호출했다. 그녀의 상태를본 간호사가 곧 의사가 올 거라고 말하고는 나갔다. 장 회장은길고 느린 한숨을 내쉬며 말했다.

"그래. 어찌 너만 미련하다 하겠느냐. 오늘 아침 진찰하던 김 박사가 말하길, 겨울에 퇴원하고 8개월 만인데 놀랄 정도라며, 이렇게 관리를 할 수 있으시면서 왜 그동안은 못 하셨냐고 타박 아닌 타박을 하더구나. 그래서 그 전에도 저염식을 했고, 약도 잊지 않고 먹고, 먹으라는 것들도 다 챙겨 먹었는데 왜 못 고쳤느냐고, 돌팔이라 그랬지. 김 박사 하는 말이, 5년 전부터 그렇게 일을 관두라는 말을 안 듣고 고집을 피우지 않으셨냐 되받아치더구나. 그러니 대답할 말이 없었지."

"할아버지."

뒤에서 세연이 장 회장의 어깨를 감싸자 주름진 손으로 팔을 토닥이며 말했다.

"그래, 그래. 나는 이 일이 내 천직이라 믿었고, 즐겁고 기쁘게 일을 했는데, 내 몸은 아니었던가 보다. 내일모레면 저승길 올라야 할 나이에 그럴 만도 하지."

"그런 말씀 마세요."

"호텔에서 차를 마시며 오지 않는 너를 기다리고 있는데, 병원이라고 전화가 왔다. 그 순간 그 지옥 같은 날이 생각나더구나. 네 아비와 어미가 아침에 인사를 하고 나갔는데, 시신으로 병원에서 마주했던 날 말이다. 혹시나 너도 그리 됐을까 봐 너무너무 겁이 났다. 온몸이 부들부들 떨리고 무서웠어."

마른 대추처럼 검고 쪼그라든 노인을 보며 세아는 깨달았다. 그녀도 그도 그날의 고통에서 한 치도 벗어나지 못하고 십수 년을 보냈음을.

"후회가 들더구나. 나는 네가 천천히 깨닫길 원하고 두었는데, 만약 오늘 네가 잘못되었다면 난 정말 내 자신을 용서하지 못할 것 같았다."

장 회장은 무언가를 결심한 표정으로 말을 이었다.

"진작부터 네게 문제가 생겼다는 걸 알고 있었다. 내가 네 꿈을 꺾고, 날개를 부러뜨렸으니 상심과 분노가 쉬이 가라앉지 않으리라 생각했다. 하지만 호주에서 돌아온 넌 달라져 있었어. 다시 전략기획팀으로 복귀하게 해 달라 부탁했지만, 그 전에 보았던 투지와 욕망은 더 이상 느껴지지 않았다. 넌 달라져 있었어."

놀란 그녀는 장 회장의 무겁게 내려앉은 얼굴을 마주 보았다.

"본부장으로 승진되어서도 마찬가지야. 넌 하나도 기뻐하지 않았지. 그렇게 간절히 바랐으면서 왜 그러고 있는 게냐? 무엇에 쫓기는 사람처럼, 좋아할 새도 없이 그냥 정신없이 뛰고만 있어. 왜 그러는 것이냐? 왜 더 큰 날개를 달아 주었는데도 날지 않아?"

안 그래도 창백한 얼굴이 밀떡처럼 하얗게 질려 입을 꼭 다물고 있는 손녀의 얼굴을 가슴 아프게 바라보았다.

"네가 못 견디고 모두 내려놓을 때까지 기다리려고 했다. 그래서 부러 널 승진시켰지. 하지만 안 돼. 너도 나도 이렇게는 더 살 수가 없는 게야. 만약 오늘 네가 사고로 어떻게 되었다면 내가 죽어서 형준이를, 네 어미를 무슨 낯으로…… 볼 것이며, 널 잘 키웠다고 말할 것이냐. 말해 봐라, 뭐 때문에 그렇게 속을 끓이며 괴로워하는 거야."

손마디가 하얘지도록 침대 가드를 움켜잡자 또 몰려오는 통증에 온몸이 부서질 것처럼 아팠다. 목구멍을 타고 올라오는 뜨거운 덩어리를 삼키며, 달아오른 눈시울을 깜빡였다.

"죄송해요, 할아버지."

"어서 말을 해 보래도!"

버럭 호통치는 소리가 귓전에 웅웅 울려 퍼졌다. 세아의 얼굴이 완전히 파리하게 질리자 옆에 선 석호가 할아버지를 말리는 소리가 들렸다. 벙어리처럼 벙긋벙긋하다 겨우 목소리를 내어 말했다.

"나아……질 줄 알았어요."

딘과 와인, 꿈과 강산. 호주를 떠나왔던 비행기 안에서부터 차 사고를 당하고 깨어났던 지금까지, 9개월간의 시간이 주마등처럼 스쳐 지나갔다.

"그림을 포기하고 강산에 들어갔을 때처럼 시간이 지나면 괜찮아질 거라 믿었어요. 제 결정에 충실하고 싶었어요. 바보처럼 제가 한 선택에 뒤돌아보며 후회하는 짓 따윈 하고 싶지 않았어요."

"그런데?"

"처음부터 끝을 알고 시작했으니까……. 나는 내 꿈을 위해, 강산과 할아버지를 위해 돌아와야 한다는 걸 알고 있었고, 그 사람은 그곳에 속해 있고, 그곳에서 해야 할 일이 있는 사람이었죠. 어차피 안 된다는 걸…… 우린 알고 있었어요."

그럼에도 불구하고 그는 가진 모든 걸 다 내게 주었는데. 내가 동생의 여자인 줄 알고 있을 때도, 내가 떠나야만 한다는 걸 알고 있을 때조차도. 난 그런 당신을 두고 말도 없이 도망쳐 와 버렸지.

뺨 위로 뜨거운 눈물을 떨구며 하, 하고 울음 섞인 한숨을 토해 냈다.

"그래서 떠나왔는데, 매일 침대에서 일어나 다시 잠드는 순간까지 일분일초가 고통스러워요. 잊기 위해 일이든 뭐든 할 수밖에 없는데……. 버리고 왔으니까, 그렇게 떠나왔으니까 뒤돌아보지 않으면 다시 날 수 있을 거라 생각했는데 그럴 수가 없어요."

"그럴 수가 없는 것이냐? 그러고 싶지가 않은 것이냐?"

장 회장의 물음에 고운 얼굴이 처연히 일그러지더니 결국 우르르 바닥으로 무너져 내렸다.

"죄송해요, 할아버지. 더 이상 그러고…… 싶지가 않아요. 그림을 포기하고 지금까지 달려오면서 단 한 번도, 단 한 순간도 마음 편하고 행복한 적이 없었어요. 늘 제 모든 것을 다 포기하고 바쳐도 구멍 난 항아리처럼 끝이 보이지 않고 막막했어요. 죄송해요. 잘……하고 싶었는데 너무 죄송해요. 아무것도 할 수 없고, 아무 생각도 안 들어요. 그냥 그 사람이 보고 싶어요. 너무 보고 싶어요."

아이처럼 우는 손녀를 바라보는 장 회장이 견딜 수 없이 괴로운 얼굴로 말했다.

"그게 왜 네가 죄송할 일이냐? 그렇게 만든 내 잘못인 것을. 너는 네 할 만큼, 아니 그 이상을 해 주었는데도, 네가 행복하지 않은 걸 알면서도 너무 늦게 보낸 내 탓이지. 그러게 이렇게 아플 걸 왜 두고 왔더냐? 그냥 거기 주저앉아 같이 살지. 늙고 병든 할아비 옆에 너 말고는 없을 것 같았어? 너 없으면 당장 강산이 무너질 것 같았느냐 말이다. 왜 그리 쓸데없이 미련이 많아 제 속을 파먹는 것이야. 그리고 그놈은 떠난다는 널 한 번도 붙잡지도 않고 보내 주었단 말이냐! 네가 이렇게 힘들어하는 걸 알고는 있는 게야?"

버럭 역정을 내는 장 회장에게 서둘러 고개를 내저었다.

"그 사람 탓이 아니에요. 절 붙잡아 제 꿈을 꺾으면 불행해질 거라 믿고 보내 주었을 뿐이죠. 그 사람은…… 아직도 절 기다려요."

"그럼 가거라."

"할아버지."

홉뜬 눈으로 바라보는 손녀의 눈물 젖은 뺨을 닦아 주며 말했다.

"기다리는 놈을 두고 왜 여기서 울고 있는 게야, 바보처럼. 보고 싶으면 가면 되지. 지난 10년 동안 네 길도 아닌 길을 달리느라 애썼다. 고생 많았어. 이제라도 네 행복 찾아 훨훨 날아가거라. 가서 너 하나만 보고 아껴 주는 놈이랑 오순도순 살아. 아들 딸 낳아서 할아비 죽기 전에 품에 안겨 주면 더 좋고."

"그런 말씀 하지 마세요."

왈칵 눈물을 쏟아 내며 품에 안기는 손녀의 등을 도닥이며 주름진 눈을 어둠이 내린 창밖으로 돌렸다.

"행복하거라. 네가 행복하면 할아비는 좋다."

호주에 봄이 왔다. 따스한 바람이 언 땅을 깨우고, 겨우내 웅크려 있던 나무를 흔들더니 닫혀 있던 레이너 와이너리의 문을 두드렸다. 포도나무의 앙상한 나뭇가지에 새순이 올라온 지 보름 만에 아기 손만 한 이파리들이 제법 모양새를 갖추기 시작했고, 양조장은 겨울 동안의 묵은 때를 벗겨 내느라 대청소를 시작했다. 저택 앞으로 싱그러운 잔디가 푸릇푸릇 올라오고, 정원의 봄꽃들이 만개했다.

"늦추위에 싹이 얼까 걱정했는데, 날이 풀려 다행이야."

롭의 말에 딘도 언덕 아래 줄지어 선 나무들을 바라보았다. 단 며칠 사이에 푸르러진 포도밭의 변화는 경이로울 정도였다.

"이번 겨울은 유독 춥고 습해서 힘들었는데, 잘 버텼네."

롭이 대견한 듯 두툼한 나무 기둥을 두드리고는 와이어에 고정된 가지를 바싹 조여 주었다. 겨우내 비를 맞으며 가지치기를 하고 밭갈이를 한 포도밭은 그들이 흘린 땀방울을 증명하듯 부지런히 새 생명을 움트고 피워 냈다. 눈길이 머무는 어느 곳에든 생명이 넘쳐흘렀다. 롭은 가지 끝에 매달린 카베르네 소비뇽 싹을 살피고 있는 검은 머리칼의 남자를 보았다. 그는 이곳에서 봄을 맞지 않은 유일한 이였다. 과연 딘에게 봄이 오기는 할까?

롭이 무거운 마음을 숨기며 물었다.

"딘, 오늘 병원 예약 있다고 하지 않았나?"

시계를 확인한 딘이 고개를 끄덕였다.

"고마워요, 롭. 깜빡하고 늦을 뻔했네요."

"왜 다른 건 깜빡 안 하면서 본인 일에는 깜빡하나. 의사한
테 그딴 듣지도 않는 약 말고 베개에 머리를 대자마자 잠들 특
효약 좀 내놓으라고 해."

롭의 농담에 딘이 웃으며 언덕 아래로 내려왔다. 차를 타고
와이너리를 벗어나자 애들레이드로 뻗은 도로 옆으로 노란 유
채 꽃밭이 넓게 펼쳐졌다. 구름 한 점 없는 맑은 하늘과 따스한
오후의 햇볕이 어딜 둘러보아도 봄기운이 완연한 날이었다.

시내로 들어서 하얀 벚꽃이 흐드러지게 핀 도로를 달리자
곧 병원이 나왔다. 안으로 들어가 예약을 확인하고 기다리자
곧 그의 차례가 되었다.

"미스터 레이너, 그동안 잘 지냈나요? 어때요, 잠은 잘 이뤘
나요?"

흰 머리가 희끗희끗한 노년의 의사가 안부를 묻자 딘은 의
자에 앉으며 으레 대답했다.

"나쁘지 않았어요."

"약은?"

"일주일에 한두 번 정도. 3, 4일 동안 잠을 못 이루면 다음
날 약을 먹고 7시부터 잠이 들고 다음 날 5시에 일어나고, 또
2, 3일 동안 잠을 못 이루고 다시 약을 먹죠."

"늘지도 줄지도 않고 똑같은 패턴이군요."

차트에 기입한 노의사가 조금 골치가 아픈 표정으로 이마를 긁적였다.

"이런 말은 정말 의사로서 할 말은 아니지만, 다른 처방을 내릴 게 없어요. 당신은 인지행동 치료에도 별 효과가 없고, 직업적 특성 때문에 약 복용도 쉽지 않죠. 모든 매뉴얼과 치료법대로 성실히 따르고 있지만 별다른 차도가 없어요. 그나마 다행인 건 당신이 아주 의지가 강한 사람이라는 거예요. 안 그랬다면 약에 의존했을 테니까. 당신이 제일 잘 알겠지만 미스터 레이너, 당신의 불면증의 원인은 당신 안에 있어요."

"알아요."

노의사는 별다른 표정 변화 없이 고개를 끄덕이는 남자를 마주 보았다. 무언가가 그를 조금씩 갉아먹고 있다는 걸 그도, 남자도 알고 있었다.

"당신 안의 문제는 해결될 수 없는 것들인가요?"

"네."

망설임 없는 담담한 대답에 노의사가 반쯤은 포기한 얼굴로 의자 등받이에 기대어 고집스러운 남자를 바라보았다.

"내가 당신을 어떻게 해야 할까요?"

"약을 주세요."

"좋아요. 4주 뒤에 또 뵙죠."

한숨을 내쉰 노의사가 차트에 기입하며 중얼거렸다.

처방전을 받아 병원을 나서는 순간 문제가 생긴 걸 알아차렸다. 차 안의 시계는 3시를 훌쩍 넘겼는데, 그의 손목에 채워진 손목시계는 2시 45분에 멈춰 있었다. 고장이 난 걸까? 건전지가 다 된 걸까?

시계 매장이 런든몰의 백화점에 있는 걸 확인하고 그곳으로 향했다. 신호를 받고 멈춰 선 동안 손을 내려다보았다. 메탈 소재로 날짜 창이 따로 있고, 파란 테두리 안에 숫자가 촘촘히 쓰여 있는 시계는 크리스마스이브에 그녀에게 선물로 받은 것이었다. 춤을 추고, 일몰을 보고, 키스를 하고 사랑을 나눌 때에도 시계는 그의 손목에 채워져 있었다. 그녀가 떠난 후 수많은 불면의 밤과 낮이 지나는 동안에도 그와 함께였다. 그는 그 시간에 멈춰 있었다.

신호가 바뀌자 핸들을 잡았다. 교차로 맞은편에서 달려오는 차 안의 여자에게 시선이 멈춘 건 그 순간이었다. 무심한 눈빛에 충격이 어려, 슬로 모션처럼 천천히 그의 앞으로 오는 차의 운전석에 앉은 여자를 보았다. 어깨로 늘어뜨린 검은 머리칼과 선글라스 아래 가려진 얼굴에 심장이 쿵쿵 날뛰었다. 여자에게 시선을 떼지 않았지만, 금세 차는 시야에서 멀어져 갔다. 이제는 머릿속까지 쿵쿵 울렸다.

정말…… 비슷하게 생긴 여자였어.

그럴 리 없다는 걸 잘 알면서도 세아와 너무 비슷해서 가슴이 뛰었다.

겨우 몇 초밖에 안 되는 시간이었어. 제대로 봤을 리가 없잖아. 시계 때문에 그녀 생각을 하던 차에 비슷한 여자를 본 거야. 여자가 검은 머리칼에 선글라스를 끼고 있어 더 그래 보였는지도 모르지. 여긴 애들레이드고, 그녀는 비행기로 열 시간 거리의 도시에 있어.

머릿속을 어지럽히는 잡념을 지우기 위해 서둘러 런든몰을 향해 달렸다.

"다른 문제는 없고요, 건전지가 닳아서 교체해 드렸어요."

"감사합니다."

"별말씀을요."

백화점 매장 직원이 내민 시계를 다시 손목에 채우고, 시내를 벗어나 바로사 밸리로 향해 달렸다. 늦은 오후의 기울어진 해에 포도나무들이 긴 그림자를 드리우고, 열린 차 창문 사이로 꽃향기를 머금은 바람이 불어와 뺨을 간질였다.

지난여름 그는 불면증 때문에 점차 저하되는 후각과 미각으로 블렌딩을 할 수 없어 절망에 빠져 있었다. 더 이상 와인을 만들어 낼 수 없을지도 모른다는 불안에 휩싸여 있던 그의 앞에 그녀가 나타났고, 그와 그의 와인을 바꾸어 놓았다.

세아가 떠난 이후 그녀를 향한 그리움을 담아 만든 퀸은 세계 최고의 완벽한 와인이라는 평가를 받으며 불티난 듯 팔려 나갔고, 그 때문에 지난겨울을 정신이 없이 바쁘게 보냈다. 그리고 위기를 딛고 일어난 레이너 와인은 새로운 봄을 맞았다.

"그녀를 만났어."

유통사 계약 건으로 한국에 다녀온 리치가 한 말에 놀라 그를 보았다. 혹시나 하는 기대를 품지 않은 건 아니었으나, 그녀가 떠난 이후 세아에 대해 일언반구 꺼내지 않던 리치였기 때문이었다. 무표정한 가면 뒤로 무너지고 있는 그를 가늠하는 듯 바라보며 말했다.

"말해. 물어보라고. 그녀가 어떻게 지내는지, 무슨 이야기를 나눴는지 엄청 궁금할 거 아니야."

"어떻게…… 지내는 것 같아?"

"일에 치여 정신없이 바쁘게 사는 것 같았어. 기획했던 프로젝트가 잘돼서 이번에 본부장으로 올라간다고 하더군."

결국은…….

씁쓸한 안도와 진한 그리움을 숨기며 딘은 무표정한 얼굴로 말했다.

"잘됐군."

"하지만 호주에 처음 왔을 때처럼 많이 야위어 보였어. 잠도 잘 이루는 것 같아 보이지 않았고 별로 잘 지내는 것 같아 보이지 않았지만, 네게 잘 지내더라는 말을 전해 달랬어."

"그래."

딘의 대답에 리치가 소리쳐 물었다.

"그래? 그래라고? 그게 끝이야? 지금이라도 늦지 않았어. 그녀를 돌아오게 설득해야 한다고."

"그럴 순 없어."

"왜 안 되는데? 어쩌면 그렇게 둘 다 고집불통들인지! 행복을 위해 서로를 놓아 주었는데, 결국 둘 다 불행하잖아. 누구도 행복해지지 않았다면 왜 바보처럼 그러고들 있는 거냐고?"

화가 나서 가 버리는 리치에게 아무런 말도 할 수가 없었다. 그녀를 붙잡아 되돌릴 기회가 있었지만, 그는 단 하나뿐인 기회를 놓아 버렸다.

그림을 그렸지만 부모님이 돌아가신 후 캔버스와 붓을 모조리 버려야 했고, 회사에 들어갔지만 능력이 있음에도 불구하고 좌천을 당하고 말았다. 단 한 번도 날개를 펼쳐 그녀가 꿈꾸는 인생을 살아 보지 못했다. 사랑한다는 이유로, 그까지 그걸 빼앗아 주저앉히고 싶지 않았다. 그녀를 원하지만, 훨훨 날아올라 여왕이 되는 모습을 지켜볼 것이다.

저만치에 'Reiner Wine' 표지판이 보이고, 야자수 길을 지나자 파란 지붕의 셀러 도어가 나왔다. 문은 닫혀 있었고, 주차장은 텅 비어 있었다.

'오래 기다렸어요? 오늘 블렌딩은 좋았나요?'

붉은 노을 너머로 그에게 오던 검은 머리칼의 여자의 모습이 보였다 사라졌다. 어머니가 떠난 후 그는 행복했던 추억이란 날카로운 유리 파편에 찔리는 것처럼 아프다고만 생각했다. 하지만 그녀가 떠나며 단지 아프게 하는 것만이 아닌 그를 버티게 하는 힘이라는 걸 깨달았다. 그에게 그리움은 고통인 동시에 위안이었다.

그녀도 그가 준 화구 가방을 보며 그를 떠올릴까? 아니면 옷장 구석에 넣어 두고 그를 잊고 있을까. 슬프게도 어느 쪽인지 확인할 방도는 없었다.

백미러로 멀어지는 셀러 도어를 보다 코너를 돈 순간 길 중간에 서 있는 낯선 차를 발견하고 속도를 늦췄다. 간혹 셀러 도어의 방문객 중에 길을 잘못 들거나, 호기심에 포도밭에 들어오는 경우가 종종 있었다. 전자든 후자든 잘 말해서 와이너리에서 내보내야 한다.

차를 세우고 다가갔지만 안에는 아무도 없었다. 주위를 두리번거리고 있자 누군가 포도밭에서 걸어 나왔다. 지는 태양 빛을 등지고 있는 여자가 천천히 그에게로 다가오자 이유를 알수 없게도 가슴이 거세게 뛰기 시작했다. 그리고 일광이 사라지고 드러난 얼굴에 돌처럼 굳어 그녀를 보았다.

"안녕, 딘."

떠날 때보다 길어져 어깨까지 닿는 검은 머리칼이 9개월간의 시간을 증명해 주는 듯 낯설었다. 하지만 그를 사로잡고 그의 심장을 뛰게 하는 건 그때나 지금이나 변함없이 그대로였다.

"오랜만이에요. 잘 지냈어요?"

말을 잃고 선 그에게 더 다가오자 꿈속에서마저 그리웠던 시트러스 향이 코끝에 스몄다. 믿을 수 없어 눈을 감았다 뜨자 이제 손을 뻗으면 안을 수 있을 정도로 가까이에 서 있었다. 차마 손을 내밀어 그녀를 안을 수 없어 바라볼 뿐이었다. 리치의 말대로 야위어 보였으나 표정은 밝았고, 혈색도 좋아 보였다.

그가 아무런 말도 하지 않자 세아는 머쓱한 표정으로 말했다.

"봄의 와이너리는 어떨까 상상했는데, 아직 꽃은 안 피었나 봐요."

"꽃은…… 다음 달부터 피기 시작할 거예요."

"기대되네요. 포도 꽃을 한 번도 본 적이 없거든요."

"그리 예쁘진 않아요. 아주 작죠. 애들레이드 시내 도로에서, 지나는 차에 당신이 있는 걸 봤어요."

"정말요?"

세아가 웃자 딘은 거세게 날뛰는 가슴을 누르며 중얼거렸다.

"헛것을 본 거라고 생각했어요. 여긴 웬일이죠? 또 휴가 왔나요?"

"네. 휴가라면 휴가죠."

세아가 알쏭달쏭한 미소를 지으며 답하자 심장이 바닥 저 아래로 빠르게 추락했다. 휴가라면 또 떠나야 한다는 말인가? 그렇다면 그녀는 왜 이곳에 다시 왔을까? 내가 여전히 기다리고 있다는 걸 모르는 걸까?

"전 이곳이 너무 좋거든요. 제가 가 본 곳 중에 가장 아름다운 곳이죠. 조금 걸을까요?"

세아가 걸음을 옮기자 딘은 그녀와 보폭을 맞춰 걷기 시작했다. 바람에 휘날리는 머리칼을 넘기며 그녀가 물었다.

"그동안 어떻게 지냈어요?"

"바쁘게 지냈어요."

"와인과 액자 잘 받았어요. 고마워요."

걸음이 멈추고 세아를 내려다보았다. 당신은 그 와인을 보고 아무런 생각도 들지 않았을까. 왜 퀸이라 이름 지었는지 궁금하지 않았을까. 그 와인을 마셔 보긴 했을까. 액자 속의 호수를 보며 그 어떤 추억도 떠올리지 않았을까.

아무런 감흥도 미련도 남지 않은 듯한 그녀의 모습에 딘은 차디찬 절망에 휩싸였다. 주위를 둘러보던 세아는 꽃이 피지 않아 푸릇한 풀뿐인 라벤더 언덕을 발견하고 소리쳤다.

"이 길이에요. 기억나요? 와이너리에 처음 온 날 당신이 양조장이랑 셀러 도어를 구경시켜 주고 일몰이 지는 이 길을 걸었잖아요."

"기억나요."

당신과 보았던 별똥별과, 춤을 추고, 싸우고, 키스하고, 사랑을 나눴던 모든 순간이 생생하게 기억이 나. 당신은 그 모든 시간을 잊어버렸을까.

딘은 그의 기대를 산산이 찢어 놓는 여자 대신 포도밭 너머로 서서히 사라지는 태양을 원망스레 바라보았다.

"사실 난 그때 이렇게 하고 싶었거든요. 안녕하세요. 나는 장세아고, 우리 아주 예전에 이런 인사 나눈 적이 있었죠? 그때 내 인사를 안 받아 줬잖아요. 내 얘기 좀 해도 될까요? 난 열여덟 살까지 그림을 그렸고, 부모님이 돌아가시고 나선 경영학과에 들어갔어요. 가족은 할아버지와 동생이 있고, 연어 샐러드와 미디엄 웰던의 스테이크를 좋아하고, 봄과 비 오는 날을 좋아해요. 이상형은 바람과 함께 사라지다의 레트 버틀러고, 불면증에 시달릴 때마다 그를 보기 위해 영화를 틀죠. 그리고 나는 당신 동생의 애인이 아니라 그냥 친구예요."

그녀가 이런 이야기를 늘어놓는 이유가 뭘까.

무심한 얼굴 아래로 무너지는 가슴을 숨기며, 마치 악수를 청하듯 손을 내민 세아를 바라보았다.

"그런 얘기를 나누고 싶었어요. 왜냐하면 나는 당신을 처음 본 순간부터 끌렸거든요."

일몰이 완전히 사라지기 직전 마지막 찬란한 빛에 사로잡힌 그녀가 물었다.

"만약 당신 마음이 내가 떠난 그 여름과 똑같다면, 날…… 받아 줄래요? 만약 당신을 두고 그렇게 떠났던 날 용서해 줄 수 있다면 제발 내 손을 잡아 줄래요?"

세아는 표정을 읽을 수 없는 그를 올려다보며 떨리는 목소리로 되물었다.

"만약이란 말이 소용없다는 걸 알지만, 간절히 빌게요. 만약 나 때문에 잠 못 이룬다면 제발 한 번만 날 안아 줄래요? 왜냐하면 나는 당신 때문에 계속 잠을 못 이루거든요."

뜨거운 희망의 불꽃에 휩싸여 딘이 물었다.

"왜…… 잠을 못 이뤘죠? 꿈을 이뤘잖아요. 본부장이 되었다고 들었어요."

"맞아요. 우리 함께 유성을 보고 빌었던 소원이 다 이뤄졌어요. 당신은 완벽한 와인을 만들었고, 난 간절히 바랐던 자리에 앉았죠. 그런데…… 아무 의미가 없었어요. 영광도 행복도 느껴지지 않았어요. 왜냐면 당신을 떠난 뒤에 난 더 이상 그 자리를 원하지 않았거든요. 난 본부장이 아니에요. 취임 며칠 전에 해고당했어요."

"왜."

놀란 그의 입에서 외마디 말이 터져 나왔다.

"밥도 안 먹고, 잠도 안 자고, 죽을 것같이 일만 했거든요. 할아버지께서 진노하시며 절 강산에서 완전히 내쫓으셨죠. 이제 난 돌아갈 데가 없어요."

그가 손을 올려 뺨을 감싸자 다정한 온기와 거친 손바닥의 감촉에 눈을 감고 안도의 한숨을 내쉬었다. 딘은 안타까운 얼굴로 속삭였다.

"대체 왜…… 그러라고 보내 준 게 아니에요."

"알아요. 어떤 마음으로 보내 줬는지. 미안해요. 당신을 그렇게 두고 가서. 난 아무것도 할 수가 없었어요. 그냥 하루하루를 견뎌 내기조차 버거웠죠. 매일 밤 수면제에 취해 울며 당신에게로 돌아오는 꿈을 꿨어요."

와락 허리를 끌어 키스를 퍼부었다. 달콤한 입술을 휘저어 호흡을 빼앗고, 영혼까지 삼킬 기세로 키스를 퍼부었다. 목덜미를 휘감아 끌어당기며 속삭였다. 괜찮아요. 나는 당신에게로 돌아왔어요. 이제 어디도 가지 않아요. 당신 곁에 있을 거예요.

마치 그 속삭임을 들은 듯 서서히 격정을 가라앉혔지만, 품 안에 가둔 그녀와의 사이에는 그 무엇도 들어갈 틈도 없었다. 키스를 멈추고 딘이 말했다.

"경고예요. 이번에 잡으면 놓아주지 않을 거예요. 내가 당신을 놓는 건 딱 한 번뿐이었고, 그 기회는 이제 사라졌어요. 나중에 후회한대도 이젠 절대로 못 놓아요."

"좋아요."

"그런데 아까 내게 휴가라고 말했잖아요?"

세아가 눈동자를 굴리며 변명했다.

"아주아주 긴 휴가죠. 솔직히 말하면 지금 이곳으로 퀸과 호수 그림과 화구 가방까지, 내 짐과 같이 배에 실려 오고 있는 중이에요. 너무 많아 당신이 놀랄지도 몰라요."

"왜 처음부터 그런 얘길 하지 않은 거예요? 내가 얼마나 실망했는지⋯⋯."

딘이 분노를 터트리려 하자 세아는 키스로 말을 막았다. 그녀의 입술이 주는 희열에 잠시 들었던 원망은 사르르, 흔적도 없이 녹고 말았다. 이마를 맞댄 채 여전히 가슴 한켠에 남은 불안한 마음으로 그녀에게 물었다.

"그동안 이뤄 놓은 것들을 다 포기해야만 해요. 괜찮겠어요?"

"네. 이제 아무런 미련도 남지 않았어요."

가장 커다란 산을 앞둔 딘은 망설이는 얼굴로 물었다.

"할아버지와 가족들은? 그들과 떨어져 지낼 수 있겠어요? 내 어머니 역시 향수병을 앓았죠."

"분명 한국도 가족들도 그리울 거예요. 하지만 충분히 왔다 갔다 할 수 있는 거리예요. 보고 싶으면 언제든 갈 거예요."

"여왕이 되려는 당신 꿈은?"

"꿈이 바뀌었어요. 난 지금 다른 꿈을 꾸고 있어요."

그의 목을 휘감아 내리며 반짝이는 검은 눈동자로 그를 올

려다보았다. 그리고 천천히 내려오는 그의 입술을 맞기 직전에
말했다.

"와인을 만들 거예요. 내가 사랑하는 남자와 함께, 최고의
와인을요."

Chapter.21

You are my new dream.

당신이 나의 새로운 꿈이에요.

_라푼젤 中

11월

"믿을 수가 없어. 이걸 해낼 줄이야. 1년은 걸리는 일이라고."

옆에서 회색 들러리 턱시도를 입은 리치가 믿을 수 없다는 표정으로 중얼거리는 걸 귓등으로 들으며 딘은 셀러 도어 정원에 마련된 결혼식장을 둘러보았다. 인조 연못과 분수대를 배경으로 백발의 주례가 서 있었고, 그 앞으로 그와 신랑 들러리인 리치, 제레미, 제임스가 있었다.

백 명에 가까운 하객들이 초록 양탄자를 깐 듯한 잔디밭 위에 놓인 의자에 앉아 있었고, 열린 셀러 도어의 문 앞까지 하얀 차양과 로맨틱한 꽃으로 장식된 버진로드가 깔려 있었다. 이 모든 준비를 2개월이라는 짧은 시간에 해낸 그녀의 능력에 딘

역시도 경이로움을 느꼈다. 그녀가 원하는 드레스를 얻기 위해 디자이너를 어떻게 설득하고 구워삶았는지 지켜본 바로 의하면 분명 세아는 탁월한 사업가의 자질을 가지고 있었다.

제레미가 비뚤어진 부토니아를 제대로 해 주며 말했다.

"축하해, 형. 세상에서 가장 멋진 여자를 신부로 맞았어."

딘이 순순히 미소로 인정하며 가슴을 펼치자 검정 턱시도가 팽팽하게 당겨졌다. 그 순간 버진로드로, 신부 입장 전에 들러리 세 명이 걸어 나왔다.

맨 앞에 선 금발 미녀의 등장에 리치의 입술이 헤벌쭉 벌어졌다. 하늘거리는 연회색 들러리 드레스가 살짝 부푼 여자의 배를 완벽하게 가려 주었다. 서른 살의 테니스 선수인 시에나는 지금 리치의 아이를 임신한 상태였다. 두 번의 이혼 전적이 있었지만, 아이를 가진 적은 한 번도 없던 리치였다. 갑작스러운 그녀의 임신은 세상이 거꾸로 뒤집힌 것 같은 충격이었지만, 그녀와 그의 아이가 그의 인생에 다시 못 올 행운이라는 걸 깨닫고 시에나에게 청혼을 했다. 그들은 내년 3월에 있을 결혼식을 준비하고 있었다.

시에나 뒤로 셀러 도어의 직원인 테일러가, 그 뒤로 세연이 걸어오며 그와 눈인사를 나눴다.

따뜻한 햇살이 쏟아지고, 바람에 차양이 그림처럼 휘날리는 순간 셀러 도어 입구로 검은 슈트를 입은 노인과 신부가 나서자 모두의 시선이 몰렸다. 장 회장의 손을 잡고 걸어오는 여자의 모습을 바라보았다. 카라 부케를 비스듬히 들고 고혹적인 드레스를 끌고 그의 앞에 멈춰 서자 딘은 숨이 막힐 것 같은 표정으로 그녀를 내려다보았다. 우아하게 틀어 올린 검은 머리칼 옆으로 투명한 베일이 흩날리며 환하게 웃는 얼굴이 드러났다.

"딘."

세아가 눈짓을 주자 딘은 그제야 자신이 넋을 잃고 그녀를 보고 있었다는 걸 깨닫고 장 회장 앞으로 나섰다. 손을 내밀자 장 회장이 세아의 손을 건네주며 만감이 교차하는 얼굴로 속삭였다.

"행복하게 해 주게나."

"걱정하지 마십시오."

그가 또박또박 한국말로 말하자 장 회장의 얼굴에 놀라움이 떠올랐다. 그러나 곧 고개를 끄덕이며 뒤로 물러섰다.

반지 교환과 키스까지, 예식을 마치고 피로연이 시작되었다. 첫 춤의 주인공은 신랑과 신부였다. 딘이 그녀를 이끌고 플로어로 나오자 모두가 그들을 바라보았다. 하객들의 시선을 받으며 춤이 시작되었다.

"기분이 어때요?"

딘의 물음에 짧게 한숨을 내쉬며 대답했다.

"기쁘고 좋긴 한데, 정신이 하나도 없네요. 당신은요?"

"당신이 내 아내가 되었고, 나는 당신의 남편이 되었음을 공표했으니 이제 당신을 안고 사람들이 없는 어디론가로 가고 싶어."

그녀의 허리를 바싹 끌어안으며 귓가에 속삭였다.

"이제 와 고백하자면, 나는 지난 열흘 동안 매일 밤 거실에서 당신을 기다렸는데, 당신은 한 번도 안 나오더라고."

그의 말에 세아는 넓은 어깨에 웃음이 터지려는 입술을 물었다. 열흘 전, 결혼식 참석차 가족들이 호주에 온 이후부터 각방을 썼기 때문이었다. 딘은 왜인지 알 수 없는 이유로 할아버지가 그를 마음에 들어 하지 않는다고 생각했고, 그 사실을 가족들이 도착하기 직전에야 토로했다. 그리고 그들이 동침하고 있다는 사실이 그걸 더욱 악화시킬지 모른다며 방을 옮겼다.

"하지만 그걸 자처한 건 당신이었어요. 할아버지는 우리가 이미 같은 침대를 쓰고 있다는 걸 신경도 안 쓰시고, 당신을 싫어하지도 않아요. 그리 다정한 스타일은 아니시지만 특별히 당신을 다르게 대하지 않으시는데, 왜 그런 생각을 하는지 이유를 모르겠어요."

"왜냐하면 다른 사람들한테는 안 그러시는데, 날 마주할 때면 늘 인상을 찌푸리시기 때문이지."

"인상을 찌푸리신다고요?"

딘이 미간을 좁히고 눈매가 가늘어지는 시늉을 해 보이자 세아가 번뜩 무언가를 깨달은 얼굴로 입술을 깨물었다.

"당신은 이유를 아는군. 말해 봐요."

"한 가지 예상되는 이유가 있긴 한데, 그게 너무 얼토당토않은 이유라 당신이 어떻게 생각할지 모르겠어요. 먼저 말해 봐요. 당신은 그 이유가 뭐라고 생각했는데요?"

"내가 외국인이기 때문이라고 생각했어요. 그 때문에 당신이 한국을 떠나야 하는 이유도 있고."

세아는 손을 올려 굳어진 그의 뺨을 감싸며 웃었다.

"정확히 틀렸어요. 당신을 볼 때마다 인상을 찌푸리시는 이유는, 당신이 너무…… 잘생겨서예요. 할아버지께서는 당신이 잘생겨서 제 속을 태울 것 같다고 하셨어요."

정확히 말하면 와인 회사 오너가 아니라 모델이 아니냐 물으시며, 많은 여자들이 따라다닐 것 같다는 말씀을 하셨다는 이야기까진 덧붙이진 않았다.

"속을 태우다니, 무슨 말이에요?"

"한국에서는 남자가 너무 잘생기면 얼굴값을 한다고 해요. 무슨 말이냐면, 다른 여자가 꼬이거나 바람피울 가능성이 높다고 믿는 거죠."

"말도 안 돼."

딘이 정색한 얼굴을 돌려 의자에 앉은 할아버지를 찾아냈다.

"말씀드려 줘요. 무언가에 완전히 미쳐 있는 남자는 인내심이 많이 요구되기 때문에 여자들에게 인기가 없다고."

"그렇게 말씀드리면 진짜 당신을 싫어할 수도 있겠는데요?"

"괜찮아. 내가 미쳐 있는 건 당신이니까."

그가 키스하고는 허리를 잡고 휘돌자 세아가 그의 어깨를 붙잡고 웃음을 터트렸다.

춤을 다 추고 난 뒤 하객들과 인사를 나누었다. 롭과 린다를 만나고, 리치와 시에나의 축하 인사를 받았다. 셀러 도어 매니저인 톰과 박 비서를 지나쳐 제레미와 승우와 같이 앉아 있는 김수지 여사에게 다가갔다. 그녀가 떨리는 얼굴로 세아의 손을 잡았다.

"축하한다, 아들. 그리고 세아도. 참 인생이란 알 수가 없지? 늘 딸 같은 아이였는데, 네가 내 며느리가 될 줄 누가 알았겠니."

"오셔서 다행이에요. 연락이 안 닿아 못 오실 줄 알았어요."

"워낙 오지라 전화가 안 되어 그랬지만, 아들 결혼식에 빠질 순 없지."

무뚝뚝한 얼굴로 선 딘을 올려다보던 그녀는 팔을 뻗어 아들을 감싸 안았다. 그의 몸이 돌처럼 굳어지는 게 옆에 선 그녀에게까지 느껴질 정도였지만, 가만히 그 포옹을 받아들였다. 아주 잠깐 사이에 그들 사이로 수많은 감정들이 스쳐 지나가는 것을 보았다.

"행복하거라, 딘."

"어머니도요."

딘이 품에 안긴 여인의 등을 감싸 도닥이는 모습을 기쁘게 바라보았다. 그들에게서 벗어나자 얽은 손을 들어 그의 손등에 입술을 대며 속삭였다.

"잘했어요."

그녀의 칭찬에 어색하지만 기분이 좋은 듯 입술 끄트머리를 들어 올렸다. 할아버지와 세연이 있는 테이블에 도착하자 들러리 드레스 차림의 세연이 축하 인사를 건넸다.

"언니, 결혼 축하해. 형부, 결혼 축하드려요. 방금 춤 엄청 로맨틱했어요. 막 번쩍 들어서 도시고."

"고마워, 처제."

그가 능숙하게 한국어로 말하자 세연이 놀라워하며 물었다.

"한국말 정말 많이 느셨네요?"

"듣는 건 되는데, 말은 힘들어. 열심히 배우고 있어."

"멋져요."

세연이 양손으로 엄지 척을 올렸다. 세아가 장 회장의 안색을 살피며 물었다.

"할아버지는 어떠세요? 피곤하진 않으세요?"

"손녀 결혼식인데 뭐가 피곤하다고. 탁 트인 잔디밭에 공기도 좋고, 넓고, 사람들한테도 안 치이고 좋구나. 아마 네 아비, 어미도 하늘에서 기뻐하며 보고 있을게다. 분명 그럴게야. 그리고 자네는……."

검은 턱시도 차림의 딘을 올려다보는 할아버지의 인상이 또 찌푸려지시자 그의 턱도 같이 움찔거렸다.

"여기서는 어떤지 모르겠네만, 한국에서 세아 나이는 그리 적은 편이 아니야. 서른두 살 되기 직전에 결혼식을 올렸으니 노처녀라고 할 수……."

"할아버지. 서른한 살이 노처녀는 아니죠."

세아의 반박에 장 회장은 빠르게 인정하고 물러섰다.

"그래. 아니라고 말하려던 참이었다. 여하튼 신혼을 즐기는 것도 좋지만, 너무 오래, 그러니까…… 둘만의 여유를 가지겠다고 시간을 보내는 건 좋지 않다고 생각하네. 모든 게 다 하늘이 점지해 주는 거니까, 그걸 인위적으로 막는 건 자연의 이치에 어긋나는…….”

“할아버지.”

세아가 얼굴을 붉히며 말리자 딘이 세연에게 물었다.

“처제, 통역 좀 해 줘. 말이 어려워서 이해를 못하겠어.”

그러자 세연이 입술을 깨물며 한 문장으로 축약해서 통역을
했다.

“할아버지께서 아기가 빨리 보고 싶으신데, 문제가 없겠냐
는데요.”

“전혀 문제가 없다고 전해 드려. 아주 열심히 노력해서 할아
버님을 기쁘게 해 드리겠다고.”

세연이 그대로 전하자 장 회장의 얼굴에 만족스러운 미소가
어렸다. 그러자 딘이 또 세연의 귓가에 뭐라고 말하자 금방이라
도 터질 것 같은 웃음을 참느라 안간힘을 쓰며 세연이 말했다.

“할아버지. 형부가 말하길, 자기는 그리 잘생긴 얼굴이 아니
래요. 여기에서는 너무나 흔한 얼굴이라 아무도 자기에게 관심
이 없고, 형부의 관심은 온통 언니한테만 있으니 걱정 붙들어
매셔도 된다고 전해 달래는데요.”

결혼식은 밤에 이르러서야 끝이 났고, 둘은 하객들의 환대
를 받으며 차에 올랐다.

첫날밤을 보낼 호숫가 별장이 아닌 양조장 앞에 차가 멈춰
서자 세아가 놀라 딘을 쳐다보았다.

“당신에게 보여 줄 게 있어요.”

"지금요?"

딘이 고개를 끄덕이고 그녀의 팔을 붙잡아 적막과 어둠에 휩싸인 양조장 안으로 들어섰다.

불을 켜고, 드레스 자락을 잡은 그녀를 조심스레 어둑한 카브로 이끌었다. 끝도 없이 이어진 와인 진열장을 따라 들어가 어딘가에서 멈춰 선 딘이 주머니에서 무언가를 꺼내 건넸다.

"이게 뭐예요?"

조도가 낮은 조명 탓에 잘 보이지 않아 높이 쳐들자 그것은 세월의 흔적이 묻어나듯 녹이 슬기 시작한 열쇠였다.

"무슨 열쇠죠?"

"아버지의 유품을 정리하면서 이 열쇠를 발견했을 때, 나 역시 열쇠의 용도를 알 수가 없었어요. 한 번도 본 적이 없던 것이었거든요. 그런데 카브에서 아버지가 어머니를 위해 만든 벨라 스텔라를 발견했을 때 이걸 같이 발견했어요."

딘이 진열장 제일 아래 선반에서 나무 상자를 꺼내 탁자 위에 올려놓았다.

"내 생각에는 그 열쇠의 짝이 이게 아닐까 싶어요."

세아는 자물쇠가 채워진 길쭉한 나무 상자 위에 쓰인 글자를 보았다.

To. Mrs Reiner

"미세스 레이너라면, 이게 내 거라는 말인가요?"

"아마도 그럴 거예요. 제레미에겐 Mrs Reiner라고 불릴 여자가 없을 테고, 내겐 그렇게 불릴 여자가 영원히 당신뿐이니까. 열어 봐요."

열쇠를 꽂아 돌리자 달칵 하며 자물쇠가 풀렸다. 상자를 열자 예상대로 와인 병이 놓여 있었다. 세월에 색이 바랜 라벨에는 마치 편지를 쓴 것처럼 빼곡하게 손 글씨가 쓰여 있었다. 세아는 딘에게 핸드폰을 달라고 해서 플래시를 켰다.

"뭐라고 쓰여 있죠?"

"읽어 볼게요. 얼굴을 본 적 없지만, 분명 매우 아름다울 아가씨에게."

세아가 웃음기 어린 눈을 들어 그를 보자 딘도 같이 웃었다.

"우선 고맙다는 인사를 할게요. 당신이 이걸 보고 있다는 건 내 아들의 고집을 꺾었다는 뜻일 테고, 이 와인이 식초가 되지 않게 해 줬다는 걸 의미할 테니까요. 그리고 축하해요. 당신은 꽤, 괜찮은 남자를 가지게 되었어요."

"꽤 괜찮은?"

딘이 믿을 수 없다는 얼굴로 라벨을 보려 하자 세아는 '최고의 남자를'이라고 쓰인 걸 손으로 가리며 이어 읽었다.

"그리고 맹세하죠. 그는 평생 당신을 사랑할 거고, 헌신할 거예요. 당신이 그의 곁에 있는 한 말이죠. 그러니 바라건대 뜨거운 태양처럼, 한 줄기 바람처럼, 시원한 빗줄기처럼 내 아들을 보듬고 아끼고 채워 줘요. 당신을 위해 최고의 와인을 만들 수 있도록. 마이클 레이너가."

라벨에 쓰인 편지를 다 읽은 세아가 병을 건네며 감격한 얼굴로 그를 보았다.

"정말 최고의 결혼 선물이에요."

"맛을 봅시다."

딘이 오프너로 코르크를 제거하고 잔에 조금 따랐다. 세아는 루비 빛 와인이 채워진 잔을 휘돌리고는 코에 대 향을 맡았다.

딘이 물었다.

"어때요?"

"굉장히 관능적인 향이 나요."

"히비스커스, 유칼립투스, 제비꽃 향이 나네요."

입 안에 한 모금 머금은 세아의 눈동자가 동그래지자 잔을 기울인 딘 역시 그 눈빛을 이해하고 고개를 끄덕였다.

"엄청 달콤하고 농염해요. 주스처럼요. 이건 뭐랄까……."

그녀가 표현할 말을 고민하는 사이 딘이 바리크 위에 빈 잔을 내려놓으며 말했다.

"사랑하는 연인들을 위한 와인이지. 기나긴 밤의 시작 같은."

"맞아요. 연인들이 서로를 유혹하는 느낌이에요. 나중에 우리 아이들에게도 이런 특별한 와인을 만들어……."

딘이 그녀의 손에 들린 잔을 뺏자 그제야 그의 품 안에 서서히 끌려가고 있다는 걸 알아챘다. 한 팔에 착 감기는 낭창한 몸을 감싸 안고 나직한 목소리로 속삭였다.

"만들어 줄게요. 와인이든 뭐든. 하지만 그 전에 아이를 만드는 게 먼저 아닐까?"

맞닿은 입술에 머문 와인이 사랑의 묘약처럼 달콤하고 관능적인 불꽃을 피워 올렸다. 작은 입 안으로 파고들어 혀를 휘감자 목덜미를 따라 올라온 손이 짧은 머리칼을 쓸었다.

겨우 키스를 멈춘 딘이 그녀의 손을 잡고 카브를 나서서 차에 올랐다. 쏟아질 듯 수많은 별들이 반짝이는 언덕 위로 오르자 호숫가 별장이 나타났다. 드레스를 추스르는 세아를 그대로 안아 든 딘이 계단 위로 올랐다.

"별똥별이에요."

그녀가 가리키는 방향으로 고개를 돌려 막 꼬리만 남기고 숲 쪽으로 사라진 유성을 보았다. 세아가 물었다.

"소원 빌었어요?"

딘이 별장 안으로 들어서며 고개를 저었다.

"아니. 난 더 이상 바라는 게 없거든. 당신과 밤새 사랑을 나눌 수 있도록 아무도 방해하지 않는다면."

문이 닫혔다. 별빛이 내려앉은 호숫가 별장으로 뜨겁고 느슨한 밤이 천천히 흘렀다.

-THE END

작가 후기

만약에 제가 그 도서관에 들르지 않았더라면, 만약 무심코 와인 책이 꽂힌 코너에 발을 들이지 않았더라면 《퀸》을 쓰지 못했겠지요.

이 글을 보시는 독자 분 역시 만약 신간 코너에 올라온 이 책을 보지 않았더라면, 표지에 끌리지 않았더라면, 무언가에 이끌리듯 책방에 꽂힌 이 책을 들쳐 보지 않았더라면 이 후기를 보고 계시지 않았을 거고요.

저는 와인파(?)가 아닙니다.

제 인생 최초로 마신 와인은 20대 초 제주도로 여행 가서 단짝 친구와 마신 와인이었고, 안타깝게도 레드 와인의 강한 타닌 맛과 센 도수에 적응하지 못하고 그날 먹은 저녁을 변기에서 확인해야만 했던 안타까운 추억으로 남았죠.

두 번째 와인은 1년 전, 《퀸》을 집필하기 시작하면서 술장에 오랫동안 묵혀 두었던, 선물 받은 와인이었습니다. 와인 책을 섭렵하고 다니며 배운 제비꽃 향, 오크 향, 베리 맛 등의 다채로운 부케와 아로마를 상상하며 두근두근 설레는 마음으로 코르크를 따서 한 모금 머금은 순간 그대로 싱크대에 가서 뱉어 냈지요. 도저히 목구멍으로 넘길 수 있는 향과 맛이 아니었거든요. 놀라 책을 뒤져본 결과 그 와인이 열에 의해 코르키Corky 된 거라는 걸 알아차렸죠. 와인이 열과 빛과 습도에 아주 민감한 술이라는 걸 모르고 볕 잘 들어오는 술장에 넣어 뒀으니 당연한 일이겠지요.

그 정도로 와인에 아무런 관심도, 지식도 없던 와인 무식자인 전 이 글을 쓰는 내내 와인을 마셨습니다. 세상에는 정말 너무나 많은 종류의 와인이 있더군요. 어떤 와인은 달고 달고 또 달기만 했고, 또 어떤 와인은 너무 타닌 맛이 강해 떫어서 마시는 게 고역이었습니다. 어떤 건 향긋한 향을 풍기는데 정작 마셔 보면 너무 드라이하기도 하고, 포도로 만든 술이 어쩌면 이렇게 실크처럼 부드러울까 싶은 와인도 있었죠.

과연 이 글은, 어떤 와인처럼 느껴지셨을까요?

부족한 글을 예쁘게 엮어 세상에 내어 주신 파란에 감사드립니다. 힘겨운 40대를 보내고 있는 CM, 질풍노도의 초4를 보내고 있는 아들과 매일 유치원이 가기 싫어 떼를 쓰는 토끼에게 고맙고 미안한 마음 전합니다.

뜨거운 여름이 지나고 있습니다. 모두 건강하시길 빌며.

— 7월 13일 최준서 올림 —